一鬼夜行　鬼やらい〈上〉

小松エメル

ポプラ文庫ピュアフル

目次

鬼やらい

一鬼夜行

上

小松エメル

序

暗雲が立ち込める夜空だった。

今にも雨が降り出しそうな不穏な気配がするが、空の真ん中には丸く大きな月が浮かんでいる。通り過ぎる黒い雲は、まるでこの月を避けるかのように早足で動いていく。皓々《こうこう》とした金色を見上げていた喜蔵《きぞう》は、

(こんな夜には――)

と考えかけて、早々にやめた。今宵《こよい》もどうせ期待通りにならぬことなど知っていたからだ。庭に通じる縁側に腰掛けてジッと目を凝らし、ひたすら待ち続ける――月の妖《あや》しい夜には、こんなことばかりやっていた。喜蔵がこんな馬鹿《ばか》げたことを始めたのは半年ほど前からだ。こんなことをしてもまるで無駄だと重々承知の上で、やめることが出来なかった。

(だがそれも、潮時なのかもしれぬ……)

ようやく諦《あきら》めて腰を上げた喜蔵は、家の中に入る前に未練がましくもう一度だけ空を見上げた。黒々とした雲の大群、大きな金色の月、時折目に留まる細々と光る星々――空を

飾っているのは、それだけだ。妖しい者などどこにもいない。静かな空に賑《にぎ》やかな行列が連なることなど有り得そうになかった。心の中に残るあの画《え》は、幻だったのか？　と疑ってしまうほど、何の変化もない日常をあの日から喜蔵は生きていた。

（そうだ……きっと何もかも幻だったのだ）

あの目まぐるしいひと月の間に感じた、怒りも哀《かな》しみも喜びも、騒がしい一鬼夜行《いっきやこう》も――何もかもが幻だったのだ。いつかの夢の中で見た、まったくの虚構だったと思い込んで忘れてしまえばいい。これまでそうやって生きてきたのだから、これからだって出来ぬことはないはずだ。そう自分に言い聞かせた喜蔵は、家の中にくるりと踵《きびす》を返した。

しかし――。

あと数秒長く空を眺めていたら、喜蔵は異形の存在を見ることが出来たのだ。もっともそれは喜蔵が求めていた相手ではなかったが――同胞には違いなかった。

ざわざわざわざわざわ……。

不穏な風が吹き、立ち込めていた黒い雲がにわかに晴れ出すと、どこからともなく鮮やかな身体《からだ》を持った妖怪《ようかい》達が空に姿を現し始めた。若草色の細長い身体をうねらせた竜は空を縦横無尽に駆け巡り、躑躅《つつじ》色と菖蒲《しょうぶ》色のイボを持つ蝦蟇《がま》はこの世の物とは思えぬ声で鳴き喚《わめ》く。届くはずのない月に向かって舌で画を描《か》こうともがいているのは、獅子《しし》顔の天《てん》井嘗《じょうなめ》だ。その傍らで、朱、翡翠《ひすい》、瑠璃《るり》、金茶などの色をした落武者生首達が、鞠《まり》のように雲を突き抜けては、雲を破って沈んでまた跳ね返る――どの怪も、夜にそぐわぬ華やかさで暗い夜空を照らし出していた。

整然とした夜行とは反対に無秩序だったその一行は、ふわふわと風に揺られながらそうしてしばらく東の空に留《とど》まっていたが、振り返らずに家に入った喜蔵は頭上に広がる異様な光景など知る由もない。しかし、喜蔵が知らなかったのはそれだけではなかったのだ。

ひとつは、明治五年の暮れから、不可思議な妖怪が出没し、浅草《あさくさ》の町を賑わせ始めていた事件について――巷間《こうかん》のもっぱらの噂《うわさ》になっているのに小耳に挟んだことさえなかった喜蔵は、自分が巻き込まれる段になって、この騒ぎをようやく知ることになる。

そしてもうひとつは――その妖怪沙汰《ざた》に己が深く関《かか》わっていくことになるということだ。

ひゅるり――。

喜蔵の家の真上の空に浮かんでいた彼らは、一陣の強い風が吹いたと同時に、一斉に去って行った。ある者は西の遊所の妓《おんな》の許《もと》へ。ある者は北の呉服屋の内儀のところへ。またある者は南の町家の姉妹が住まう長屋へ――まるで風に飛ばされてしまったかのように、散り散りに飛んでいく。

古びた商家の真上の空にぽつねんと一人残ったのは、彼らの中でも一際大きな体軀《たいく》の怪だ。赤い目を持つ毛むくじゃらの獣は、長い舌を出して口元をぺろりと嘗《な》める。その仕草は、日常で見掛ける小動物のそれと似ていたが、こちらは少しの愛らしさも感じさせぬものだった。ぺろりぺろり——嘗めても嘗めても、鋭い牙《きば》についた赤色は取れなかった。

一、鬼やらい

「――というわけでな、その御仁は俺の画を大層気に入ってくれて、屋敷に招いてくれたんだ。屋敷の一室を自由に使っていいっていうから、これから行くところなわけよ。昔でいうなら、お抱え絵師って奴《やつ》だよな」

嬉《うれ》しそうに話していた男がそこでようやく言葉を止めると、その瞬間を待っていたように男の目の前にいる相手は塞《ふさ》いでいた耳から手を外した。

「自慢話はもう終わりか？」

いかにも煩《わずら》わしげに言った相手は、実に不愉快そうな表情をしている――古道具屋の主《あるじ》・喜蔵だ。鬼か閻魔《えんま》か仁王かというような恐ろしい風貌《ふうぼう》をしているが、れっきとした人間である。眉間《みけん》に寄せられた、長年の苦悩とも思える深い皺《しわ》のせいか、はたまた捻《ひね》くれた性格のせいか、優に三十は超えているように見えるが、まだ弱冠二十《はたち》の若者だ。

そんな喜蔵には、同じ歳《とし》の幼馴染《おさななじみ》がいた。その男は年齢通りに若々しい見た目で、落ち着き払った喜蔵とは正反対に、一寸も二寸も軽々しい雰囲気の男である。喜蔵はこの幼馴染を六年ほど前からずっと邪険に扱っているが、相手はものともしない。ほんの一寸《ちょっと》威嚇したただけで怯《おび》えて逃げ出すくせに、二日後には忘れたような顔をして喜蔵の前にやって来る。優男《やさおとこ》の見た目に似合わず、図太い神経の持ち主である。

「別段自慢しに来たわけじゃねぇよ。親友に近況を報告しにだな」

喜蔵の幼馴染であり、何やらいつも面倒事――主に女関係――を抱え込んでいる彦次《ひこじ》は胸を張って言った。

「誰《だれ》が親友だ？」

ピクリと眉根《まゆね》を動かしながら喜蔵は言う。数ヶ月前に長年のわだかまりを解消した――と彦次は勝手に思っている――のだが、相変わらず喜蔵は彦次を足蹴《あしげ》にしているし、態度からして何とも冷たく素っ気ないままである。

「お前、俺以外親友などいないじゃねぇか。親友どころか友も――痛《いて》ッ」

喜蔵は近くにあった道具箱のふたで彦次の横《よこ》っ面《つら》を殴った。

「お前を親友にするくらいならば、一人も友がいない方がずっとマシだ」

「つれない」

よよよ、とわざとらしく泣いた振りをする彦次は、そんな芝居がかった言動も何とはなしに様になってしまう色男である。女であったら、彦次のキリリとした眉と、涼しげな目元にポッと顔を赤らめるところであったやもしれぬが、生憎《あいにく》男の喜蔵には彦次の色香などまるで通用しない。むしろ、顔の良さの分だけ鼻に付くものである。

「俺がつれても気色悪いだけだろう。大体毎日のようにやって来るが、いい迷惑だ。仕事の邪魔になるし、うっとうしくて堪《たま》らぬ」

冷たく言った喜蔵は、先ほどから踏み台の修繕をしていた。喜蔵は十四の時から古道具屋の主をやっているため、齢《よわい》二十にして店主歴は六年である。曾祖父《そうそふ》の代から始まり、祖父へ受け継がれた古道具屋は、父が蒸発したせいで喜蔵が三代目の店主となったのだ。曾祖父がなかなかの商売上手だったため、店は立派に表通りに面していたが、町内にはもう二軒同業の店がある。喜蔵のところに道具を買いに来る客はまあまあの筋といったところだ。他《ほか》の二軒の古道具屋よりも品揃《しなぞろ》えはよかったが、敢《あ》えてここを避ける客もいた。それは、主人の顔が鬼のように恐ろしいから——ではないと信じて疑わぬのは本人だけである。

「嘘《うそ》つけ。俺が顔を出さねぇと寂しいだろ？」

「金輪際その緩んだ顔を見ずとも俺は平穏無事に生きていける。お抱え絵師でも何でもいいが、そちらへ行ったら二度と俺のところへ顔を出すな」

心底嫌そうに言い放つ喜蔵に、彦次が泣きそうな顔をすると、ペタペタと可愛《かわい》らしい足音が近づいてきた。

「喜蔵、心にもないことを申すな。こうして様子を窺《うかが》いに来てくれる友がいるというのは有り難いことだぞ」

喜蔵を叱咤《しった》したのは、可愛らしい子ども——ではなく、硯《すずり》に足の生えた硯の精である。細く小さな目と口が一寸怒ったような表情を作っていた。喜蔵も彦次も硯の精——人外の者が白昼堂々と姿を現したことに驚かぬのは、もうすっかり顔なじみだからだ。

古道具屋最奥《さいおう》の左隅にひっそりと並べられている硯の精は、この店の中で一等古参の付《つく》喪神《もがみ》だ。付喪神というのは妖怪の親戚《しんせき》のようなもので、百年の時を経た「物」が新たに生を受けて変化《へんげ》することをいう。喜蔵の家には付喪神やら妖怪やらがうようよいるが、夜以外はほとんど姿を現すことはない。しかし、硯の精と三つ目の子どもは例外で、朝でも昼でも夜でも関わりなく人前に姿を現す。よく厠《かわや》でうずくまっている三つ目の子どもは時折訪れる程度だが、硯の精は古道具屋に常住している怪である。

「ただの知り合いさえ数えるほどしかいないのだ。友は大事にしなければならぬぞ」

何もない時には大人しく古道具屋に並んでいる硯の精だったが、何かある時にはすぐさま変化をした。何かというのは、こうして喜蔵を叱咤するためと限定しても過言ではない。

「おお、よいこと言うな」

彦次は味方の出現に気を良くして笑ったが、「こんな木偶《でく》の坊でも一応大事にしなければなるまい」という硯の精の言葉に余計にガックリと肩を落とした。

「色魔馬鹿《ばか》に付き合っている時間などない」

「こ奴がここにいるのは精々三日に一度、四半刻《とき》の更に半分ほどだ。そのくらいの時間は割いてやっても罰は当たらぬぞ。もしかすると、次はないかもしれぬじゃないか」

人間というのはいつ死んでしまうか分からぬからな、と硯の精は呟《つぶや》く。

「おいおい、勝手に殺すなって！」

彦次は慌てて起き上がり、両手をブンブンと上下に振り回した。元気だぞ、と言いたいのは分かるのだが、どうにも馬鹿っぽく見えてしまうのは否めぬ。そんな彦次の様子を眺めていた硯の精はうんうんと頷《うなず》き、温かな声音を出した。

「お主のよいところは、その健やかな身体だ。しかし、身体と違って頭はよくないのだから、妙な話に乗っかるのはやめておいた方がよいかもしれぬぞ。お主の頭の悪さにつけ込んで、何やら企《たくら》んでいるのかもしれぬ」

茶化すでもなく馬鹿にするでもなく、至極真面目《まじめ》に言う硯の精を怒るに怒れず、お前は優しいのかひどいのか分からん硯だなと彦次は何とも言えぬ顔をした。

「まあ、心配はありがとうな……だが、きっとそれには及ぶまい！」

何を根拠に？　という喜蔵の呆《あき》れた声音に、根拠はない勘だ！　と彦次は何故かここでこの日一等男らしく答えて胸を張った。

「あいつとは一度しか会ったことはないが、一晩中二人で飲み明かしたんだから人となりは分かる。あいつは誰かを騙《だま》して金取ったり、いたぶったりする類《たぐい》の人間じゃねぇよ。それに、俺みたいな金なし騙しても何の利益もないし……何より、俺はこれで一皮剝《む》けそうな気がするんだ。くすぶっていた才が疼《うず》き出しているのが分かるんだよ」

気のせいだな、と喜蔵と硯の精は同時にすげなく言ったが、彦次は聞かぬ振りをして紙やら筆やら手ぬぐいやらの入った風呂敷《ふろしき》の結び目をキュッと結び直すと、片手で持ち上げてくるくると回した。他に荷はなく、随分と身軽な様子である。

「俺が売れっ子になったら、お前らに美味《うま》いもん奢《おご》ってやるからな」

「美味いもんの前に金を返せ」

ウッと唸《うな》った彦次は、喜蔵に六年ほど前から幾ばくかの借金があるのだ。少し前に大半は返したものの、まだ少し残っていた。彦次はそこを突かれるのが一等弱いと知っていて、喜蔵はいつもこの台詞《せりふ》を吐いて追い出すのである。怯《ひる》んだ彦次を冷たく横目で睨《にら》んだ喜蔵は、

「さっさと出ろ。俺は所用がある」

と言いながら立ち上がり、彦次が勝手に腰掛けていた作業台から彦次を突き落とした。

「いでででで……乱暴な奴だ。しかし、どこへ行くんだ？」

彦次は喜蔵からひどい扱いを受けるのは慣れっこなので、半身を打ちつけながらも軽々と身を起こした。しかし喜蔵は、お前には関《かか》わりのないことだとばかりに一瞥《いちべつ》もくれぬ。

「教えてくれたって減るもんじゃねぇだろうに。ケチなやろ……お、おお！　俺もそろそろ行くわっ」

鬼面にギロリと睨まれた彦次は、そそくさと店から出て行った。この時ちょうど午砲《ドン》が鳴ったので、喜蔵も店じまいをして彦次の後に続いた。店を出ると、空には大きな雲が広がっていた。雨が降り出しそうでもあり、ぎりぎり降らなそうでもある、何とも微妙な空模様だった。喜蔵が空を見上げたほんの少しの間に、「じゃあな」と言って彦次は歩き出した。喜蔵の行き先と彦次の家は途中まで同じ方向だが、彦次はいつもとは反対の道を進

んで行く。さっき話していた恩人の屋敷へ行くんだ、と彦次は前を向いたまま言った。

「恩人ではなく、詐欺人だ」

喜蔵の嫌味を背中で聞き流した彦次は、数歩歩いてから「言い忘れた」と振り向いてニヤッと笑った。

「深雪《みゆき》ちゃんによろしく言っておいてくれよな？」


「あら、いらっしゃい！」

深雪の元気な歓迎を受けた喜蔵は、渋面を作った。

（色魔のくせに……）

喜蔵は自分の行き先を（彦次ごときに読まれた）と面白くない。彦次と別れた喜蔵が向かった先は、『牛屋くま坂』という名の牛鍋《ぎゅうなべ》屋である。慶応三年に開店したくま坂は、浅草一の繁盛牛鍋店だ。牛鍋やつまみの美味さ、庶民にも手が出せる価格、観光地のど真ん中にある立地――この店が流行《はや》る理由はいくつもあったが、一等の理由は店で働いている者達にあるのかもしれぬ。まず、くま坂を営む坂本三郎《さかもとさぶろう》、くま夫妻――下町らしい人情味溢《あふ》れる人達で、常連も一見《いちげん》も分け隔てなく親身に接してくれる。喜蔵の恐ろしい顔を見ても、固まったのは最初だけで、すぐに満面の笑みを向けてくれたのが女将《おかみ》のくまだった。主人の三郎は照れ屋で有名で、客前に出ることもなくほとんど厨房《ちゅうぼう》に入ったきりだが、時折店を覗《のぞ》いては、客が美味そうに牛鍋を突《つつ》いている姿を見て笑みを浮かべている。こんな坂本夫妻の人柄と料理の腕を好いてくま坂を贔屓《ひいき》にしている客は大勢いた。そして――。

「お兄ちゃん、怖い顔してどうしたの？」

くるりと大きな目を動かして小首を傾《かし》げたこの娘もまた、くま坂をもり立てている立派な功労者の一人である――喜蔵の妹で、くま坂の看板娘の深雪だ。喜蔵とは似ても似つかぬ可憐《かれん》な容姿で、明朗な性格の持ち主だ。父親は違うが、同じ母から生まれた正真正銘の兄妹《きょうだい》である。しかし、二人が本当の意味で兄妹になったのは、つい四月前のこと――喜蔵と彦次の仲が少しだけ修復出来たのとちょうど同じ時である。それまで、喜蔵と深雪はそれぞれ別の人生を歩んできたのだ。今はこうして互いに兄妹として認め合う仲になったものの、深雪の方は「お兄ちゃん」と喜蔵を呼ぶのに対し、喜蔵の方はといえば、

「……何でもない」

親しげにするでもなく、名前も呼ばぬ。どうにもよそよそしく、傍《はた》から見るとまるで兄妹らしくない。七輪の上に平たい鉄鍋を置いて、肉や葱《ねぎ》の載った皿を畳の上に並べた深雪は、本当に何でもないの？　という表情で喜蔵の目をジッと覗き込んできたが、

「しかし、いやに混《こ》んでいるな。安売りでもやっているのか？」

喜蔵は目を逸《そ》らしながら話を変えた。誤魔化《ごまか》しただけではなく、店へ入る前から気になっていたことだった。くま坂はいつも繁盛していたが、店内が広いので混雑する午時《ひるどき》でも座れぬということはない。しかし、この日の午は隣の店との境までズラリと人が並んでいたのだ。喜蔵はそれほど待たされなかったが、戸の開け閉めがある度に外の声が大きく

なっているところを聞くと、どうやら行列は増していっているようである。

「ううん。うちの店はいつも通り」

しかし、一分の隙間《すきま》もなく席の埋まった店内はまるでいつも通りではない。人間の熱気で冬だというのに少し暖かいほどである。おまけに、常であれば二割程度の女の客が、この日に限って店の七割以上を占めていたのだ。それだけで充分異常事態である。

「お兄ちゃん、何でか分かる？」

面白そうに言う深雪に、喜蔵は横に首を振る。自分から話を振っておいて、然《さ》して興味が向かなかったのだ。気遣い屋の深雪はその辺もしっかり心得ているので、いつものたわいない世間話に切り替えながら、喜蔵の鍋の世話をしてやった。鍋で肉厚の牛肉を軽く炒《いた》め、五分切りの葱を入れてサッと焼き、そこへ醬油《しょうゆ》や砂糖、みりんを水で薄めた割下を注ぎ込んで煮る——喜蔵はくま坂へ通い始めて二年半は一人で鍋を作っていたが、今ではすっかり深雪が鍋の面倒を見ていた。これも、あれ以来の一寸した変化である。

食欲をそそる脂と甘い砂糖醬油の匂《にお》いがしてきた頃、深雪は鍋から箸《はし》を引いた。何事も他人《ひと》に面倒を掛けるのは苦手な喜蔵だったが、鍋の世話に関しては店の者に任せるのが正解だと思い直していた。自分で作ると、せっかちゆえにどうも煮込みが足りなくなってしまうのだが、深雪が加減を確かめながらやってくれると、ちょうど良い按配《あんばい》に出来上がる。食に特段こだわらぬ性質《たち》でも、どうせ食べるならば美味い方がいいに決まっている。

「さあ、温かいうちにどうぞ召し上がれ」

妹の言に、喜蔵は大人しく従った。それほど腹は減っていなかったのに、途端に空腹感を覚えたのだ。箸と小皿を手に取り、食べ出そうとした時のことだった——四方八方に座っていた女達の視線が、いっせいに喜蔵の方へ向いたのである。それは、これまで感じたことのない熱い視線だった。おまけに女達は揃いも揃って、夢を見るような、うっとりした顔つきをしていたのである。

（なんだ？）

流石《さすが》に奇異に思った喜蔵が視線で問うと、

「理由の答えがやって来たわ」

深雪は笑い含みな小声で喜蔵の耳元にささやいた。深雪がちらりとやった目線の先を追うと、いつの間に現われたのか喜蔵のすぐ後ろに人が立っていた。ゆったりとした髪を耳の下辺りで赤い紐で縛り、狐色の着物に仙斎《せんさい》色の籠目の帯を締め、藍錆《あいさび》色の乱れ霰《あられ》の羽織を引っ掛けた、派手ないでたちの男だった。洒落者らしく、下駄の鼻緒も髪紐と同じ赤である。随分と着崩した格好だが、それが不思議と似合っていた。一瞬だけふわりと甘い香りがしたが、男の手元にある火の消えたばかりの煙管《キセル》から香ったものだろう。

「やあ」

男は座敷に上がって喜蔵の横に立つと、耳慣れぬ挨拶《あいさつ》をしてきた。喜蔵はうっそりと会釈を返したが、本人は普通のつもりでも傍からみれば顔中に力の籠《こも》った恐ろしい閻魔顔である。初対面の者でなくとも怯えさせてしまう顔だというのに、なんと男はにこにことと笑って「相席いいかい？」と言いながら喜蔵の向かいの席を指したのだ。店中の女の客が（ええ!?）と声にならぬ悲鳴を上げたのを、喜蔵を含めた男全員が耳にした。

「せっかくの美味い食事だから、誰かと話しながら食べたいんだ」

喜蔵が返事をする前に、男は喜蔵の前に胡坐《あぐら》を掻《か》いて座り込んでしまった。すると、男に集まっていた視線は、向かいに座る喜蔵に向けられた。いつもの怯えた恐怖の視線ではなく、先ほどの想《おも》いのこめられた視線でもない。嫉妬《しっと》の炎に燃えた冷たい視線である。鈍い喜蔵でも（これでは飯が美味くない）と流石に居心地《いごこち》が悪くなってしまう類のものだった。喜蔵がチラリと非難の視線を向けると、男はニコッとまた笑ってきたので、何も言えなくなってしまって、再び男を睨んだ。

「毎度ご贔屓にありがとうございます、多聞《たもん》さん」

七輪の上に鍋を置きながら微笑《ほほえ》んだ深雪に、男もゆったりとした笑みを返した。名を知っているくらいなので常連なのだろう。喜蔵も二年半前からくま坂へ通っているが、この男を見たのは初めてだった。くま坂の中がこれほど浮き足だっているのも初めてである。

「十日くらい前から毎日お午に通ってきてくれているの」

喜蔵の顔色を読んだ深雪は、喜蔵にそう教えてくれた。

「ここの牛鍋は東京で一等美味いからね。お礼を言いたいくらいだよ」

「まあ、お礼だなんて……それこそ、こちらがたくさん言わなければならないわ。多聞さんのおかげで毎日大繁盛ですもの」

鍋を火にかけていた深雪は、恐縮するように苦笑を零《こぼ》した。そんなことないさ、と多聞は謙遜《けんそん》したが、くま坂がこれほど盛況なのは、間違いなくこの男のおかげなのだろう。何せ、多聞はまだ店中の女性客の視線を一身に集め続けていた。多聞に注がれた視線とは違い、喜蔵と深雪に向けられているのはどれもこれも冷たい視線である。居心地が悪くなっていたのは喜蔵だけではなかったらしく、

「……また混んできたので、あたし行きますね」

お兄ちゃんも多聞さんもごゆっくり、と深雪は逃げるように奥へ戻って行った。流石の深雪も、女達の嫉妬の炎をその身に受け続けるのは辛《つら》かったらしい。深雪の姿が見えなくなると、多聞と喜蔵は正面に向き直った。一寸の沈黙の後、

「妹さん、働き者の良い娘《こ》だね。それに、あのおかっぱ頭がよく似合っていて可愛い」

と多聞は朗らかに言った。

（ああ、こいつはあれ目当てか？）

喜蔵は勝手に得心して、牛鍋を食べ始めた。小皿に取っていた肉は冷めていたが、まだ十分に美味い。向かいの鍋はまだ煮えておらず、多聞は手持ち無沙汰そうにしていた。

「深雪さんは今十六だったかな？　色んな奴に言い寄られて大変だろうね」

（それが不思議とない……）

喜蔵は内心首をひねった。多聞目当てでくま坂へ通う女がいるように、深雪目当てでくま坂へ来る男の客も多かった。しかし、その男達はただの一人も深雪に言い寄ることはな

かったのだ。喜蔵にはその理由が皆目分からなかったが、傍からみれば一目瞭然《いちもくりょうぜん》である。深雪に少しでも近づこうものならば、世にも恐ろしい目線で睨みを利かせてくる鬼のような男がそばにいたからだ。おかげで、当の深雪は己目当てで通っている男が何人もいることなど露知らず。もっとも、その男達もまるで意気地《いくじ》がないので、喜蔵が深雪の兄だと判明した今になっても、喜蔵に話しかけてくる者など一人もいなかった。今目の前に座る多聞という男が初めてである。だから、

「……あれに用があるのならば、俺を通さず直《じか》に言ってくれ」

と喜蔵は言った。何せ、喜蔵は己が深雪の恋路の邪魔をしているなどとは思っていない。無意識に怖い顔つきになっていただけなので、睨んでいるつもりなど毛頭なかったのだ。多聞は目をパチパチとさせて一寸驚いたような表情をすると、喜蔵にとっては存外な答えを言い出した。

「『あれ』というのは深雪さんのことかい？　深雪さんには何の用もないよ。どちらかといえば、用はあんたにあるな」

「俺に？」

多聞は少し煮えてきた牛鍋の表面を箸で突きながら、うん、と子どものようにあどけなく顎《あご》を引いた。どうやら男は以前の喜蔵のように一人で鍋を作るのが慣例らしく、店の者は誰も寄ってこなかった。くま坂へ来る前に他の牛鍋屋に通っていたのか、鍋の加減を見る手つきはなかなか様になっている。

「あんたの家は長年古道具屋をやっているんだってね？　俺は、昔の変わった物を集めるのが趣味なんだ。あんたのところならば、何かしら掘り出し物もあろうと思ってさ」

「うちにはそれほど変わった物はないが……」

　手入れの良さならば保証出来るが、珍しい物は扱っていない。中には骨董品《こっとう》もあるものの、大した価値のないものばかりだった。それに店の半分以上はやかんや壺《つぼ》、桶《おけ》や行李《こうり》などの日用品である。しかし、多聞は「十、二十はあるはずだ」ときっぱりと言い切った。

「あれがそう言っていたのか？」

「深雪さんね。いいや、そうじゃないよ」

（では一体――まあ、誰でもよいか）

　物を売り買いするのが仕事なのだから、売って欲しいと言われれば理由など聞かずともよいと喜蔵は思い直した。多聞は鍋からひょいひょいっと肉や野菜を掴《つか》んでは、小皿に取らず、そのまま口の中にパッと放《ほう》り込む。随分と威勢のいい食い方だ。何より、

「……熱くないのか？」

　鍋はひどく煮えたぎっている。喜蔵が思わず問うたのは、その様が以前向かい合って鍋を食べていた子どもと正反対だったからだ。この子どもはひどい猫舌で、すっかり冷め切ってから鍋を突くのが常だった。それも妙な光景だったが、地獄の釜《かま》ほど熱いのではないかと思える煮えたぎった鍋をせっつくように食べる青年の図というのも、またおかしなものである。よほど舌が鈍感なのかと思えば、「すごく熱い」と頷く。しかし、言葉とは

裏腹にそのままほとんど嚙《か》まずに飲み込んでしまう。おまけに、また鍋から直接取って口へ運んだ。鍋はジュウジュウと自身の熱さを懸命に主張しているが、多聞はまるで無視を決め込んで、肉を次々に口の中へ放り込む。多聞は唖然《あぜん》とする喜蔵の顔を見て、

「少し待ったらどうだ？　って顔をしている」

と笑った。一寸は変だと自覚があるらしく、照れたような笑みだった。

「飯は素早く食べないと気がすまない性質でね。昔の仕事場は飯を食べている暇もなかったから。走りながら握り飯を口にするのは茶飯事で、それでも食べられればマシだった。今でもその時の習慣が抜けず、熱かろうが硬かろうがすぐに食べてしまうんだ」

一体どんな仕事をしていたのだと喜蔵は呆れたが、多聞がまたすごい速さで牛鍋を食べ出したので、結局それが何であるのかは分からなかった。多聞は自分で言った通り、食べる調子が人の三倍くらい速かった。喜蔵はそれ程速くも遅くもなかったが、先に食べ始めた喜蔵の方が多聞よりも遅く食べ終わってしまったほどである。食後の熱い茶も、多聞はごくごくと一気に飲み干してしまった。折り曲げた膝《ひざ》の上に頰杖《ほおづえ》をついて顎を載せると、まだ茶をすすっている喜蔵を上目遣いでジッと見つめてきたので、喜蔵は何とも言えぬ気まずさを覚えた。大抵の者は喜蔵を怖がって目を逸らし気味にするので、これほど正面切って見られたのは、恐らく初めてのことである。

「これから店に戻るのだろう？　俺も一緒について行ってもいいかい？」

特に断る理由もなかったが、喜蔵はすぐに頷けなかった。あまりの気安さに驚いてし

まったからだ。喜蔵の戸惑いに気づかぬのか、多聞は頬杖をついたままニコニコと微笑む。

「しかし、今日の牛鍋は一段と美味かったね」

いつもと変わらぬ気がしたが、と喜蔵が真面目に考えていると、

「やはり誰かと共に食う飯は美味いな。俺はいつも一人で来ていたから、今日はあんたと会えて良かったよ」

多聞はニコッと愛嬌《あいきょう》の溢れる笑みを零した。何とも毒気が抜ける、子どものように裏表のない笑みだった。これまで会ったことのない種の人間にどうにも調子が狂ってしまった喜蔵は、茶を飲むついでにこくりと頷いてしまった。

「多聞さんってば、何であんな鬼みたいなのとつるむの？　あたし無理。あんな怖い顔」

「ほら、きっとあれよ。怖いもの見たさという奴よ」

「怖いにもほどがあるでしょ。多聞さん……食べられちゃわないように気をつけて～」

女の客達が、あからさまに喜蔵を指して悪口を言っていたのを、喜蔵は会計をしながら聞いていた。余計に眉間に皺を寄せたので、そこで話はぴたりとやんだのだが。

代金を払い、下足を受け取って店から出ると、

「ありがとうございました」

深雪が後ろから戸口のところまで追いかけてきた。左耳の脇に挿した山茶花《さざんか》の簪《かんざし》が、カランと揺れた。よほど気に入っているのか、深雪はいつもこの簪を身につけている。春でも夏でも秋でも――季節外れだと指摘されても、笑ってそのままつけているくらいだ。以

前はごく尋常の髪型だったので、結い上げたところに挿していたが、おかっぱになってからは耳の横辺りの毛をねじってそこに挿し込んでいた。

「あら、仲良くなられたんですか？」

喜蔵の隣に並ぶ多聞の姿を見て、深雪は随分と驚いた顔をする。こうして兄が誰かとつるんで店を出たのは、あの子どもを除いては初めてのことだったからだ。

「ああ、これから一緒に喜蔵さんの店へ行くんだ。一寸道具を見せてもらいにね」

「まあ、ありがとうございます。そちらもどうぞご贔屓になさって下さいね」

商売上手な妹さんだな、と多聞は喜蔵に片目をつむってニヤリとした。喜蔵は仏頂面のまま、何も言わぬ。すると、多聞は思いついたように兄妹を交互に見て言った。

「そうだ、深雪さんも古道具屋に後で来るかい？」

深雪は一寸黙り込んで喜蔵の顔をちらりと見たが、喜蔵が返事をする前に笑顔で首を振った。


喜蔵と多聞が古道具屋へ着いたのは、くま坂を出て四半刻と一寸経《た》った頃である。

「俺は食べるのは速いが、歩くのは遅いんだ」

と多聞は言っていたが、それは確かに嘘ではなかった。普通の男子より歩くのが特段遅いというわけではないのだが、笑みと同じで歩き方も非常にゆったりしていたのである。鬼足の喜蔵と比べると、断然足の運びも動きも遅い。時折、喜蔵が先に進み過ぎてしまい、立ち止まって待つ場面も何度かあったが、多聞はまるで急ごうとしなかった。ぷかぷかと煙管の煙を浮かべて歩く姿が妙に様になっているせいか、喜蔵も不思議と苛々《いらいら》しなかったものの、目が合う度ににこにこと微笑んでくる人懐っこさには少々閉口させられた。

「良い名だね」

多聞は店の前に着くと、煙管の先で『荻《おぎ》の屋』と書かれた看板を指して言った。「荻の」は、喜蔵の曾祖父の旧家の苗字《みょうじ》である「荻野」からとられたものだ。武士から商人になった曾祖父が、いつかまたこの苗字を堂々と名乗れる日が来るように——と願いを込めて店の名をつけたらしい。江戸《えど》の頃とは違い、明治五年末のこの頃には誰しもが苗字を正式に名乗れるようになっていた。喜蔵は特段何の感慨も抱いていなかったが、曾祖父の悲願はようやく叶《かな》ったと言えなくもない。

外側からだと、ガタガタとうるさく鳴る戸を開けて、喜蔵は古道具屋の中へ入った。多聞は、これまでも何度か来たことのあるような気安さで中へ入ると、案内をする前に店内を好きなところから見始めた。

「思った通りだ。結構古い物が多いね」

多聞は茶杓《ちゃしゃく》を手に取って眺めながら、機嫌のよい声音を出す。

「古いだけで特段価値のない物ばかりだが」

馬鹿にしたように喜蔵が言うと、多聞は噴き出した。

「妹と違って商売ベタだな。客を贔屓にするのが嫌なのかい？」

「偽りを述べて買わせた後、文句を言われるのが嫌なだけだ」

なるほどねぇ、と多聞は笑いながら、気になる品を見繕っていった。一つ一つ手にとっては、じっくりと眺めたり、耳元で軽く揺らして音を確かめたりする。その様は牛鍋屋の箸使い同様に手馴《てな》れた様子で、手伝いは無用らしいと悟った喜蔵は、いつもの作業場に座って修繕の続きをした。古道具屋は売るだけでなく、客から道具を買い取って、修繕してから店で売り出すこともするのだ。多聞は一人で「これはあと十年経ったらよい物になりそうだ」などと楽しそうに喋《しゃべ》っていたが、喜蔵は然して気にならなかった。多聞の声は浪曲を詠《よ》んでいるように心地がよく、小鳥が囀《さえず》るようにささやかな声音だったからだ。間違いなく、今まで聞いた誰の声よりも美しかった。

(顔も容姿も十人並みだが、声は流麗だ)

喜蔵はとんかちで釘《くぎ》を打ち直しながら、何とも失礼なことを考えていた。

「これをもらおうかな」

二十分ほど経って多聞が選んだのは、錠前である。予想外の品であったので、喜蔵は思わず手元を一寸止めた。

(まさかこいつとは……)

こいつ、というとまるで生きているようだが、錠前は確かに生きていた。錠前には付喪神が宿っていて、夜になると変化するのだ。無口な怪であまり喋らぬものの、喜蔵はこれまで一言二言話したことがある。付喪神が宿る物は百年近く経た品なので、見た目からして大分古びているし、ところどころ傷んでもいる。普通の客ならばまず手に取ることはない。間違って手に取ることがあっても、すぐに戻されるのが当たり前だった。喜蔵は錠前の顔色を窺ってしまったが、やはり昼間はただの古道具のままであるらしい。今はただ手の平二つ分の長方形だが、夜になるとそこに毛むくじゃらの手足が生えて、鍵穴《かぎあな》が鼻に変化し、その上にどんぐり眼が浮き出て、鍵穴の下にはたらこのように分厚い唇が現れる——そんな夜の顔を知っている喜蔵にも、今はただの古びた錠前にしか見えなかった。

「いくらになる？」

多聞は懐から革の財布を取り出して紐を解《ほど》くと、喜蔵が小さく呟いた代金と同じ金額を喜蔵に差し出してきた。しかし、喜蔵はすぐに手を出せなかった。売ってよいものかと少しだけ迷ったからだ。喜蔵自身、半年前までは付喪神達の存在も知らなかったので、それ以前には付喪神の宿った品を客に売ったことがあったのかもしれぬ。しかし、彼らを認識した後に売ったことはなかった。多聞は金を受け取らぬ喜蔵に小首を傾げた後、にわかに「あ」と声を出した。

「そういえば今日は客が来るんだった」

多聞は喜蔵の手を取ると、手の平に代金を載せて握らせた。強引ではあるが、これで取引成立である。しかし、錠前を左の手に携えて踵を返した多聞を、喜蔵は思わず引き止めてしまった。

「それは——」

と言い掛けたはいいが、後が続かぬ。「夜になると本性を現すかもしれぬ妖怪だが、それでもよいか?」と訊《き》けばよいのだろうが、その問い立てはなかなか難しい。尋常な考え方の持ち主であれば、喜蔵の頭がおかしいと思うことだろう。からかわれているのかと怒り出すかもしれぬし、寝惚《ねぼ》けているのかと呆れられるかもしれぬ。

(だが、何も知らせずに買わせるわけにはいかぬ)

そう思った喜蔵は、「それは少々いわくのある品で、手にすると異変が起こるやもしれぬ」と多聞に説明した。眉根を顰《ひそ》めて不審がるか、「似合わぬ冗談を言うな」と苦笑するかと覚悟したものの、多聞は顔色一つ変えず、話を聞いている間中ジッと喜蔵の目を覗き込んでいるだけだった。真面目な表情をされるとは思わなかった喜蔵は、どうも居心地が悪くなってしまった。

「――そういうわけなので、そちらの品はやめておいた方がいいかもしれぬ」

まっすぐな視線を受け流しながら、

(せっかく買わせたというのに馬鹿なことを……)

と惜しみつつ、喜蔵はきっぱりと言った。しかし、

「いいよ。いわくがあろうと異変が起ころうと、俺は気にしない」

と多聞は存外な返答を寄越《よこ》してくる。

「また寄らせてもらうよ」

多聞は反論する間も与えずに、喜蔵にひらひらと手を振ると店から出て行ってしまった。

(よくはないだろう……一寸くらいは気にしろ)

喜蔵はそう思ったくせに何故か何も言うことが出来ず、しばしの間ぼうっと店の真ん中で立ち尽くした。

「錠前の怪が私より先に売れるなんて、この世はどうかしてしまったのではないか?」

小太鼓の付喪神である小太鼓太郎《こだいこたろう》は、錠前の怪が売れたのが面白くないようだ。夜が更けて喜蔵の前に顔を出してから、腹鼓を叩《たた》いてずっと文句を垂れていた。

「どうかしているのは、あの男の方さ。わざわざ締まりの悪い錠前を買っていくなんて酔狂以外の何物でもない。あんたもそのうち売れるんじゃないか?　あんたと錠前はオンボロ具合がそっくりだ」

撞木《しゆもく》の雑言に、あいつよりはまだマシだわい!　と小太鼓太郎はプアンッと腹を打って憤慨したが、誰一人とて頷く者はいない。何せ、小太鼓太郎は側面の禿《は》げかかったただの古びた小太鼓で、鳴らす音からして何とも間が抜けているからだ。

「私はこう見えて、島津《しまづ》の殿の愛用品だったのだぞ!」

その話は何べんも聞いたと撞木が辟易《へきえき》すると、釜の怪が合いの手を打った。

「聞く度に藩の名が違うがな。大体殿愛用の小太鼓って何だ?」

錠前の怪が売れた日のこの晩は、喜蔵の家にいる妖怪達が随分と騒がしかった。半年前から突如喜蔵の前に姿を現した妖怪達であるが、例の子どもがいなくなってからは、実はそれ程騒ぐことはなかったのだ。大人しいとまでは言い切れぬものの、いたずらやちょっかいの数はあの頃と比べて断然少ない。錠前が売れたことは妖怪達にとって一寸した事件であったらしく、騒いでいる者の中には喜蔵が久方振りに顔を見る者もいた。

「その客は相当物好きなのか？」

布の妖怪いったんもめんが柱に巻きつきながら訊《たず》ねると、

「ああ、お前は昼間居眠りこいていて見ていなかったんじゃな？　もうな、ずっとニヤニヤとした男だったぞ。あ、もしや笑い男か？」

茶杓の怪は思いついたように言った。馬鹿言え、と返した銅薬缶《やかん》の付喪神である堂々薬《どうどうや》缶《かん》は、短い腕を無理矢理組んでしたり顔をする。

「笑い男は妖怪。今日のあの男はただのニヤついた、とんでもなく金持ちな人間だ」

「なんで分かる？　格好は派手だが別段高そうではなかったぞ」

「財布の中身を見なかったのか？　大銭小銭がジャラジャラと入っていたし、帯に差していた煙管もなかなか上等な品だった。派手なところばかりにとらわれて気づかなかっただろうが、着物も上質な生地だったし、裏地には珍妙な柄の刺繡《ししゅう》もあった。これもまた緻密《ちみつ》で見事だったぞ。あの男は本来こんな店に来るような身分の奴じゃないな」

なかなかめざとい怪である。喜蔵がほんの少しだけ感心していると、たまたま撞木を訪ねて来ていたろくろ首が、頭をぐるぐると三回転させながらくぐもった声を出した。

「おい、荻の屋。あの男は一体何をやっている男なんだい？」

水を差し向けられた喜蔵は、大根の葉だけが入った味噌汁《みそしる》を啜《すす》りながら「知らぬ」とボソッと答えた。

「あんた知り合いなんだろ？　何故相手の素性も知らぬのだ」

今日会ったばかりの他人の素性など訊かぬ、と喜蔵は何とも「らしい」答えをした。

「普通は訊き合うものだろうに……」

鉄扇の怪は扇を開け閉めしながら呆れたが、普通ではないからさと撞木は笑うばかりである。

「こいつはもちろん普通じゃないが、相手だって普通じゃないさ。だって、こんな悪鬼のような顔をした男を、まるで怖がっていなかったんだよ？　普通の人間には無理な話さ」

「お前よりはマシだ」

喜蔵が揶揄《からか》った撞木は、顔は撞木鮫《しゅもくざめ》、身体は人間の女の形をしている妖怪だ。頭の横についた離れた目が、不気味というよりは滑稽《こっけい》な雰囲気をかもし出していた。艶《あで》やかな振袖《ふりそで》姿と相まって、何とも言えぬ摩訶《まか》不思議な様相である。

「こんな美妖怪に向かって何を言う。大体、アタシは妖怪だから多少恐ろしい方がいいのさ。でも、あんたは一応人間だろ？」

「あれ？　こ奴は人間だったか？」

夜叉《やしゃ》かと思っていたわ、といったんもめんは天井近くを浮遊しながら口を狭んだ。相手にするとつけ上がるので無視を決め込もうとしたそばから、喜蔵にとって一等口煩《くちうるさ》い妖怪がひょこひょこと喜蔵の横へやって来てしまう。

「お主、何故錠前の怪を売った？　あ奴だって少しくらいの分別はあるが、いかんせんまだ若い。調子に乗ってすぐさま本性を現してしまうかもしれぬ。錠前の怪の身も気掛かりだが、それよりあの客に迷惑が掛かってもよいのか？　あの客は友なのだろう？」

現れて早々説教をたれる妖怪に、喜蔵はウンザリとした表情を露骨に浮かべた。

「説明はした。それでもいいと客が言ったのだから、問題はあるまい」

「だが、お主もあの客を見送る時にまだ何か言いたげであったではないか。また来ると申していたが、その時にしっかりと錠前の怪の様子を訊ねた方がよいと思うぞ？」

「……お前は俺の母親か。ただの道具のくせに指図するな」

「ただの道具に指図されぬようにお主がしっかりすればいいのだ」

硯の精は他の妖怪達と違い、喜蔵に臆《おく》することなく言い返してくるので、喜蔵はまた面白くない。

「硯の精や。お前も錠前の奴が売れてしまって悔しいのかい？」

ククククッと笑い含みに言う釜の怪の頭を叩いたのは、撞木だ。何をする！　と喚いたのは釜の怪ではなく、釜の怪と一緒に半年前にこの店に売られてきた、しゃもじもじというしゃもじの付喪神である。

「兄貴をぶつとは何事だ！」

身体ごと突っかかってくるしゃもじもじを手で押さえつつ、撞木はキッパリと言う。

「硯は最古参だもの。こんなチンケなところで一生を過ごす羽目になるのが嫌なだけさ」

撞木は硯の精を敬っているらしく、こうして気遣うように話すのが常だった。素直に黙ったところを見ると、釜の怪も硯の精に一目を置いているのだろう。硯の精は古道具屋の付喪神の中で二番目に小さな形をしているが、妖怪は人間とは違い、大きさと年齢と態度は比例していないようである。

「だが、他に行っても、早々に化かすわけにもいかぬよな。少しの間は我慢して、どんな人間なのか様子を見なければ迂闊《うかつ》に化かせぬ」

「少し我慢するくらい、ここにいるよりはマシでしょう。恐ろしい人間に虐げられることなど、ここ以外では有り得ぬ話なのですから」

赤い唇で莞爾《かんじ》と笑む桂男《かつらおとこ》を、喜蔵はぎろりと横目で睨んだ。桂男は人間の美男の形をした妖怪であるが、美しい見目と反してその気性は存外残忍であるらしい。しかし、喜蔵は桂男のそういう一面をまだ見たことがない。

「す、硯の精はどういう者に買われるのがいいですか？」

睨みひとつで震えるのだからたわいない。桂男は硯の精に話を振ったが、別段誰でもよいと硯の精は乗ってこぬ。

「誰を相手にしても硯として在るだけだ。ここにいる時にはこうして姿を出すし、他に行けばただの硯に戻るだけのこと。誰かを化かして遊ぶほど、もう若くはないからな」

「あんたは潔いが妖怪らしくない……怪は人間をおどかすのが生き甲斐《がい》だろうに」

欲がないね、と撞木は溜息《ためいき》をついた。

「硯の精は妖怪が悪いから、妖怪らしくはないが立派だ」

「確かに……妖怪が悪いよのう」

妖怪が悪い、妖怪が悪い、と他の妖怪達も口々に言う。

妖怪が悪いというのは、どうやら人がいいと同じような意味であるらしい。硯の精は喜蔵の家に居つく妖怪達からの信頼が厚いので、いつぞやの子どもと同じようなことを言っても、皆から然程反感を買ったりはしない。喜蔵にとって硯の精は口煩い小舅《こじゅうと》のような存在だが、妖怪達の間では皆をまとめる古老のような役割を担っているらしかった。

(そういえば、妖怪は序列に厳しいと言っていたな)

そう言った子どもだけ今この場にいないのが、喜蔵には不思議に思えてならなかった。

*

「今日は蕎麦《そば》を食いに行かないか?」

(妙な男だ)

今日の多聞は、鶸《ひわ》色の童子格子の着物を紺青の帯で締めていた。紅紫色の鮮やかな羽織を羽織り、髪はいつものように耳の後ろ辺りで無造作に束ねている。髪を縛っている藤色の紐は男がつけるにはいささか可愛らし過ぎる代物だったし、足元はなんと革の長靴だったが、多聞の持つ独特の雰囲気のせいか、ちぐはぐな印象は一切与えぬ。知り合ってからひと月半、その間に会ったのは七度――見る度に召し物が変わっていたが、どれもこれもいささか珍妙のきらいはあるものの、それなりに着こなしているから凄《すご》い。

「向島《むこうじま》で美味い蕎麦屋を見つけたんだ。一昨日《おととい》一人で行ったんだが、やはり誰かと共に行きたくなってね。ちょうどあんたの顔が浮かんだので、こうして誘いに来てみたわけさ」

「何故俺を誘うのだ？」

ずっと気になっていたことを思わず訊くと、あんたを気に入ったからだよと多聞は何でもないように答えながら、喜蔵から買ったばかりの釜を風呂敷で包み込んだ。

（何が気に入ったのか知らぬが、酔狂な男だ）

自分で思っては始末に負えぬが、喜蔵はそう思ってしまう。彦次は幼馴染であるから別として、これまで友と言えるほど気心知れる知り合いが喜蔵にはいなかったのだ。なので、嬉しいというよりも、戸惑う気持ちの方が断然大きい。

「店番が終わってからでいいよ。夕方にまた来る」

喜蔵の返事さえ聞かぬうちに、多聞は店から出て行ってしまう。喜蔵はどちらかといえばせっかちだったが、多聞はそれ以上だった。歩き方や動作はゆったりとしているくせに、言動や行動は実にあっさりとしている。せっかちというよりも、自由気ままで強引なのだろう。それでも嫌な気がしないのは、他人の懐に容易《たやす》く入り込んでくる妙な愛嬌があるからかもしれぬ。

(夕飯は蕎麦か……)

喜蔵は止めていた手を再開させた。先ほどまでより一寸動きが速くなったのは、もちろん無意識である。

終わってからでいいというので、喜蔵は本当にいつも通り日が暮れるまで店を開いていた。待たれていると思うと最初は落ち着かぬ思いもしたが、仕事をしていればそんなことは忘れてしまう。夕陽《ゆうひ》が落ち、辺りが薄闇《うすやみ》に包まれ出した頃、店の戸じまりをしていた喜蔵の許へ、多聞がやって来た。

「やあ」

多聞は人力車に乗って、颯爽《さっそう》と登場した。この前現れた時は馬車に乗っていたので、人力車くらいで今更驚いたりはしない。けれど、この時は流石に言葉を失った。人力車はなんと二人乗りだったのだ。多聞の隣はすでに空けてある——つまり、「乗れ」ということなのだろう。目深にほっかむりをした車夫が、喜蔵の腕を引っ張って、多聞の隣へ乗せようとしたが、喜蔵はもちろん抵抗した。

「どうした？　早く乗りなよ」

不思議そうに首を傾げた多聞に、歩いていけばよいだろうにと喜蔵は苦い顔をする。

「今日はこれに乗りたい気分なんだ。ああ、お代の心配も無用だよ。この車夫とは知り合いでね。俺と俺の連れなら、賃なしで乗っけてくれるのさ」

喜蔵はちらりと車夫を見た。ずんぐりむっくりとした体格の小男で、垂れ下がった目の

下にもの凄い隈《くま》がある。喜蔵と目が合うと、にたりと気味悪く笑んだ。喜蔵はますます乗る気が失《う》せたが、

「さ、乗った乗った」

身を乗り出して袖を引っ張ってくる多聞の強引さに負けて、嫌々ながらも車内に乗り込んだ。人力車が出現した当時は、物珍しさに惹《ひ》かれた人々がこぞって乗り、町中を行き交う人力車の群れがかえって混雑を招いていたほどである。喜蔵はその様子を見て、（歩いた方が早い）と冷ややかな目線で馬鹿にしていたのだが――。

（速い……）

この度、人力車に初めて乗った喜蔵は、乗って五分もしないうちに考えを改め始めていた。速い――というよりも速過ぎたのだ。

「……少しゆっくり行った方がよいのでは？」

そう喜蔵は注意したが、車夫の男は聞こえていないのか、まったく速度を落とさぬ。スイスイと他の人力車や人々の間をすり抜けるように進んでいくが、何度かヒヤッとする場面もあって、喜蔵は内心で段々と青褪《あおざ》めていった。喜蔵の住まう商家の通りを抜けた先の道は、しばらくの間石がごろごろと転がっていていささか道が悪い。車夫の人力車を引く調子は、その道を通る段になっても、まるで変わらなかった。ガンッ、ゴッ、ゴンッ――と不快な音が響くたび、喜蔵の身体も心も不快になった。しかし、喜蔵がいくら「もう少しゆっくり引け」と言っても、車夫の運転はずっと荒っぽすぎるままだったのだ。けれど、

隣に座る多聞は慣れているのか、涼しい表情である。

「さっきから落ち着かない様子だが、どうした？」

「どうしたもこうしたもない。なんだこの人力車は」

「仕方ないさ。彼は、まだ数えるほどしか車を引いたことがないからね」

「……おい、お前の知り合い本当に車夫なのか？」

大丈夫大丈夫、と多聞は笑うだけで肯定も否定もしない。喜蔵は一寸口元を引きつらせたが、すぐに表情を元に戻し腕を組んだ。無理に飛び降りようものならば怪我《けが》をしてしまう。乗ってしまったものは仕方がないと腹をくくった喜蔵は、車が止まるまで大人しく仏頂面で乗り続けた。我慢したおかげで、人力車は歩くより倍以上早く目的の場所に着いた。

「ああ、着いた着いた。やはり人力はいいなあ」

「どこがだ」

喜蔵は尻《しり》をさすりながら、チッと舌打ちをした。運転も荒々しかったが、乗り心地も最悪だったのだ。まず、座るところが物凄くかたい。その上、乱暴運転のおかげで何度も尻を打ちつけてしまい、ジンジンと痛みが残っていた。

「早く着けて良かったじゃないか」

「良かったのは無事だったということだけだ」

ここへ到着するまでに、車夫は馬を一度、猫を一度、人間を三度轢《ひ》きそうになったが、誰も何も轢かずに済んでここまで来られたのは正しく奇跡だった。地に降りた喜蔵が車夫をギロッと睨みつけると、相手はすでに車を引いて来た道を引き返していた。先ほどまでとは打って変わり、ゆったりとした足取りである。そこには危なさのかけらもない。

「……わざとか？」

唸る喜蔵に、

「さあ、行こう」

多聞はすぐ近くに見えている、美味いと評判の蕎麦屋を指差して言った。


行きは散々だったが、多聞の言った通り、蕎麦は大層美味かった。喜蔵はただの掛け蕎麦を頼もうとしたが、多聞が天ぷら蕎麦をしつこく薦めたので、仕方なくそれにした。

（こちらにして正解だった）

食べ始めて少し経った段階で、喜蔵は思った。海老《えび》の天ぷらが一つ載っているだけだったが、身がぷりぷりとしていて非常に歯ごたえがよく、とても甘かったのだ。打ち立ての蕎麦は喉越《のどご》しがよく、薬味の葱とみょうがも新鮮で味が深い。汁は薄味だが、蕎麦と薬味の濃さでちょうど良い按配である。

「美味いだろ？」

そう言った多聞は、食べ始めてすぐに海老天を二口で食べてしまっていた。喜蔵が頷くと、嬉しそうな顔をして残りの蕎麦を勢いよく啜った。

（この調子では、あと百数えた時にはとっくに食い終わっているな）

大分慣れたとはいえ、まだまだ呆れながら喜蔵も蕎麦を啜った。

「兄さん、冷酒三本頼むよ」

案の定早々に食べ終わった多聞は、杯を二つもらうと酒を注《つ》いで、喜蔵の前に置いた。固辞したものの、多聞が杯を持ち上げて待っているので、喜蔵も渋々杯を持ち上げた。にこりと笑った多聞は、ようやく酒を口に運んですぐに飲み干し、また酒を杯に注いだ。食事もそうだが、酒を飲む調子もまた速いのだ。喜蔵が蕎麦を食い終わるまでに、結局三本空けてしまったほどである。よく飲むなとも、もっと味わって飲めとも、もはや言い飽きた喜蔵は、黙って蕎麦を食うことに集中した。

「今度は日本橋《にほんばし》の『明野《あけの》』に行かないか？　あそこの鰻《うなぎ》は絶品らしい。前々から気になっていたんだが、なかなか足を運ぶ機会がなくてね」

蕎麦を食べ終え、もらった酒をちびちびと舐《な》めるように飲んでいた喜蔵に多聞は言った。

「まあ……いいが」

喜蔵はまったく気乗りしていない様子に見えるが、実のところそうでもない。多聞も、喜蔵がいくら仏頂面をしていても楽しそうにしていた。だから、喜蔵も気負うことなく多聞と付き合うことが出来たのだ。特段何を訊かれるわけでも訊くわけでもない、気ままな付き合いだった。こうして顔を突き合わせて飯を食っているのは、嫌々でなかったことは確かだが、喜蔵にはひとつだけ気に掛かっていることがあった。

「ところで……その後何か不都合はないか？」

喜蔵が問うたのは、多聞が買って行った古道具――付喪神のことである。多聞は喜蔵から度々道具を買ってくれていたが、道具は古ければ古いほど好きらしく、たまたま付喪神が憑《つ》いた古道具ばかりを買っていくのだ。客が満足するに越したことはないものの、喜蔵は売った後に（売ってしまった）という妙な罪悪感に駆られていた。多聞には「いわくがある」とか「異変が起こるやも」という注意を毎度してはいるが、「何もない」と同じ返事をくれるばかりである。

「不都合なんてないさ。どれもこれも気に入っているよ」

付喪神達はどうやら本性を隠して大人しくしているらしい。それでも気になって、

「何か異変が起きたりは？」

と喜蔵は訊いたが、事情を知らぬ多聞は目をパチパチと瞬かせるばかりである。

「異変って何だい？　まさか祟《たた》りでも起こるっていうんじゃないだろうね？」

言い返さぬ喜蔵に、多聞はくすくすと笑い出した。喜蔵が似合わぬ冗談を言っていると思ったのだろう。五本目の酒を頼みながら、多聞は笑い含みに言う。

「まあ、何でもいいさ。不都合はないし、俺が気に入って買っているんだ。たとえ何かが起きたとしても、最初から注意してくれていたあんたを恨んだりなどしないよ」

「しかし……」

「あんたはつくづく商人向きじゃない。商人なら、自分の魂以外は売らなきゃ駄目だよ」

多聞は喜蔵の杞憂《きゆう》を商人としての気遣いだと思っているのか、真に受けていない様子で

ある。多聞には、付喪神の姿など見えていないのだろう。心当たりさえないようだった。

（もしや、うち以外では正体を現さぬのか？）

喜蔵だって、自家にいる付喪神達の姿を初めて見たのはたった半年前のことである。あのことがなければ、今も見えぬままだったかもしれぬのだ。それに、魂が宿っているといっても物である。しかも、古道具屋に並べている以上、それは商品だ。誰も手に取るはずがないと思っていたからとて、客が気に入って売ってくれと言われたら売るほかはない。喜蔵としても、一生付喪神達を自分の家で保管するつもりなどなかった。

（しかし……）

どうにも引っかかる気持ちもある。付喪神の憑いた道具を売る度に聞こえる、

「よいのか？　お主はどこか得心がいかぬような顔をしているぞ」

という硯の精の台詞《せりふ》がずっと耳に残っているからだろうか？

五日後――この日も喜蔵は多聞と午飯を共にした。行きは歩いて行ったが、帰りはまたあの人力車が迎えに来たので、喜蔵は今度こそ遠慮して一人で歩いて帰ったのだ。帰路のうち、くま坂の前を通った時だけいつもの早足を少しだけ緩めて、店の中をちらりと覗いた。店内は以前にも増して盛況である。おかっぱ頭の娘の後ろ姿を確認して、喜蔵はまた足を速めてその場から去って行こうとした。しかし、急に速度を速めたので、喜蔵はどしんと小柄な誰かにぶつかってしまう。あばらの辺りにぐいっと三角のものが食い込んでき

たので、喜蔵はハッとして「お前」と思わず声を出しかけたが――。

（いや――違う）

喜蔵は自分のひどい勘違いに固まってしまった。そこにいたのは、鬼ではなく、鬼の面をつけたただの子どもだったのだ。ずれた面を直しかけたところで、喜蔵の顔を見てしまったらしい。喜蔵とは違う意味で凍りついたように固まった少年は、髪は黒いし、へんてこりんな着物も着ていない。喜蔵の記憶の中の子どもとは、背丈とやんちゃそうな雰囲気が似ているだけの別人だった。

（まるで似ていないではないか）

苦笑しかけた喜蔵が「すまぬ」と謝ろうと身をかがめると、

「わぁ、食べないでっ！」

と子どもは叫んで、脱兎《だっと》のごとく走り去ってしまった。ぽつんと独り取り残された喜蔵を見て、周りにいた人間達はこぞって笑いを堪《こら》えている。

（……誰が食べるかっ）

心の中で言い返すと、喜蔵はいつも以上の足早で歩き出した。

「ばっかだなぁ」

橋を渡ろうとした時だった。

「盗み見るんじゃなく声かけろよ。兄妹だろ？」

くすくすと喜蔵を馬鹿にするような、幼い声が喜蔵の耳に届いた。喜蔵は思わず立ち止

まりかけたが、

（……どうせこれも幻聴だ。もう騙されはしない）

と自分に腹を立てて、立ち止まらずズンズン前に歩いた。だから喜蔵は、自分をからかった木霊《こだま》という木の怪が、例の子どもの声を真似て柳の木の陰で笑っていることには気がつかなかったのである。本来ならば、幻覚だ、幻聴だ、とすんなり考えられるほど素直な人間ではないものの、このところ少し調子が狂っているせいで納得してしまったのだ。

（どうにも気が抜けている）

家に帰る道すがら、喜蔵は苛立ちながらぐるぐると考え込んでいた。こうして騙されたり、変な妄想をしてしまったり、苛々とするのが茶飯事になっているのだ。一体いつから、何故こんなことに――と己に問わずとも、答えは分かっていた。

（厄介なものだ）

気づかぬ振りをしていれば、周りを騙せる。いつか己でさえも、それが真実だと思い込ませることが出来る。そうやって喜蔵は生きてきた。己を騙して生きることが悪いなどとは、今でも思っていない。その方が生きやすいならば、そういう風に生きていったらよい。けれど、一度気づいてしまった心には、なかなか背けぬものである。だから厄介で仕方がないのだが、一等厄介なのは、それを気づかせた者が今はいないことである。せめて文句の一つでも言って頭を叩いてやれば、気も少しは晴れるのだが――そう思うこと自体が不毛なので、喜蔵は一人むしゃくしゃとするしかなかった。

喜蔵がいつも以上に顔を顰《しか》めながら、裏通りへ入る角を曲がった時である。

「あ」

声が重なった二人はそのまま一寸黙り込んだ。

「こんにちは」

先に口を開いたのは、三年前から喜蔵の家の裏の長屋に住んでいる綾子《あやこ》だ。ここへ来る以前に夫を亡くしている綾子は、一人住まいの長屋で女子どもに三味線《しゃみせん》を教えて暮らしている。喜蔵がおよそ商人に向いてなさそうなように、綾子もこんな下町の貧乏長屋に似つかわしくない美貌の持ち主だ。「綾子さんならば吉原《よしわら》の太夫《たゆう》にもなれるだろう」と裏店の連中はよく噂していたが、（それは無理だろう……）と喜蔵は綾子を見るにつけ思ってしまう。容姿は申し分ないし、気立てもよいのだが、綾子には欠点があったのだ。

「……何かついていますよ」

「え？　何かしら……あっ」

綾子が髪の毛やら肩やらを両手で払うと、ばらばらと草が地面に落ちてきた。全身草まみれだったのだ。綾子はしゃがみ込んで、落ちた草を慌てて掻き集め出したが、しゃがみ込んだ傍《そば》からまた草が落ちてくる。喜蔵は屈《かが》み込むと、葉を集める振りをして、綾子の帯の溝にたまった草を取ってやった。日常生活の中で、こんなに草まみれになることはあまりない。一体どこで何をしてきたのかと喜蔵が半ば呆れながら訊くと、綾子はしばしの逡《しゅん》巡《じゅん》の後、手をもじもじさせながら話し始めた。

「……その、子ども達がとあるお宅の生け垣に空いた穴から、中に出入りしているのを見つけたんです。門が開いているのに、子どもは変なところから入りたがるんですね。注意したんですが、皆遊びに夢中で全然言うことを聞いてくれないんです。そのうち、子ども達が『一緒に遊ぼうよ』と言い出して、皆でその穴に私を押し入れて――」

注意した綾子自身も、その家の中に入ってしまったらしい。穴は少々きつかったが、何とか入れた。細身だから入れたものの、その細さが災いした。

「入ったはいいんですけれど……入ったなら、出ないといけませんよね?」

真剣に問われ、喜蔵は思わず、「いけません」と真面目に応じた。

「『勝手に他人様《ひとさま》のお家《うち》に入ってはいけないのよ』と言った私が勝手に入ってしまったから、それはもう慌てたんです。急いでもう一度穴に身体を突っ込んだんですが、今度は何故か抜けなくなってしまって。子ども達が引っ張ったり押したりしてくれたんですけれど、どうやっても抜けなかったんです」

それで、こうして草まみれになってしまったらしい。おまけに、子ども達は綾子を引っ張ったり押したりするのに疲れ果てて、その家の者に助けを求めてしまったのだという。その家の主人の力で何とか穴から抜け出た綾子だったが、謝っても笑うばかりで怒られなかったらしい。黙って話を聞いていた喜蔵は小声で問うた。

「門が開いていたならば、出る時は門から出れば良かったのでは?」

「あ」

そうですね、と今初めて気づいたように呟く綾子に、喜蔵は絶句した。そして、喜蔵が押し黙ったのをきっかけにふつりと沈黙が出来た。

「……その後、便りなどありました？」

綾子はおずおずとそう口にした。この問いをされるのは初めてではないので、喜蔵は『誰から？』とは訊き返さずに横に首を振る。

「そうですか……でも、便りがないのは元気な証《あかし》と言いますものね」

喜蔵は頷きながら、寂しげな綾子の顔をチラリと見た。半年の間、綾子はこの問いを半月に一度くらいしてくるが、本当はもっと頻繁に訊ねたいのだろう。事情など何ひとつ知らぬ綾子だったが、そこに何かしら理由が隠れていることは何となく察しているようだった。喜蔵がその問いをされる度、困っていることにも気づいているらしく、極力その話はしないようにしているだけなのだ。

「……今日、少しあいつと似た子どもを見掛けました」

この日は珍しく喜蔵がそう零したので、綾子も一言「会いたいわ」と呟いた。しかし、喜蔵は頷かなかった。

（別段会いたいわけではない）

そう思ってやる義理はないと喜蔵は思っていた。綾子は頷かぬ喜蔵に首を傾げたが、

「きっと、そのうち会えますよ」

と励ますように言った。こうして二人が嚙み合わないことはしばしばで、会って話して

もぎこちない会話ばかりが続き、そのうちどちらともなく後ろに下がるのが常だった。この日は綾子の口にした言葉をきっかけに、何となく別れの雰囲気になった。

「では、これで……」

「では……」

先に身を翻したのはいつも通り綾子だったが、数歩進んでハッと肩を揺らすと、「一寸待っていて下さい！」と言い置いて、急いで長屋にとって返した。喜蔵が呆《ほう》ける間もなく、すぐに走って喜蔵の許に戻ってきた綾子は、上を紐で縛った白い包みを差し出してきた。受け取った喜蔵は、ころころ、じゃらじゃら、と可愛い音のするそれを振って首を傾げる。はるか昔に聞いたことのある、懐かしい音がした。

「今日は節分ですから」

福が訪れますように、と綾子は微笑んで帰って行った。何とも美しい横顔だったが、直後につまずいて台無しだった。綾子がこれ以上転ばぬか不安に思った喜蔵は、綾子が裏長屋に入るまでその場に佇《たたず》み、ようやく裏戸から家に戻った。

夕餉《ゆうげ》も終わり、布団も敷き終わった後、喜蔵は棚に置いた袋の中身を覗いた。

（そういえば、鬼やらいか）

喜蔵は娯楽好きではないし、趣味も特にない。やることがないので、仕事ばかりしていた。休むのは正月くらいで、世事にも疎く、そもそも興味がない。当然、節目の行事も忘れているのが常だった。今日綾子に出会わなければ、今年も気づかぬままこの日を終えていたことだろう。祖父と暮らしていた頃はそういう習慣もあったが、その時でさえ熱心に行っていた覚えはない。

（元々、何事にも関心の薄い人間なのだろう）

喜蔵は自分のことをそう考えていたが、それで困ることもなかった。一人で暮らしているのにやたらと行事に熱心なのも、何か怖いものがある。喜蔵は棚の上から袋を開けて数個豆をつまむと、折り畳んだ懐紙の上においた。特段信心深くないくせに、珍しい物を手に入れると、つい仏壇に供えてしまうくせがあった。以前深雪からもらった不格好《ぶかっこう》なおはぎも、同じように供えたのだ。結局自分が食べるのだから、供えたところで意味がないというのに、幾度もやってしまう自分が喜蔵には不思議に思えてならぬ。

不思議、で思い出した喜蔵は店の方を覗いた。今宵はどこかで集いでもあるのか、妖怪達の姿が見えなかったのだ。誰もいない時でもひょっこり出てくるはずの、小うるさい硯の精まで姿を見せぬ。がらんとした部屋の中にぽつんと立っていた喜蔵は、綾子からもらった大豆入りの袋を握り締めながら庭へと足を向けた。雨戸を開け放って縁側に出ると、いつものように空を見上げた。猫の爪跡《つめあと》のような細い月が出ているだけだったが、空は妙に明るく見えた。

（鬼は外、福は内――だったか）

喜蔵は心の中でそらんじたが、何となくそれを口に出すのは憚《はばか》られた。どうせ誰も見ていないのだから、周りを気にして恥ずかしがる必要はない。鬼は外——その台詞を口にするのが一寸嫌だったのだ。自分も存外未練がましい奴だと喜蔵は小さく苦笑した。

（まったく……本当に未練がましい）

あれから半年と少し。喜蔵はこうして月の妖しい夜に庭へ出て、夜空を見上げるのが習慣になっていた。もしかしたら——などと思ってしまう自分がいたのだ。そんなことあるわけがないと思いつつ、その思いは時が経つほどに増していった。置き土産《みやげ》というべき妖怪や人間達に囲まれて、以前のような孤独を感じることはなくなったにも拘《かかわ》らず、喜蔵は（人は独りだ）と未《いま》だに思っていたのだ。

誰かと共にいる時には考えずとも、ふと独りを意識した瞬間を狙《ねら》ったようにそうした想いが去来した。以前のようにずっと独りで生きていたら、今頃こんな風に思い悩んだり、恋しく思ったりはしなかっただろう。それを思うと、喜蔵は無性に腹が立ってくるのだった。自分をこんな風にしたくせに、戻ってくる気配などない。「行く」と言っていたのだから、至極当たり前のことだというのに、（何故戻ってこぬ）と思ってしまう。

（餓鬼はどちらだ）

小さく苦笑した喜蔵は、袋の中を探って豆を掴んだ。そして、光を発する月に右手を掲げ、何かを振りきるように投げた。

「鬼は——」

それは、唐突な出来事だった。

「……わあああああああーーーー」

――――――――――どっしんっ。


ばちばちばち……。

杏《あんず》の木の下辺りに落ちるはずだった豆は、何故かすべて喜蔵に跳ね返ってきてしまったのである。そして、喜蔵は一寸の間あんぐりと口を開けたまま、その場から動くことが出来なくなった。何故ならば、杏の木の下には豆ではなく、豆よりもずっと巨大で、喜蔵よりもずっと小さな子どもが落ちていたからだ。

「いでででで……あれ？　何で落ちたんだ？　てっきり橋のたもとに出ると思ったのに」

おかしいな、と小首を傾げながら立ち上がったその子どもは、喜蔵に振り返って
「よっ」と気楽に片手を挙げた。

喜蔵の胸くらいまでしかない小柄な体躯。金、黒、赤茶の交ざった派手な斑頭《まだらあたま》に、つんつんと逆立つ針鼠《はりねずみ》のような髪型。寸足らずで袖口が妙に広がった、闇よりももっと深い藍《あい》色の着物。くりくりっとよく動く大きな鳶《とび》色の瞳《ひとみ》に、口元から覗く尖《とが》った八重歯。あの子どもを構成するすべての要素が、喜蔵の目の前に立っていた。昼間間違えた子どもとやはりどこか似ているものの、（これだ）と思うのは今目の前にいる小生意気な表情で笑う子どもだけである。半年前の別れの夜から一寸も時が経っていないような錯覚に陥った喜蔵

は、身動きどころか口もきけず、前に立つ子どもをただ見下ろし続けた。

「おーい」

「……」

「寝惚けてんのかあ？」

仁王像のように固まっている喜蔵に、子どもはひらひらと手を振る。

（……寝惚けているのか？）

夢や幻にしては妙に生々しいが、左手で頬をギュッと引っ張ると、そこにはありありと痛みが走った。頭だってはっきりとしている。何より、惚《ぼ》けるにはまだ早い。

「お〜い、生きてるか？」

一歩近寄って顔を覗き込んできた子どもの頭に、喜蔵は恐る恐る手を伸ばす。子どもの頭上にある二つの固い感触――鬼の角《つの》に触れた喜蔵は、子どもの頭から手を引くと、一歩後ろに下がった。

「……喜蔵？」

俯《うつむ》いた喜蔵の握り拳《こぶし》が震えているのに気づいた子どもが、気遣わしげに声をかけた時だった。喜蔵は残っていた豆をわしづかみにすると、その子ども――小春《こはる》という名の自称大妖怪に力一杯投げつけたのである。

「おい、ちょっ――何すんだっ！」

「鬼は外!!」

そう言いながら、喜蔵は大豆を小春に投げつけるのをやめぬ。先ほどまで口に出すのが憚られていたとは思えぬ、恨みの籠った思い切りの良い口上と撒《ま》き方である。

「福もちゃんと持っているだろ！　鬼も内！」

ひぃひぃと悲鳴を上げながら頭を抱えて豆から身を守ろうとする小春に、結局喜蔵は持っていた豆をすべて投げつけた。最初は屈みこんで両手で身を庇《かば》っていた小春だったが、豆の砲弾が終わると手を解き、辺りに散らばった豆を拾ってパクッと食べた。

「あ、美味い」

「鬼のくせに鬼やらいの豆を食らうか？　おまけに地べたに落ちたものを」

相変わらず意地汚い、と喜蔵は眉根を顰めた。しゃがみ込んで豆を拾っていた小春だったが、細かい豆をいちいち拾うのに段々と苛々してきたらしい。

「ああ、しゃらくせえっ」

と言うやいなや、片手を地面に向けて小刻みに手招きした。すると、地面に散らばった豆は小春の手に吸い寄せられていったのだ。この猫招きの特技も、相変わらず健在らしい。ボリボリと良い音をさせて豆を貪《むさぼ》り食う小鬼に呆れた喜蔵は、いつぞやのように踵を返して裏戸から出て行こうとした。

「おひおひ、ましゃか番屋にいくんじゃなひだりょうな」

小春は齧歯類《げっしるい》のように口いっぱいに豆を入れて、モガモガと不明瞭に言った。

「今度こそ、突き出して、や――る――」

意思に反して、ズルズルと後ろへ下がっていってしまう身体に踏ん張りを利かせながら喜蔵は呻《うめ》く。

「ま、取りあえず飯でも炊いてくれ。味噌汁と漬物もな」

横柄に要求してくる割に、随分と安上がりな献立である。ズルリと力が抜けた喜蔵は、

「……祝言《しゅうげん》はまだ先だぞ」

と不承不承に漏らした。小春は「へ？」と間の抜けた顔をする。

――深雪ちゃんの祝言の時だけは来てやるよ。

別れの時にそう言っていた本人が、すっかり忘れてしまっていたらしい。腹の立った喜蔵は、更に言い募った。

「それに、陽と闇は交わってはならぬのではなかったか？」

「へぇ。お前、よく覚えているなあ」

存外記憶力がいいんだな、と小春は腕組みをしながら感心したように頷いた。落ちてこられて驚く喜蔵をよそに、落ちてきた当人は実にあっけらかんとしている。

(何だ、こいつ……)

訝《いぶか》しむ目で小春を見ていた喜蔵は、「まさか」と顔色を変えた。

「……豆食いたさに降りてきたのか？」

「は？　豆なんてどうでもいい」

どうでもいいと言いつつ、小春はまだ豆をボリボリと食べていた。

「では、牛鍋か？　生憎今日行ったばかりだ。あと十日は行かぬぞ」

本当は八日前に行ったのだが、喜蔵はちゃっかり嘘をつく。

「何だよ～一日ズラしてくれりゃあ良かったのに……じゃねぇよ！」

「ははあ、汁粉か」

「そうそう、小豆が椀《わん》いっぱい詰まった甘ったるさがたまらん……お前の中の俺は相変わらずひだる神なのか!?」

こんなに立派な鬼なのに、と唇を尖らせて怒る小春の姿は、確かに「相も変わらず」といった風である。とんとんと流れていく会話も、別れたあの日から続いているかのように何の緊張感もないものだった。だから余計に、喜蔵は分からなかった。

（本当に……本物か？）

己が未練がましく求めるあまり、どこかの妖怪がからかって見せてきた幻なのだろうか？　けれど、それにしては上手《うま》くない。喜蔵は別段涙の再会など求めていなかったが、半年振りなのだ。一言二言再会を祝すような言葉があっても良かった。大体にして、また失敗して落ちてくるなど、まるで再会を感動出来る場面ではない。誰かが見せてくる幻だったら、現《うつつ》に戻ったらガッカリするような魅惑的なものにするはずである。

（幻……ではない）

そんな気がした。しかし、確信は得られぬ。どうにかして見極めようと黙って観察していた喜蔵に首を傾げた小春は、足を振り上げて喜蔵の腹にゲシッと蹴《け》りを入れた。

「何だよ、ぼうっとして。とうとうボケたか？」

ニッとからかうように笑った小春の口元から、懐かしい鋭い八重歯が覗いた。腹に覚えたしたたかな痛みも幻とは思えなかった。それでもうんともすんとも言わぬ喜蔵に痺《しび》れを切らした小春は、腕組みをしてプイッと横を向くと、拗《す》ねたような顔をして小声で呟いた。

「まったく……せっかく会ったというのに、だんまりか」

喜蔵は改めてじっくりと小春を眺めた。どこからどう見ても、出会った時のままだった。これが幻のはずがない。

（変わらぬ……）

なぜかホッと息を吐きかけた喜蔵は、小春に気づかれぬように慌てて顔を引き締めると、蹴りのお返しとばかりに小春の頭を叩いた。

「——ボケたのはお前の方だ。また百鬼夜行から落ちてきたのだろう？」

力のある妖怪達が真夜中の空を練り歩く行列のことを百鬼夜行という。どう見ても人間の子どもにしか見えぬ鬼の小春は昨年の夏、百鬼夜行の途中に喜蔵の庭へ落ちてきたのだ。夜行の最中に落ちてくる間抜けな鬼など前代未聞である。妖怪達の間では呆れられながら語り継がれていたし、喜蔵も待っていたとはいえ、半分は諦めていたのだ。何せ、鬼がそうそう空から人家に落ちてくることなどない——はずだった。

「何かまた気になる臭《にお》いでもしたのか？　どうせ飯の臭いだろうが」

小春は三度の飯以上に好きなものはないという、大飯ぐらいの鬼である。懲りぬ奴だと

喜蔵が嘆息をつくと、

「違う違う。この度は仕事で来たんだよ」

鬼のな、と小春はふんぞり返って答えた。

「このところ、ここ浅草近辺で妙な怪が出回っているらしい。その怪をちょっくら見に来たんだ。どんな怪だかよく分からんが、危なそうなら成敗しなきゃならねぇからな」

「……また人助けか？」

やはり相変わらず鬼らしくないと喜蔵は呆れ返ったが、小春は小憎たらしく鼻で笑った。

「人助けしたことなんかねぇよ。俺らの島で好き勝手やられて黙っていられないだけだ」

「お前らの島ではあるまい。ここは人間様の世だぞ」

人助けではない、邪魔者を成敗しに来たという小春だが、喜蔵はいまいち得心がいかぬ思いがした。以前の小春のお人好《ひとよ》しぶりを知っていれば当然である。しかし、一等得心がいかぬのは、何故自分の家を狙いすましたかのように落ちてきたのかということだ。一寸調子の戻ってきた喜蔵の頭の中に、ふつりと疑問が湧《わ》きあがってきた。

（この家には、何かそういう力でもあるのか？）

曾祖父といい、付喪神達といい、小春といい、自分といい、妖怪沙汰に巻き込まれる時は、たいていこの家から始まっているようにも思える。喜蔵がそう言うと、そりゃあ考えすぎだ、と小春はあっさりと首を振った。

「だって、狙いすまして来たんだもの」

「……は？」

小春の言の意外さに、喜蔵は思わず間の抜けた顔をしてしまう。

「本当は落ちるつもりじゃなかったんだよ。もののけ道を最後曲がる時に足を踏み外しちゃってな……」

声にうっかり気を取られたせいだ、と小春は小さく舌打ちすると、懐に手を入れてハッとした顔をした。

「あ、しまった！　証文も落としてきちまった」

「もののけ道とは何だ？　それに証文とは……」

「あ～帰りは近道出来ねぇな……まあ、さっさと調査してパパッと解決して帰ればいいか！　お前もそう思うだろ？　な？」

訳の分からぬ同意を求められた喜蔵は、ぎくりと嫌な予感がした。こうして小春が説明もなしに一人勝手に早口で語る時は、ろくなことが起きぬのだ。傍から見れば可愛らしい小春の笑みが、喜蔵には不吉の前触れを告げる恐ろしい笑みに思えた。なにせ、小春が浮かべたのは、喜蔵が一等苦手な好奇心に満ちた表情だったのである。ヒヤリと嫌な感覚が背中を駆け巡った喜蔵は、「お前――」と言いかけたが、

「ああ、やはりお前って相変わらず顔怖いな！」

小春はそんな喜蔵をさえぎって、余計に早口にまくし立てた。

「そんな面じゃあ、どうせまだ友が出来ていないのだろう？　それを思うと不憫《ふびん》で。だか

らこうしてお前の許を訪ねてやったんだ。そのついでに一寸仕事をしに来たんだが……喜蔵、俺の手伝いをしろ。この小春様が、友のいないお前の友になってやる！」

というわけで、しばらく世話になるな！　と小春は無邪気な笑みを満面に浮かべた。喜蔵はその時ふと、今までこの子どもを気にかけていた自分がまるで馬鹿のように思えた。

（二度と会えぬと思ったからこそ会いたかったのかもしれぬ）

子どものように、ない物ねだりをしただけなのだ。天になど願わなければ良かった、と喜蔵は早々と後悔をした。それに何より、

（妖怪の友などいるか！）

何度も言わせるな、と思った喜蔵だったが、そういえばと思い出す。これは、以前も呆れて言えなかった台詞だったのだと――。

二、凸凹再結成

この日、喜蔵はいつも通り六時に目が覚めた。少し前でいうならば明け六つの頃である。明治六年一月一日から、それまで長きにわたって使われていた不定時法に替わり、定時法が導入されたのだ。異国では定時法がすでに一般的だったが、日本人にはまるで馴染みのない時間法である。何せ、それまでは九つ八つ、と二時間置きに時を表していて、一刻(二時間)、半刻(一時間)、四半刻(三十分)という時間区分を用いていたが、四半刻以下を表す単位はなかったのだ。つまり、二十分も十分も三分も存在しなかったのである。それが、明治六年の初めからにわかに導入されることになったのだから、ひと月経った今でもまだまだ馴染めずにいるのも無理はない。

そもそも、明治五年から明治六年に変わったのも唐突な出来事だった。「自今旧暦ヲ廃シ太陽暦ヲ用ヒ天下永世之ヲ遵行セシメン」という明治天皇の詔《みことのり》と、太政官の達しが出されたのは、明治五年十一月九日のことである。この達しには、ひと月弱後の十二月三日を明治六年一月一日とすること、四年に一度の閏日《うるうび》を置くこと、不定時法から定時法に時間法を替えること、旧暦から新暦へ暦の種類が替わることなどが記されていた。寝耳に水の発表に世間の人々はもちろん混乱したが、中でも一等困ったのは暦を作る業者の弘暦者《こうれき》である。彼らが改暦を知ったのは、世間と同じく約ひと月前のこと。当然、旧暦で暦を大量に刷った後だったので、大量の返品が起きてしまったのだ。「改暦うらめしや～」と旧暦お化けが出ても仕方がなく思える事態である。

改暦に定時法の導入、学制に徴兵制など、たった半年のうちに世の中の制度はがらりと替わった。このように、世は変化に富んでいたが、その世に暮らす人間の方はどうなのか――それは、「それほどの変化はない」というのが正しいのかもしれぬ。暦や時間の変化に戸惑うのはもちろんのこと、日々変化していく世についていこうと必死に動いているところなどは、変化といえば変化だった。けれど、世の出来事とは違い、表面的には際立った変化の見えぬのが人間である。開化を受け入れず江戸の中にいる人間はまだまだ多いし、開化に乗っかり洋装してみても、どこかちぐはぐで再び着物に戻ってしまう人間もいた。人間という生き物は、ころころとあちらへこちらへと流れても、すぐに元いた場所に戻ってくる習性のようなものがあるのかもしれぬ。そして、それは人間以外にも同じことが言えるようで――。

「うう～ん……刺身……牛鍋……」

喜蔵は寝言も相変わらずな小鬼を横目で睨みつけると、布団に潜り込んだ。目を閉じて二度寝を試みたものの、一分もしないうちに目覚めた喜蔵は、再び布団から顔を出して横を見た。小春はやはりそこにいて、寝息と共に腹を鳴らしている。涎《よだれ》を垂らした締まりのない面《つら》を訝しげに眺めていた喜蔵は、そのうち起き上がって左隅へ歩いて行くと、しゃがみ込んで小春の鼻をギュッと抓《つま》んだ。

「ふがっ……ううう……ぐう……ぐうう」

どうやら、幻ではないらしい。改めて確信した喜蔵は、布団を畳み、仏壇の掃除をして、飯の仕度に取り掛かった。その間も小春は寝ながらずっと腹を鳴らしていた。「飯！　味噌汁！　漬物！」と昨夜《ゆうべ》散々騒いでいた小春だったが、珍しく食い意地よりも眠気が勝ったようで、喜蔵が深夜に渋々米を研いでいる間に眠ってしまったのだ。

喜蔵が鍋やひつを持って居間に戻ると、小春は左隅で蓑虫《みのむし》のように布団に包《くる》まって寝ていた。小春が以前使用していた布団は、綾子から借りていた物である。返してしまった今では、この家の中に布団はひとつしかない。

「他人のものを勝手に使うな」

喜蔵は小春から布団を剝《は》ぎ取ると、再び畳んで右端に寄せた。布団の中からその辺に放り出された小春は、ケチだの鬼だのブツブツと唱えていたが、目はまだ閉じたままである。

「鬼の仕事とやらが待っているのだろう？　さっさと起きろ」

ぺちぺちと茶碗《ちゃわん》にご飯を高く盛りながら喜蔵は言ったが、急いだところで結果は変わらぬものだと小春はつんっとしたり顔をする。

「『どうしても立派な妖怪になりたい』と言っていた小鬼がいたが、あれは幻だったか」

幻に飯を差し出す必要はないな、と喜蔵はひつの中にご飯を戻そうとした。小春は慌てて半身を起こす。しばらく睨み合いが続いたが、先に諦めたのは小春である。お前はいちいち記憶していて嫌らしい、と文句を垂れる子どもを無視した喜蔵は、山のようにこんもりと高く飯が盛られた茶碗を突き出した。小春は一寸きょとんとしてから、思わずプッと噴き出す。

(文句を言いつつ、結局のところやるんだものな)

相変わらずだとニヤニヤする小春を、喜蔵はギロリと睨んだ。

「……それで、鬼の仕事とやらは、お前が勝手にやっていることなのか？　それとも、誰かに命じられたのか？」

ひつの中から自分の茶碗に飯を盛りつつ、喜蔵はさっそく訊く。「青鬼に頼まれた」と小春は答えたが、喜蔵は鬼のことについてまるで門外漢である。

「青鬼というのは、妖怪達を取り締まる警邏《けいら》みたいなものでな。夜行には必ず参加していて、行列を乱す不調法な奴がいると、手に携えている矛でそいつを突き刺すんだ。恐ろしい姿と力をしているが、お前よりは余程優しい顔つきをしている鬼だ」

小春はそう説明しながら、喜蔵に先んじて山盛りの飯をすでに半分ほど平らげていた。

「乳臭い顔した小鬼に言われたくない――その青鬼というのは、お前の上役なのか？」

「上役っ」

喜蔵の妙に堅苦しい物言いに、小春はブハッと噴き出してしまったが、米粒を飛ばされた喜蔵は何で笑われているのか分からず、思い切り顔を顰めた。

「上役というか……まあ、俺はいま青鬼の下で修業しているんだ。師匠とも違うんだが、鍛えてもらってんの。だから、奴の仕事を手伝うのも修業のうちってわけ」

「鍛えてもらっているということは、そいつはお前よりも強いのだな？」

嫌なことを訊くな、と小春は言葉に出さずに顔に浮かべた表情で物を言う。小春はその昔、『三毛の龍《りゅう》』と呼ばれた大層力のある化け猫だった。猫股《ねこまた》になるには、猫股を統べる猫股の長者と情の通い合った人間の頭を喰《く》わねばならなかったのだが――小春はそれが嫌で、頭を喰わなかった。どうにか誤魔化して猫股にはなれたらしいが、残忍な猫股の習性と己の性がどうしても合わず、鬼に頼み込んで二股に裂けた耳と尾を切り取らせて、頭に鬼の角を捩《ね》じ込ませてもらい、無理矢理鬼になったのだ。

「俺は大妖怪だから他の奴らとは違う……そう、別格なんだ。俺が本来の力を取り戻したら誰も敵《かな》わん！」

己のことを大妖怪と言って憚らぬ小春だったが、それは鬼になる前の話だ。今も十分力のある妖怪ではあるのだが、以前と比べると断然力が落ちる――と小春に害意を持つ裏山の天狗《てんぐ》が言っていたのを喜蔵は耳にしたことがある。

「つまり、力があったのは遠い昔の話で、今は弱いのだろう？　皆に負けて悔しいから、青鬼にベソ掻いて『修業させてくれ』と頼んだというわけか」

「勝手に話を作るな！　大体、仕事の手伝いを持ち掛けてきたのは青鬼だぞ。夜行している時に俺の力に目をつけていたらしい。だから、夜行が終わってそれぞれ帰り出した時に声を掛けられたんだよ」

他に頼もうとしたら先に帰ってしまったか、猫の手でもいいから借りたかったのだろうと喜蔵は内心で思ったが、口に米粒を含んでいたので黙っていた。

「青鬼はこの辺りを管轄する鬼なんだ。物静かで口重な奴なんだが、その性格と一緒でなかなか動かない。夜行以外では、滅多にねぐらから出ないらしいからな」

「それで、お前が使い走りにされたというわけか」

失礼なこと言うな！　と怒りながら、小春はギクリと図星を指されたような顔をするので、喜蔵は半目をして馬鹿にした笑いを浮かべた。

「立派な妖怪にはなれていないらしいな」

なれていないんじゃなく俺は元々立派なんだよ、と小春は頬を膨らませながら唇を突き出した。幼いのは見目だけではなく、こうした仕草もである。

「今は巷《ちまた》じゃ鬼やらいだろ？　青鬼は――というか、普通の鬼は結構苦手なんだよ」

まるで自分は大丈夫だと言うような口振りだが、確かに小春は昨夜豆を平気で食っていた。節分に豆を撒くのは、その豆に邪を祓《はら》う力があるからだという。他にも、柊《ひいらぎ》に鰯《いわし》の頭を刺したものなども鬼は嫌がると言われている。

「俗信ではないのか？」

「これが存外覿面《てきめん》だったりするんだ。生まれついての鬼は結構駄目らしい。だから、元々鬼じゃない俺が頼まれたんだ。それに、何といっても俺は力があって身軽だからな。変化せずとも人間の中に紛れることが出来るし、こちらにいても衣食住には困らぬから、これほどうってつけな妖材はいないだろ？」

「衣食住」をどうにかして困らせてやろうと喜蔵は心の中で考えた。何せ、そのどれもが喜蔵の手の中にあるものなのだ。

「しかし、青鬼とやらがあちらの世にいるままならば、こちらの世で何が起ころうと青鬼にもお前にも関わりのないことなのではないか？」

　鬼というのは小春だけではなく、お人好しで世話焼きの連中なのかと喜蔵は考えたが、それを聞いた小春は盛大に笑い出した。何がおかしい、と喜蔵は渋い顔をする。

「お前こそ人が好《い》いなあ。さっき青鬼はこの辺りの管轄って言ったろ？　確かにこちらとあちらは違う世だけれど、まったく別物というわけじゃないんだよ。上と下になったり、右と左になったり、見え方はその時々で変わるけれど、いつでも重なり合っているんだ」

　小春は両手を前に出して、右手と左手の角度を変えながら付かず離れず動かした。分かるような分からぬような心地で喜蔵は首を捻る。

「こちらで起こった出来事は少なからずあちらに影響があるし、同じようにあちらで何か起こると、こちらにも影響が出るんだ」

　こちらとあちらはまるで別物だと思っていた喜蔵は一寸驚いたが、そういうものなのかと得心がいく思いもした。何せ、家の中には妖怪どもがうようよいるし、近所のとある川には河童《かっぱ》も住んでいるからだ。

「つまり、お前らはこちらのことはどうでもよいが、あちらに何かあるのは困ると？」

そういうこと～と軽々しく言いながら、小春はとろろをのせたご飯を口の中にかき込んだ。久し振りのせいか、箸使いが一寸たどたどしいのはご愛嬌である。

「それに、どんな奴が暴れているのか純粋に気になる。そいつをちらりと見かけたことがある奴の話だと、何だか変わった妖怪みたいだからな」

「人間の子どもの形をして、他人様の家で図々《ずうずう》しく大飯を食らっているような妖怪か？」

「すごく色鮮やかで、よほど立派な体軀の奴らしい」

嫌味は聞かなかった振りをして、小春は味噌汁をズッとすすった。猫舌の小春のためにわざわざ温《ぬる》めにしてから出されたものだが、やっている喜蔵自身に覚えはなかった。

「……奴、ら？」

小春の言い方に引っかかりを感じた喜蔵がそう訊くと、「そう、奴ら」と小春はすんなり答えた。どのくらいいるのだ？　と眉間に皺を寄せた喜蔵に、小春は首を傾げる。

「それが、よく分からん。その妖怪というのは、あちらには現れていないんだよ」

あちらの世の連中がこちらへ来た時にその妖怪をたまたま見かけて、それが何人もいたものだから、『何だあの奇妙な怪は？』と一寸した噂になっているらしい。揃って幻でも見ていたのでないか、と喜蔵は茶碗に注いだ茶を飲みながら平淡な声音で言い放つ。

「妖怪が幻なんか見るかい！　まあ、でも幻ならば幻でもいいんだ」

ゆっくり休めるし、と小春はごろんとそのまま後ろへ寝転がった。

「あれからずっと修業に明け暮れていたから、休む暇もなかった。食欲も落ちちまってな……だから今日も小食なんだ」

小春はいかにも弱々しげに言ったが、大きめの碗大盛り五杯を平らげていた。とろろは半分に分けたものの、鍋になみなみ作った味噌汁は喜蔵が一杯飲み、残りはすべて小春の腹の中だ。以前と同じ食欲なので驚きはしないが、以前と同じで愉快な気持ちには到底ならぬ。あおむけになった小春の額の上に、喜蔵は茶碗と器を重ねて置いた。

「大事な客の額に瀬戸物を載せるなんて、お前さてはお岩だな？」

一枚～二枚～三枚～と言いながら、小春は額から食器を無造作に取り上げていく。

「もしも割ったら、お前の頭に生えている角をとんかちでかち割ってやる」

働け居候、と鬼に言い放った人間は、その鬼の何十倍も厳しいご面相だ。角が割れるわけはないのだが、喜蔵ならば本当に割りそうだから恐ろしい。小春は自身の額の上に載せられた以外の食器も抱えて、そそくさと勝手知ったる台所へ走っていった。

朝餉の片付けをし終えた小春は、簞笥《たんす》を勝手に物色して、以前喜蔵に用意してもらった甚平に着替えると、斑模様の派手な髪の毛を頭の上の方で紐を使ってキュッとしばった。

「では、出掛けるか」

俺は行かぬぞ、と居間と店の境近くにある作業場から喜蔵は答える。朝餉の後、休む間もなく仕事を始めるのが喜蔵の常だった。小春がいようといまいと変わらぬ風景である。

「何を言う。一人で捜査に行ったたって暇——二人寄れば文殊の知恵と言うじゃないか」

「三人寄れば、だ。二人なら意味などない。そもそも俺に妖怪退治など出来ぬ」

誰もお前に退治してくれなんて頼んでいない、と小春は呆れた顔をする。

「お前のその怖い顔は誰かを脅したりする時には最適だ。それに大事な財布だし」

喜蔵は口下にグッと皺を寄せると、カンカンカーンッと小机をとんかちで打ち付けた。

「俺と一緒に行けば楽しいことたくさんあるぞ！　新たな怪との出会いを求めているお前には最良な日になること請け合～いっ」

小春は負けじと大声を張り、

「新たな怪と出会いつつ、美味い飯も食える、何よりお前の出不精が改善されるぞ！」

良いことずくめだな、と言いつつ喜蔵の側《そば》に来たが、喜蔵は無言のままとんかちを打ち続け、まるで見向きもしない。どう考えても打ち付け過ぎに見えるが、それほど小春の声音を掻き消したいのだろう。

「おいおい、無視するなよ。お前と俺の仲だろ？」

お前と俺はこんな仲だ、とでもいうように、喜蔵は顔も身体もぐるっと後ろに向けた。もう以前のように、なし崩し的に騒動に巻き込まれるのは御免だと喜蔵は思っていた。つい気を緩めた隙をつかれて行動を共にさせられていたが、この度はそうはさせまいと昨夜なかなか寝付けずにいる時に心に決めていたのである。喜蔵はそのまましばらく黙り込ん

で、決意どおり小春を無視し続けようとしたのだが、

「行かぬというならバラすぞ」

と言う声が聞こえ、思わずとんかちを空《くう》で止めた。小春の幼い声ではない。いつの間にやら喜蔵の横に来て小声で言ったのは、硯の精だった。棚の上に乗って、ちょうど喜蔵の耳元に話しかけるような位置にいた。バラされて困ることなどないと喜蔵は嘲笑《ちょうしょう》を浮かべたが、硯の精は普段よりも更に落ち着いた小声でこう述べた。

「そうか。ならば、お主が毎夜庭に出て空を見上げては、空からの落とし物をしつこく待ち続けていたことなども小春に詳しく話してよいのだな」

「……」

喜蔵は再び黙り込んだ末、おもむろに道具を片付け始めた。そして、作業台から身を引くと、居間に引き返してのろのろと身仕度をし出したのである。

「あり？　今日は素直だな」

すでに居間に戻ってごろりとしていた小春は、喜蔵がにわかに態度を変えたのを見て、首を右に左に傾げて不思議そうな顔をした。


それから数分後――。

(別段待ってなどいない。ただ、落ちてこられたら困ると気を揉《も》んでいただけだ)

喜蔵は心の中で言い訳しながら、横に一定の律動で揺れる派手な色味の長髪を睨みつけ

て歩いていた。冬の存外強い陽光を浴びて、金の部分が無駄にきらきらと輝いている。思わず目を細めてしまうほどの眩《まぶ》しさだ。それがまた、癪《しゃく》にさわるところである。

「さて、まずはあそこかな」

うきうきと前を歩く小春とは対照的に、喜蔵は腕組みをした手を袂《たもと》につっこみ、そっぽを向いて、いかにも惰性で歩いている。いつもの早足ではなく、常人のそれよりも一寸遅いくらいである。

「どこへ向かっているのだ？」

喜蔵はムスリとして訊いた。一応行き先くらいは気になるらしい。

「くま坂っ」

話のついでに牛鍋が食えるから！　と小春はまるですごい名案を言ったかのように得意げな表情をしたが、先ほど朝飯を食ったばかりである。

「よそへ行け。飯屋以外だ。今行っても、食えるわけがなかろう」

「俺一人で食ってもいいんだが……でも、確かに腹はそんなに空《す》いていないかも」

午に行くか、とまた勝手に決めた小春は身を翻したが、それからしばらく「閻魔のせいで牛鍋を食い損ねた歌」なるものを作って大声で歌っていた。

行き先を変えて、まず向かった先は八百屋である。喜蔵が野菜を買う時には大抵この店を利用していて、以前小春にも使いに行かせた店だ。くま坂から程近いこの八百屋は、くま坂で使う野菜の仕入れ先でもある。青々とした香りが二人の元へ漂ってくると、店先に立っていた背の高い娘が小春の姿を認めて、「あ！」と驚いたような声を上げた。

「いやだ、あんた帰ってきてたの？」

快活な笑みを浮かべて、グリグリッと小春の頭を押し付けるように撫《な》でてきたのは、八百屋の一人娘のさつきである。妖怪沙汰とはまるで無縁そうな娘だが、以前河童に化かされるという騒動の渦中にいたこともある。小春に恨みのある妖怪が、小春の身近な人間にちょっかいを出していたせいでとばっちりを受けたのだ。さつきはもちろんそんな事情を知る由もなければ、知ったところで怖がりもしなそうな豪胆な娘である。

「久しいな、さつき」

「それはこっちの台詞っ！」

さつきはドンッと良い音を響かせて小春の肩を叩いた。華奢《きゃしゃ》な骨格をしているのに、随分と力強い。喜蔵がこの店に来る時には大抵主人か女将が店番をしているので、こうして接客されるのは初めてかもしれなかった。

「深雪からあんたが実家に帰ったって聞いた時には驚いたよ。また従兄《にい》さんのところへ遊びに来たの？　さっさと挨拶に来なさいよ」

さつきはチラッと喜蔵を見た。小春と喜蔵は「親戚」という表向きの設定をしっかりと知っているようである。

「俺、昨夜来たばかりだもの。お前にいの一番に挨拶に来てやったんだぞ」

「本当？　あんた調子いいからなあ」

いつの間に仲良くなったのか知らぬが、さつきと小春は兄弟のように――さつきは背が高く、顔立ちも凛々《りり》しいので姉弟というよりも兄弟のように見えた――じゃれあった。一歩離れたところでその様子を見ていた喜蔵は、すでに呆れ顔である。

「しかし、小春は相変わらず小さいね。ちゃんと青物食べなきゃ駄目だよ」

小春はきょとんとして、青物？　と首を傾げた。

「青物なんてあちらへ帰ってから一度も食ってないな。まあ、青物だけじゃなく、飯も味噌汁も食っていないけれど」

(そういえば、あちらでは何を食っているのだろう？　まさか人ではあるまいな)

あちらの生活など想像もつかぬと喜蔵がぼんやりと考えていると、

「へ!?　何で!?　あんた実家で虐《いじ》められているの？」

さつきはカッと顔を赤らめて怒り出した。違う違う、と小春は顔の前で手を左右に振ったが、この娘はまるで聞いていない。

「そんな……育ちざかりなのに……まさか、何も食べさせてもらってないとか!?」

ハッとした表情で小春を見下ろすと、

「ああ、だからまるで大きくなっていないんだね？」

可哀相《かわいそう》に、と眉を見事にハの字にした。ちっさくて悪かったな！　と拗ねた小春の眉尻も心なしか下がっている。

「そんな親……あたしがこれでぶん殴ってやる！　実家はどこにあるの!?」

さつきはかぼちゃを片手に、何故か喜蔵の胸倉を摑んだ。いきなり矛先が向いたので声が出せぬ喜蔵のことなどお構いなしに、

「さっさと言わなきゃ命はないよ！」

まるでその辺にいるゴロツキのような言い方でさつきは啖呵《たんか》を切る。

「お前、相変わらず面白いのな」

腹の辺りを押さえて笑いを堪えながら小春は言ったが、さつきはやはり聞いていないし、喜蔵はまるで面白くない。何故なら、

「……まさか、あんたもこの子を虐めているんじゃないだろうね!?　そんなことしたらただじゃおかないから。ほら、吐け！」

怒りの対象が自分に向いてしまったからだ。

（……虐められているのは俺の方だ）

さつきにゆさゆさと身体を揺すられている中で、喜蔵は心の内で呻いた。家には妖怪達が勝手に居つき、小鬼は空から落ちてきてこれまた勝手に居候を決め込む。おまけに、世話をしているというのに、虐待の疑いをかけられる始末——散々である。喧々囂々《けんけんごうごう》のさつきと脱力した喜蔵を見て、小春はしばらく笑い転げていたが、それが二分も続くと飽きたらしく、ごほんっと咳払《せきばら》いをすると、さつきの袖を引っ張って話題を変えた。

「なあ、このところ変なモノ見たりしなかった？」

「ん？　変なモノって？」

「例えば、妖怪とか」

「何馬鹿なこと言ってんの」と噴き出すかと喜蔵は思ったが、さつきは「あ！」と声を上げると、パッと喜蔵の胸元から手を放して、パンッと大きな音をさせて手を打った。

「見た見た」

「見たのか！」

小春は喜び、喜蔵は身を整えながらかすかに目を開いた。

「どんな妖怪だった？　どこで見たんだ？」

いきなりの「当たり」に小春は息急《いきせ》き切って問い掛けたが、まあ落ち着きな、とさつきはえらそうに両手で小春を制した。事情も知らぬくせに、妙にもったいぶった声音を出す。

「あれは多分一つ目小僧っていう奴かな？　一本足に一つ目で、坊主頭の化け物……赤白のダンダラ模様で、そのまま舞台にでも立てそうな派手な格好していた。見たのは四日くらい前の夕刻だよ。一寸歩くと橋があるだろ？　あの辺りをぶらぶら歩いていた時、急にひゅっと目の前に現れて、あたしの周りをくるくるっと回ったんだ。それで、『わぁっ』と大声を上げた拍子に、思わず平手打ちしちゃったんだけれど」

「妖怪を平手打ち……」

小春は一寸だけ絶句し己の頰に触れたが、「それでどうなった？」と何とか先を促した。

「小僧はそのまま逃げた」

「は？　逃げた？　何もしないでか？」

またもや存外な答えに、小春はぱちりと大きく瞬《まばた》きをした。喜蔵は無表情のまま、眉間に皺を一本増やす。平手打ちされて驚いたのかな？　と言いながら、さつきは細長い首を傾げて、思い出すように上を見上げた。

「ビクッとして空に浮かび上がると、一本足を懸命に前に進めて、急いで逃げ出したんだよね。去って行く姿があまりに慌てていたから、何か弱い者虐めをしたみたいな気になって、一寸可哀相になっちゃったよ」

小春と喜蔵は顔を見合わせた。一つ目小僧といえば、以前小春と喜蔵は彦次の家で見たことがあったが、ぴょんぴょん跳ね回って他人にぶつかって行く、生きの良い怪だった。一つ目小僧でも色々な性格の者がいるのだろうが、二人の中では想像出来なかった。

「でも、あんた達何でこんなこと訊くの？」

さつきの疑問に、小春はとっさにでまかせを言う。

「いや、実は俺も見たんだ。斑模様の毛をなびかせた勇猛で賢い鬼」

喜蔵は小春を軽蔑《けいべつ》の眼差《まなざ》しで見下ろした。

「へえ、斑。毛色だけあんたみたいだね。でも、それ本当に見たの？」

疑わしげな目で見てくるさつきに、小春は「え？」という顔をした。

「何だよ。お前だって実際見たんだろ？」

「あたしは自分の見たものだけを信じて生きている」

堂々と言い切ったさつきは、誰よりも男らしかった。

さつきと別れた二人は、魚屋、乾物屋、団子屋など、町内の小春の馴染みの店を回ることにした。さつきがこの近くで見たということは、他にも見た者が一人くらいはいるかもしれぬと思ったからだ。その思惑は外れていなかったのにも拘らず、三軒回った時点で喜蔵はすでにうんざりしていた。よい天気だし、同じ町内だから、回るのはそれほど苦ではない。うんざりとしたのは、小春に対する人々の歓待振りであった。

「よう、久し振り」

と小春が一声をかければ、

「こ、小春ちゃんッ」

と相手は驚きと嬉しさの混ざった表情で小春を出迎えた。中にはガバリと小春を抱き抱えるような熱烈な歓迎をする者もいたほどだ。喜蔵はそれを後ろから眺めて呆れていたが、別段それだけですっかりうんざりとしてしまったわけではない。話を聞くために来たというのに、相手からもらったのは、食べ物ばかりだったからだ。小春の馴染みの店の者達は、小春を見て盛んに喜ぶと、次々に店の売り物を差し出したのである。どの店も、押しなべてそうだったので、一軒、二軒、三軒と続き、五軒回った時には、小春への貢ぎ物ともいうべき荷物が喜蔵の両腕の中にあった。喜蔵はもちろん、持つ気などなかった。けれど、「子ども一人に大量の荷を持たせている」とまたしても虐待疑惑を掛けられたので、渋々小春から荷物を奪い、こうしてすべて持ってやっているというわけである。

「おい、丁稚《でっち》。さっさと歩かぬと日が暮れるぞ」

手ぶらで気楽な小春は、喜蔵の数歩前でイヒヒと笑う。帰ったら覚えておけよ、と低い声音で呟く喜蔵の凄みに一瞬ビクッとしたものの、魚屋にもらったいかの干物を齧《かじ》りながら往来を悠々と歩いていた。

「皆してお前に貢ぎ物を差し出すが、幻術でも用いているのか？」

「ま〜さか。無理矢理相手を従わせたってつまらんだろ？　こんな風にさ」

小春が後ろ手で手招きをすると、喜蔵は自分の意思とは無関係に前に進んでしまい、顔を顰めた。こうやって、子どもに猫招きされるのは甚だ面白くないことである。

「件《くだん》とか百目鬼《どうめき》といった奴らは幻術を得意とするが、他の奴らは使えてもせいぜい相手を金縛りにするくらいだな。身体を緊縛させている隙にパクッと食べる！　むしゃむしゃ」

わざとらしく咀嚼《そしゃく》の音を表現して笑う悪趣味な小春の頭を、喜蔵はぽかりと殴った。

「お前はいつだって無理矢理相手を従わせるではないか」

「……従ってくれたことなんてあったか？」

小春の脳裏に思い出されたのは、恐ろしい顔をしながら不承不承に「巻き込まれてしまった」感を前面に押し出して、手伝いのような真似《まね》をする喜蔵の姿である。手招きのおかげで横に並んだ喜蔵を見ると、今回もまるで得心のいっていないのがよく分かる表情をしていた。もっと楽しげな顔をしろよ、と小春が言うと、図々しい、と返してくる。

「嫌々やっているのに、何故楽しげにせねばならぬ？」

「じゃあ、何でここにいんだよ？　今回はすんなり来たじゃん」

硯の精に言われた脅し文句を思い出して黙った喜蔵に、事情を知らぬ小春はまた首を傾げたが、まあどうでもいいかと口笛を吹きながら機嫌よく歩き出した。

それから二人は更に五軒馴染みの店に行ったが、その頃になると小春も喜蔵と同じくらい渋い面になってしまっていた。何も聞けずじまいだった――というわけではない。当初、『妖怪など見ていない』と答えるのが大半だろうと二人は思っていたが、蓋《ふた》を開けてみると予想外に回答は多く得られたのだ。その点では十分過ぎるほどの成果だったが、肝心の内容がどうも芳しくなかった。

「聞いていたのと違う……」

汁粉屋を出た後、小春はぽつりと漏らした。

――今人間どもの世に出回っているのは、すこぶる恐ろしい奴らしい。力のある者でなければ退治出来ぬだろう。お前が行ってくれると助かるが、どうだ？

「青鬼に神妙な面持ちでそう頼まれたから、急いで準備してこっちへ来たんだが……何だかどうも、俺がわざわざ出て行くような重大な妖怪沙汰じゃないような気がしてきた」

小春は腕組みをしつつ、首を左右に振る。体《てい》の良い厄介払いだな、と喜蔵は言った。

「……ともかく、聞いた話をまとめてみるか」

嫌味を無視することに決めたらしい小春は、まっすぐ前を見てつらつらとこの数時間で聞いた話を整理し出した。

「さつきが会った奴は、恐らく一つ目小僧。平手打ちひとつで逃げ出すくらい気が弱い奴だった。乾物屋の女将が見かけたのは、女将の荷物を家まで届けた気の利く奴で、ずっとケタケタと笑っていたというから、これはどうやら笑い男らしい。味噌屋の嫁は虹《にじ》色の千鳥格子のいったんもめんに手を握られ、汁粉屋の知り合いの女は頭でっかちのおっさん――恐らくぬらりひょんに『美しい』と褒められて名と住まいを訊かれた。断ると、どうしてもと言って、家までつけられたと言っていたな……」

「妖怪を見た」という者の証言は、又聞きも含めて六件も集まった。皆が見たという妖怪は形状を問うとまったく同一の妖怪ではないようだったが、共通点があった。薄暗い中でも目立つ派手派手しい色味や格好をしていたこと。それに――。

「どいつもこいつも悪さらしい悪さをせず、女に声を掛けて袖にされるか、悲鳴に驚いてそのまま去って行ってしまうかだった」

小春は喜蔵の言に渋々頷いて、話を続けた。

「そして、その妖怪達を見たのはたまたまなのか……全員女だった。煎餅《せんべい》屋のご隠居は青《あお》女房《にょうぼう》らしき女怪に凝っていた肩をもんでもらい、米屋の孫は、仙女の羽衣のようにきらきらとした装束の色男に頭を撫でられて『十年後に会おう』と言われたんだっけ……うーまったくもって意味が分からん」

額を手の平でグイグイと押す小春に、喜蔵は口を曲げたまま平淡な口振りで言う。

「米屋の孫は七つくらいだったな。いくら妖怪でも、まだ娶《めと》ることは出来まい」

「……今は見逃すが、大人になったら嫁に来いってか？」

ますます意味が分からん！　と小春は両手で頭を抱えた。喜蔵は小春を冷めた目で見下ろしつつ、「女好きなのではないか？」と思ったままを言った。小春はしばし考えていたが、眉を情けないハの字にして、ぼそぼそ言う。

「……ただ単に女が好きなだけの怪だって？　どこぞの絵師じゃあるまいし……もしそんなんだったら、俺がこうしてわざわざ来た意味がなくなる……」

喜蔵は一分も同情することなくこう言い放った。

「元々意味などなかろう」

「あるわい！」

頭をぐしゃぐしゃに掻き毟《むし》って苦悩する小春に、「そろそろ午だな」と喜蔵は言った。途端に顔色をよくした小春は、愉快で堪らぬといった軽やかな足取りでくま坂の方へ歩き出す。変わり身が早くて便利な頭だと喜蔵が嫌味を言うと、変わり身が遅くて不便な頭よりマシだと間髪を容《い》れずに返してきた。減らず口は、腹が減っていても減らぬものらしい。

「くまっ坂、到～着～」

またしてもうきうき歌っていた小春は、くま坂の前に立った瞬間に笑顔のまま止まった。くま坂は営業中にいつも外に朱書きの幟《のぼり》を出していたが、この日はそれがなく、おまけに戸も閉まっていた。そして、そこにはこう張り紙がしてあったのだ。

——本日休。

「……あれ？」

小春は横を見上げたが、何も知らぬ喜蔵はただ首を振るだけだった。くま坂は正月三が日と盆の中日しか休みがない。つまり今日は、店を休まねばならぬようなのっぴきならぬ事情があったのだろう。店を切り盛りしている坂本夫妻が揃ってひどい風邪《かぜ》を引いたとか、店を回している女中達がそうなったか——喜蔵が嫌なことを考えかけて眉根を顰めた時、

「昼飯……」

小春はせつない声を出すと、しゃがみ込んで地に手をついて嘆いた。この世の終わりが来てしまったかのような悲嘆ぶりである。浮かべたばかりの眉間の皺を今度はまったく違う意味で深めた喜蔵は、「一旦《いったん》家に帰って食うぞ」と冷たく言うとすばやく踵を返した。

「帰る？　目の前にせっかく美味そうな飯屋が並んでいるのに？」

くま坂の並びや向かいには一膳《いちぜん》飯屋や鰻屋もあれば、通りには天ぷらや鮨《すし》の屋台も数軒出ている。わざわざ家に帰らずとも、この辺で飯を食えばいいだろうと小春は言うが、喜蔵は基本外食しない性質である。このところは珍しく人付き合いをしていたので外で食事する機会もあったが、小鬼相手に人付き合いもない。

「あ、分かった。金がないんだな？　お前の家から持ってきてやろうか？」

「手持ちの金もなければ、家に帰ってもない。だから我慢しろ」

憮然《ぶぜん》と言い放つ喜蔵の腕を、またまた～と小春はちょちょいと指で突いた。

「彦次から返してもらった金が、まだたんまり残っているだろ？」

抜けめない小春に、喜蔵はチッと舌打ちをした。

「少しは遠慮というものを覚えろ、居候鬼。あれはお前を養うためにある金ではない」

小春はしょんぼりと肩を落とした振りをしながらゆっくりと立ち上がると、ダッと走って蕎麦屋の屋台の暖簾《のれん》を潜《くぐ》った。その間およそ三秒――喜蔵は手さえ出せずにぽかんとするしかない。脱兎の如《ごと》くとは正にこのことである。


蕎麦屋で昼飯を済ませることになってしまった二人は、神無川《かんながわ》へ向かった。神無川は浅草の町から一寸外れの、桑畑や田んぼのある農村近くにある。町から然程離れていないのに、随分と田舎《いなか》のように感じられる場所だ。春になれば道々に菜の花が咲き乱れ、心癒《いや》される風景となるが、立春を迎えたばかりの今は枯れ草しか生えていない。蕎麦屋を出て神無川へ行く道中、喜蔵はずっと小言を零して怖い顔を更に恐ろしくしていたが、

「鰊《にしん》蕎麦は初めて食べたが、いやぁ美味だった」

小春はつい四半刻前に悩んでいたなどと思えぬご満悦な様子だ。小春と喜蔵がこうして二人で連れ立って神無川へ行くのは、実に半年振りのことである。神無川には、小春の数十年前からの知己が今も住んでいる。もっとも、知己と思っているのは小春の方だけなのだが――とにもかくにも、二人は頼りになるその知己に教えを乞《こ》おうと川へ足を向けた。

「お～い、河童の棟梁《とうりょう》～」

川へ到着して土手へ降りると、小春は地に膝を折って、川へ向かって大声を出した。以前とまったく同じ眺めだ、と後ろから見ていた喜蔵は思う。

「弥々子《ややこ》～」

しかし、やはり以前と同じようにいくら呼んでも誰も出てこぬ。冬の水面《みなも》は静まり返っていて、あめんぼどころか、波一つ見当たらぬほど静寂に包まれている。

「弥々子～取り込み中なのかあ？」

ただ単にお前に会いたくないだけだろうとズバリ言われた小春は、うるせぇというように後ろ手で手払いをして、喜蔵を二歩後ろに下がらせた。

「あ、久し振りだから照れているのかあ？」

喜蔵は弥々子の照れた顔を想像して、薄ら寒くなった。小春も喜蔵と同じ想像をしたのか、一寸顔を引きつらせたが、思い出したように喜蔵を振り返って笑った。

「顔の恐ろしいお前のお気に入りも来ているぞ～」

喜蔵がムスリと怖い顔をして「お前の顔が緩過ぎるのだ」などと言い返していると、

「あたしだって、別段気に入っていやしないよ」

と言いながら、緑色をしたおかっぱ頭の女河童がひょっこりと川面《かわも》から顔を出した。小春に手招きされる前に自ら川辺に上がってくると、ジロリと小春と喜蔵を眺める。相変わらずの目付きの悪さは、喜蔵といい勝負だ。鼻の下と口が繋《つな》がっているところが猫似のこの河童は元々北の寒沢《かんざわ》という極寒の地にいたが、新天地を求めるうちに流れに流れてこの東の神無川に辿《たど》り着いたのだ。以来、ここで他の河童達を束ねる役をやっていて、この辺りでは名の通った河童の女棟梁である。

「よ、棟梁。元気にしていたか？」

小春が愛想良く言うと、用件は？　と弥々子は間髪を容れずに素っ気ない答えを返して来た。

「おいおい、久方振りだというのに挨拶もなしか」

「まどろっこしいのは嫌いだ。坊がここへ来るということは、どうせあたしに面倒事を頼みに来たんだろ？　早く言いな」

可愛げのない奴だと呆れる小春を尻目に、弥々子は小春の四歩後ろに立つ喜蔵を見遣《みや》って「兄さんは元気にしていたか？」と声を掛けてきたので、喜蔵も「ああ」と頷いた。

「そうか、それは良かった」

俺の時と態度が違う！　と小春は喚いたが、弥々子も喜蔵もまったくの無視を決める。

「寒い時季に水の中にいて平気なのか？」

「ああ。河童は丈夫だから、寒かろうと水がある限りは大事ない」

「日照りの方が怖いと？」

「そういうことだね」

二人は数十年来の知己とするような気負いのない話し方をしたが、それはあながち間違いとも言えぬ。弥々子は喜蔵の曾祖父と親交があった河童なのだ。その縁で、弥々子は曾祖父の面影がある喜蔵のことを気に掛けていたし、喜蔵もまた曾祖父と親しく付き合っていたという河童に何となく親しみのようなものを感じていたのである。しかし、二人がこうして会うのは半年振りのことだった——初めて会ったのも半年前のことである。

「へ、お前らあれから会ってないの？」

驚きの声を上げた小春に、喜蔵と弥々子は同時にこくりと頷く。

「お前、訪ねて行ったりしなかったのか？」

用もないのに訪ねて行くものか、というのが喜蔵の至極真面目に言った答えである。

「用がなくても会いに行くのが友の付き合いってもんだろ。なあ、弥々子」

一見もっともらしいことを言った小春を、よく言うよ、と弥々子はねめつけた。

「あんただって用がなけりゃあ来ないじゃないか」

「お、てことは、弥々子は俺のことを友だと思っているということだな？」

ニヤニヤとする小春に、弥々子は頭の皿から掬《すく》い取った水をびしゃあっと引っかけた。

「おい、やめろ！　俺は水嫌いなんだよっ」

「だからやってんだろ。あたしはあんたが嫌いだからね」

ひどい、と喚く小春を尻目に、何かを思い出した顔をした弥々子は、喜蔵を見上げた。

「そういや兄さん、例の娘は達者なのかぃ？」

弥々子の問いに、それまで嘲笑を浮かべていた喜蔵はにわかに顔を強張《こわば》らせた。

「例の娘って？　まさか、こいつどっかの姉ちゃんに懸想でもしてんの？」

小春の問いに、弥々子は「まさか」と一寸だけ噴き出しかけたが、喜蔵の顔を見てごほんとひとつ咳払いをした。

「ほら、兄さんの妹だよ」

「ああ、深雪――」

あれ？　と小春は首を傾げて喜蔵を見た。

「そういや、深雪ちゃん家にいなかったな。くま坂に遊びに行っているのか？」

小春は庭に落ちた衝撃と寝惚け眼ですっかり失念していたが、喜蔵の妹・深雪は昨夜も今朝《けさ》も喜蔵の家にいなかったのだ。これまでずっと離れて暮らしていた喜蔵と深雪は、半年前に兄妹だと互いに認め合ったのである。深雪は母が亡くなって三年間くま坂の下宿に住んでいたが、今は喜蔵と同居している――はずだった。牛鍋屋の下宿に泊まりに行っているのか？　という小春の問いに、喜蔵はむっつりとした声で返事をした。

「住んでいない」

「は？」

声を揃えた小春と弥々子は、顔を見合わせた。

「へ？　お前らあれから一緒に住んでいるんじゃねぇの？」

あたしもてっきりそう思って訊いたんだが、とその場に居合わせた弥々子も怪訝《けげん》そうな表情をする。妖怪の目から見ても、今一緒にいるのが自然の成り行きだったようである。

「あいつは今でもくま坂の下宿に住んでいる」

苛立つように答えた喜蔵に呆れ返った小春は、弥々子に耳打ちした。

「……おい、あいつはこんなに困った奴じゃなかったよな」

あいつというのは喜蔵の曾祖父のことだ。こちらも少々変わった人間だったが、

「流石にここまで不器用じゃなかったね」

いつもは小春の言うことに素直に頷かぬ弥々子も、深く同意を寄越した。

「だからあの家の中に深雪の臭いがしなかったのか……というか、何で一緒に住んでないんだ？　あの流れからいって、そうならぬ方がむつかしい気がするんだが」

何かしでかしたのか？　と小春は笑い含みに訊いたが、

「お前は俺の話をしにここへ来たわけではないだろう。さっさと訊きたいことを訊け」

喜蔵はいかにもわずらわしそうに、話の矛先を無理矢理変えた。

「うわ、その誤魔化し方。よほど情けない事情なんだな？」

後でじっくり訊いてやるからいいけれど、と言いつつ、小春は弥々子に例の妖怪の話をすることにした。語っていくうちに首を傾げたのは、当の小春本人である。

「――というわけで、随分妙ちきりんな怪みたいなんだけれど……最近浅草界隈《かいわい》で出没しているその妙な妖怪連中のことを知っているか？」

小春の話を首も傾げず黙って聞いていた弥々子は、その問いにすんなり頷いた。

「ああ。知っているし、会ったよ。相手は一人だったがね」

「おおお。さっすが、弥々子！」

パチンッと指を鳴らした小春は、にんまりと子どもらしい笑みを浮かべた。

「で、どんな奴だった？　どこで会ったんだ？　お前のことだから、返り討ちにしてやったんだろ？」

弥々子は小春の調子のよい様子を横目で見て馬鹿にしつつ、よどみなく語り出した。

「あれはどれくらい前だったかね……十日も前ではなかったが、それくらいだ。風が強い晩だった。紙やら芥《あくた》やら木板やら、ともかく色んなものが飛ばされていてね、一寸面白くて空を見上げていたんだよ。そうしたら、どこから湧いたのか知らないが、風の中からズルズルと派手な形をした、見たことのない奴が出てきたんだ」

百鬼夜行の行列が月明かりに一瞬映し出されたのかと弥々子は思ったが、すぐに様子が違うと分かったらしい。

「夜行のように賑やかじゃなかったし、あんな風に乱れた動きをしないからね」

百鬼夜行は傍若無人な妖怪が並んでいるわりに、秩序だった行列である。そこに並ぶ妖怪達は皆力のある選ばれた者達なので、列から外れて下に落ちるまいと心掛けて並んでいるのだ。

「どっかの馬鹿は心掛け自体を端《はな》から忘れていたらしいがね」

夜行中によそごとを考え、まんまと行列から外れて下に落ちてしまった小春は、そ知らぬ振りをして誤魔化した。

「夜行中によそごとを考えるなんて余裕のある怪がいたものだなあ。いやあ、感心感心。

……で、見たことないと言ったが、どんな奴だったんだ？　夜行の行列じゃなくとも、妖怪は妖怪なんだろ？」

弥々子は一寸考えるような顔をして、言葉を選びながら話した。

「妖怪……だろうね。人間臭い奴だったが、妖気はぼんやりとあったよ。身体は大蛇のように妙に細長かったが、見目は立派な竜だった。ただ、何か妙だったね。なにせ、全身若草色をしていたし、鬣《たてがみ》なんか鬱金《うこん》色に見事に輝いていた」

そんなに派手なのか？　と小春が変な顔をするので、喜蔵は首を傾げた。先ほどから皆の見た妖怪が派手だと聞く度に、小春はこの怪訝そうな顔をしていた。妖怪は実際地味なんだよ、と喜蔵に向かって答えたのは弥々子である。

「よく錦絵《にしきえ》などでは派手派手しい怪の画が描かれているが、普通はああじゃないね。元々闇夜に紛れるような色をしているか、身体が目立つ色だったら格好を地味にするもんだ。坊だって頭は派手だが、あちらにいる時には着物はいつも闇色を着ているだろ？　でも、あたしの見た奴は闇に紛れるどころか、逆に浮いてしまうような色味をしていた」

そう聞くと、確かに妙な話である。まるで、『闇の中でもわざと目立つように色を塗りたくった』のだと思えてしまう。

「あまり目立つ格好だと化かし辛《づら》いから、普通はもう一寸くらい地味にするはずなんだが……まあ、怪の中には変わり種もいるから、酔狂なことをやりたくなったのかもね」

「では、人間臭いというのは？」

喜蔵がそう問うと、弥々子は珍しく何とも言い難い微妙な表情をした。

「そいつ、あたしと目が合うと驚いた顔をしてそのまま姿を消したんだ」

また逃げたんか、と小春は呆れた顔をした。随分と逃げ足の速い連中である。

「いや……逃げたは逃げたが、それから少し経って、またあたしの前に姿を現したんだよ。それで、あたしの前にスッと突き出したんだ」

「刃物!?」

穴は空いていないな？　と小春は弥々子の腹と背を交互に見た。空くわけないだろ、と弥々子はベシッと不躾《ぶしつけ》な小春の顔を叩く。

「突き出されたのは刃物じゃない。胡瓜《きゅうり》だよ」

目を点にした小春は、きゅうり！　と叫ぶと、岩の上に倒れ込みながら「荷物を持ち、肩を揉み、河童にきゅうり……」と念仏を唱えているかのようにブツブツと零した。おかしなことばかりで、頭の整理が追いつかなくなった小春の代わりに喜蔵が問う。

「胡瓜はお前への貢ぎ物なのか？」

「胡瓜の嫌いな河童なんて聞いたことがないから、嫌がらせじゃあないと思うよ」

その怪は胡瓜を渡したらすぐに逃げ去った。もしやこの胡瓜に毒でも入っているんじゃないかと思った弥々子は、念のために毒を喰らって生きる怪・毒蝮《どくまむし》に毒見をさせたが、

「うげ、不味《まず》い！　なんじゃこれ、不味っ」

と喚いて吐き出したので、安心して食したらしい。毒蝮の嫌がるものは、毒入りでない

証拠なのだ。

「本当、妙な奴だったよ。形だけは稀《まれ》に見る立派な怪だったが、あれは大分臆病者だね」

その妖怪は、弥々子に胡瓜を突き出した時もオドオドとしていて、ちょこんと触れた弥々子の緑の指先にビクッと身体を震わせると、ほうほうの体で逃げるように飛び去っていったのだという。

「お前の追っている妖怪は、随分と情けない奴らのようだな」

お前が退治するにはちょうどよいか、と喜蔵が嘲笑を向けた先にいる小春は、だらりと力を抜いて寝転んだまま呟いた。

「役不足過ぎるだろ……そんでもって、そいつらと同じ思考なのは何だか嫌だが」

小春はがさごそと懐を探って、さっきからもらった胡瓜を弥々子に放り投げた。本当に馬鹿のひとつ覚えだねぇと言いながら、弥々子は満更でもなさそうに受け取る。どこの世でも女は物に弱いのだな、と喜蔵は思った。

「……最近ここらで出回っている奴は、どうやら女ばかり狙っているみたいだよ」

気をよくしたらしい弥々子の言葉に、小春と喜蔵は顔を見合わす。

「やはりそうなのか？」

小春が半身を起こしながら訊くと、弥々子は「恐らく」とまた慎重に答えた。

「あたしの他に、その派手派手しい妙な怪連中に会ったのは皆女だ。男どもにももちろん訊いたが、そいつらに会ったという奴は一人もいなかったよ」

「女ばかり狙うって……髪切り虫の変種か？」

髪切り虫は、乙女《おとめ》の黒々とした長い髪を好む妖怪である。ちょん切った髪を繋げて、日本を一周出来るくらいの長髪のかつらを作るのが大望らしい——妖怪の中ではそんな風に噂されているが、真偽の程は不明である。

「髪切りじゃあないね。あたしは若干あるが短いし、他の奴らはそもそも髪の毛など生えていない奴も多いから、もちろん切られてもいないよ」

「そうだよなあ……さつきの髪も何ともなかったようだもの」

岩の上であぐらを掻いてうーんと唸る小春の横で、喜蔵は弥々子に訊ねた。

「お前はどう考える？　どのような妖怪で、何を企んでいるのか。女ばかりを狙う理由は何なのか」

何を企んでいるのかなんて分からないよ、とすげなく答えた弥々子だったが、一寸間を置いて女ばかり狙う理由は分かると答えた。

「何だ？」

真面目に問うた喜蔵の顔を見て、女河童はにやりと笑った。

「そりゃあ、女が好きだからだろう」

神無川からの帰り道、小春と喜蔵はどうにも釈然としない気持ちで歩いていた。

「女好きの怪か……」

何だか気が抜けちまった、と小春は上を向いて溜息混じりに言った。喜蔵も何となく気勢《そ》が削がれてしまっていたので、内心で息を吐いた。元々乗り気ではなかったが、余計にやる気がなくなってしまったのだ。巷を騒がす女好きの妖怪事件は、男の二人にはいまいち深刻なものには思えなかった。何せ、したことといえば人（女）助けや軟派な行為だけである。名前を教えてくれと家までまとわりつかれた婦人は気の毒だったが、その怪は気が弱いせいか家の中までは入ってこず、しばらく玄関の前でうろうろしていただけらしい。

「何だかなあ……もっと力強い奴かと思って来たのに」

ブツブツと文句を言う小春に、喜蔵はふんっと鼻を鳴らした。

「また死にそうな目に遭いたかったのか？」

「俺は強いのと戦ってぶちのめしたかったの！　気弱な奴じゃなく、もっとこう、妖力むんむんな感じの雄々しい奴が出てくるかなって思ってたんだよ」

女好きの妖怪なんて間抜けな妖怪聞いたことねぇ、と吐き捨てるように言った小春は、ハタと何かに気づいたような顔をした。

「そういや、女好きの人間なら、この近くに住んでいるな。寄って行くか？」

「行かぬ」

喜蔵は明瞭な発音で即答したが、訊いた本人は初めから色好い返事など期待していない。馬鹿に会う暇などない、女狂いの病がうつる、などと雑言を並べる喜蔵を小春は手招きで引きずって行き、二人はあっという間に彦次の長屋の通りまで来てしまった。

「うう……鼻が曲がる」

　小春は路地を曲がった途端に鼻を抓んで、そのまま彦次の長屋まで歩いていった。岡場《おかば》所《しょ》裏にある長屋の前には、どよん――と音のしそうな濁った用水路が流れている。長屋の住人や岡場所の者も、この川にくずを捨てているのだ。「往来を裸で歩くな」同様、政府の定めた条例で禁止されている行為だが、人の目がなければ皆平気で法破りをするものである。辺りが暗くなり始めていたせいで、川はいつも以上に陰気臭く見えた。

　彦次は、行き止まりから数えて四番目の長屋に一人で住んでいる。割り長屋はどれも九《く》尺《しゃく》二《に》間《けん》の狭い住まいだが、家族四人で住むことも珍しいことではなかった。それを思えば、彦次は文無しといえども、まだマシな方なのかもしれぬ。しかし、妖怪の小春からしてみると、「狭い！　窮屈！　ボロイ！　ただの箱！」という散々な評価であるらしい。

「おお～い、頼も～」

　彦次の長屋の前に立つやいなや声を張り上げた小春は、返事を待たず、遠慮のひとつもなしに戸を乱暴に叩いた。無粋な道場破りだ、と喜蔵は無感情な声で呟く。

「お～い、彦次～」

　色欲絵師～と声を掛けても、中から返答はない。

「おや……留守か？」

　小春は耳を戸にくっつけて様子を窺ったが、人間の気配はしないという。

「妓のところへでも出掛けたのだろう」

喜蔵の言葉を聞いた小春は、相変わらずだなあと戸を叩くのをあっさりやめた。

「家の中で何か飼っているのも相変わらずみたいだけれど。懲りねぇ奴だなあ」

戸の隙間から漂ってくるのは、妖怪臭ばかりであるらしい。彦次は以前、妖怪に憑かれて死にかけたことがある。小春と喜蔵に助けてもらい、何とか無事生き延びたのだが――。

「あいつは馬鹿だから、死ぬまで懲りることはないだろう」

喜蔵のひどい言い振りに、小春もうんと力強く頷いたが、そもそも彦次が妖怪事に立ち入ってしまった原因はこの二人である。彦次をおどろかすために連れてきた妖怪達が、彦次のあまりの怯えっぷりを気に入ってしまい、そのままこの長屋へ居ついてしまったのだ。彦次は元々妖怪を惹きつけやすい性質だったが、小春と喜蔵のおかげで今ではすっかり妖怪まみれの生活を送っているらしい。自分達が彦次に始まりを与えたということを、薄情な二人はもうすっかり忘れ去っていた。

「ま、別段彦次に用はないから、また今度でいいや。それより、帰りにもう一度くま坂へ寄ってみようぜ。もしかしたら半休だっただけかもしれないし」

小春が踵を返しながらそう提案すると、喜蔵は珍しく反対しなかった。正月と盆しか休まぬくま坂がにわかに休んだことを、喜蔵も何とはなしに気にしていたからだ。小春は、喜蔵が反対の意を唱えてこぬことにニヤニヤとしながら、足を弾ませて歩いた。

小春のその笑いが止まったのは、二人が再びくま坂へ着いた時である。幟はなく、戸の前に「本日休」の紙が張ってあるままだったからだ。小春はちぇっと舌を鳴らした。

「あーまた食い損ねた！　どうする？　下宿に訪ねてみるか？」

下宿は、くま坂の目と鼻の先だ。くま坂の裏にある二階建ての長屋がそれである。一階には坂本夫妻が、二階には深雪やマツ達女中がそれぞれ住んでいた。

「下宿に訪ねたところで、店を開けてはくれぬぞ。どれだけ食い意地が張っているのだ」

「阿呆《あほう》、そんなの分かってるっつーの。だが、深雪ちゃんには会えるだろ？」

「明日を待てぬほどにあれが恋しいのか？」

素直じゃねぇな、とねめつけてくる小春から視線を外し、喜蔵はさっさと歩き出した。

＊

浅草ニ出没スル妖怪之件
一、一ツ目小僧、青女房、竜、ヌラリヒョン、イッタンモメン、笑イ男ナドノ怪。
一、立派ナ体軀ニ派手派手シイ色。朱、翡翠、若草、瑠璃、金茶、鬱金、虹色ナド。
一、力量ハ不明。然《シカ》シ、気弱デアル様子。
一、男ノ前ニハ顔ヲ出サヌガ、女デアレバ老イモ若キモ関ワリナキコト。女好キ。
一、特段ノ害ハナイモノノ、女達カラノ苦情ハ集マッテイル。
以下、女達ノ話。
一、周リヲクルクル回ッテ眺メタトノコト。

一、持ッテイタ荷物ヲ家マデ届ケタトノコト。
一、名前ト住マイヲ訊イタトノコト。
一、手ヲ握ッタトノコト。
一、好物ヲ差シ出シタトノコト。
一、肩ヲモミ、着物ガ似合イト褒メタトノコト。

「え〜と、そう言われたのは、七十近くになる結構恰幅《かっぷく》の良い婆《ばあ》さんだった——すげえなあ。女達が会った妖怪はそれぞれ違う奴のようだが、特徴や気性などが非常に似通っているため、何らかの目的を持った集団だと思われる、かな？　特徴は……気が弱い。しかし、妙に気が利きもする。女に目がなく、割と親切……ってこんな妖怪いるか！」

小春は筆を放り出して、バタンと畳の上に仰向《あおむ》けに寝転がった。帰ってきてから硯の精の身体を借りて例の妖怪の特徴を書きとめていたのだが、段々と馬鹿馬鹿しくなってきたらしい。喜蔵が覗いた半紙の半分は、下手《へた》くそな妖怪の落書きが描いてあった。

「これが例の妖怪か？　随分弱っちょろそうな顔をしているが」

喜蔵が嘲笑すると、

「そうなんだよなあ……お前もっとおっそろしい顔だものな。どうも上手く描けぬ」

と小春は残念そうに言った。ひょろひょろっとした、目だけぎらぎらと光っている妖怪もどきは、何と喜蔵であったらしい。描き直せ、と喜蔵が小春の顔に紙を押し付けると、

「そうだ、小春。せっかく墨をすったのだからすべて使え」

硯の精が珍しく喜蔵に同意を寄越した。自身を揺らして墨の残量を調べながら、もったいないと拗ねた顔をしたので、似顔絵がひどいと同情して言ったわけではないようだ。

「もう書くことない……」

「じゃあ、再会を祝して一筆描いてやる」

撞木は小春から筆を奪うと、小春の顔に落書きし出した。

「……おい、俺はお前に羽根突きで負けてないぞ」

一寸の躊躇もなくやられたので、小春は抗《あらが》う機会を逃してしまった。

「あんたは羽根突きどころか日常的に負けっぱなしだろ」

腹が立つが上手い、と力なく呻くのが精一杯であるようだ。

「楽しそうなことをしているな。交ぜろ」

「やっはっは、間抜けが余計に間抜け面」

気が抜けたのと腹が減ったのとで、小春はされるがままだった。久方振りに小春が戻ってきたので、荻の屋に居ついている妖怪達は半年前のようにはしゃいでいたのだ。はしゃいで一寸した悪戯をするだけならば可愛いものの、妖怪というのはまったく遠慮がない生き物なので、喜蔵が夕餉を作って居間に戻ってくる頃にはすっかり耳無し芳一《ほういち》が出来上がっていた。喜蔵は一寸だけ動きを止めて、よく似合いだと皮肉を言った。小春は喜蔵を睨みかけたが、喜蔵の手元を見てぱあっと顔を明るくした。喜蔵がこしらえてきた夕餉が、いつもより豪華だったせいである。飯に味噌汁に漬物は同じだったが、そこにサヨリの焼き魚と豆腐田楽とおまけに団子まで付いていたのだ。喜蔵が小春を歓迎して——というわけではもちろんなく、小春への貢ぎ物の食材を腐らせまいと使ったせいである。飛び付いて食べ始めようとした小春だったが、

「汚れる。外で落としてこい」

と鋭利な目線で射《い》られて、渋々庭へ出て行った。小春は、たまたま空を飛んでいた雨降《あめふり》小僧《こぞう》に頼んで自分の周りにだけ雨を降らせてもらい、墨の汚れを落とした。ビショビショになりながら家の中へ戻ってきた小春を乾かしたのは、吹き消し爺《じい》のいつもより百割増しの吐息である。一連の妙な光景を無視した喜蔵は、一人で夕餉を食べ始めた。

「あ〜あ。せっかく鬼の仕事で来たというのに、相手はどうもチンケな奴らみたいだ。牛鍋はおあずけだし、弥々子は冷たいし、彦次は相変わらず女狂いのようだし、何といっても目の前にいる鬼面が一等ひどい」

すっかり身体を乾かしてもらった小春は、喜蔵の前に座り込んでさっそく飯にありついたが、どこもかしこもうっすらと墨の跡が残っていた。

「俺をその中に入れるな」

「お前が筆頭だろ!」

小春は行儀悪く、箸をピッと喜蔵に差し向ける。何のことだ? とすっ惚《とぼ》ける喜蔵に、小春は唇を尖らせた。

「何のことじゃねぇだろ? 何でお前深雪ちゃんと一緒に住んでないんだよ。弥々子だっ

て驚いていたじゃねぇか。俺はもっとびっくりしたぞ」

「妖怪には分からぬ人間の事情がある」

喜蔵の斬って捨てるような答えに、小春はムスッと頬を膨らませた。その顔があまりに幼いので、童子を虐めているような心地がしてきた喜蔵は、フイッと顔を背けた。

「俺は――」

喜蔵が何か言いかけた時、

「ごめんください」

裏口の方から、控えめな女の声が聞こえた。小春も喜蔵も相手が誰だかすぐ分かったので、同時に視線を通わせた。喜蔵が立ち上がる前に、小春はビュッと裏戸まで飛んでいき、

「今日は山菜の煮物か？」

戸を開けた途端にそう問うた。そこには二人がピンときた通りの人物、綾子が立っていた。久方振りに綾子の顔を正面から見つめた小春は、相変わらずの別嬪《べっぴん》振りに感心して、にこりと笑った。

「……」

一方の綾子は、対照的だった。小春の顔を見た途端、ぼろっと大粒の涙を零したのだ。

「えええ……な、何で泣く!?」

やっと裏戸まで来た喜蔵は寸の間固まり、綾子の目の前に立つ小春はあたふたとするだけで何も出来ぬ様子である。喜蔵がそのうちふうーっと溜息をつくと、怒られたと思った

綾子は、「ご、ごめんなさぃ……」としゃくり上げながら謝った。すると、喜蔵はムッと顔を顰めて首を振り、戸からスッと後ろへ離れた。喜蔵の行動の意味が分からぬ綾子はますます泣き出したが、小春は「いやいや」という風に顔の前で手を振った。

「こいつ多分怒っていないから。『中に入って下さい』という意味だろ？」

小春の言にゆっくり頷く喜蔵にほっと息を吐いた綾子は、散々逡巡した後に中へ入ってきた。綾子はお裾《すそ》分けをしに来ても、いつもは裏戸かせいぜい土間までしか入ってこぬ。以前小春がいた時でさえそうだったから、この日初めて居間まで入ったことになる。

とりあえず綾子を中に招き入れて、落ち着かせようと思った喜蔵と小春だったが、お裾分けに持って来た夕飯のおかず——確かに山菜の煮物だった——の入った皿を握り締めながら、綾子はぼろぼろと泣くだけだった。小春はわけも分からず綾子の周りでおろおろとするばかりで、喜蔵は綾子の前に正座をしたまま固まっていた。二人が宥《なだ》めることも出来ずにいるうちに、しばらく経って泣き止んだ綾子は、

「ごめんなさい……みっともなく泣いてしまって」

と顔を真っ赤にすると、ぺこりと頭を下げた。いつもの綾子に戻ったか半信半疑な小春は、綾子の顔を覗きこみながら小首を傾げて恐る恐る問うた。

「……どうしたんだ？　何かあったのか？——あ！　もしや、俺のいない間にコイツに何か悪さされていたんじゃ……」

ゴツンッと盛大な拳骨《げんこつ》を頭に落とされて、小春も泣きそうな顔をした。喜蔵は喜蔵で小

春の頭上にある硬い角を力一杯殴ってしまったので、内心では泣きたくなるほど痛かったがそんなことはおくびにも出さぬ。綾子は俯いたまま、しどろもどろで答えた。

「小春ちゃんが無事だと分かって安心しちゃって、それでつい……」

「無事じゃないと思っていたのか？」

アハハと小春は噴き出したが、綾子は笑わぬ。綾子が一寸こめかみの辺りを震わせたのを知ってか知らずか、小春は「そうだ！」とにわかに場違いな明るい声音を出した。

「煮物を持ってきてくれたことだし、一緒に食おう。いやあ、いつも綾子が来てくれて助かるよ。こいつの飯は美味いんだが、いかんせん貧乏だ。基本、飯と味噌汁と漬物だぜ？今日は珍しく豪勢だが、これはひとえに俺の人徳ならぬ妖徳がなせる業で……うぐっ」

変なことを言われる前に、喜蔵は小春の口に団子を突っ込んで喋れなくさせた。綾子は一寸ビクッとしたが、モグモグと嬉しげに咀嚼する小春と、それを横目で見て呆れている喜蔵の様子を見ているうちに、クスリと笑い出した。

「本当に、二人は兄弟みたいに仲がいいんですね」

「どこが？」

「どこがですか」

二人が一斉に異議を唱えたので、綾子はまた笑った。

「綾子、何言ってんだ。こんなおっそろしいのが弟だったら、俺毎夜枕《まくら》を濡《ぬ》らしちゃう」

「こんな小さく頼りない兄がいたら、俺の方こそ袖を濡らして暮らしていかねばならぬ」

「何――ああ、飯だ飯！」

小春が言い返さなかったのは、またしても、鬼の腹に住む虫がうるさく鳴き出したせいである。小春が黙るのは、大方これが理由なのだ。

三人が共に夕餉を食べるのは初めてのことなので、綾子は大分遠慮していたが、

「お前、もっと食べろよ。これ美味いぞ、ほれ」

小春がやんやと言っているうちに、段々と笑顔が零れてきた。すっかり涙が引いたことに、喜蔵は少し安堵《あんど》していた。

「ところで、最近変わったものを見なかったか？　ほら、妖怪とか」

小春がそう訊ねたのは、そろそろ夕餉が終わるかという時である。綾子が落ち着くまで待っていたらしい。

「よ、妖怪？　見ていないと思うけれど……」

急に言われた綾子は、きょとんとしながら答えた。いきなり妖怪を見たかなどと言われても、「見た見た」とならぬのが普通であるが、この日訊いた綾子以外の女のほとんどが「見た見た」と答えたので、綾子がそう答えなかったことを二人は少し意外に思った。

「じゃあ、最近この辺りで妙な妖怪が現れているというのは知っているか？」

綾子は長い睫《まつげ》を伏せて、しばし考え込んだ。

「あ！　そういえば、お稽古に来る娘さんがそんな話していたかも……」

綾子は裏長屋で三味線を教えている。どうやら、そこに通ってきている娘達が例の妖怪

を目撃したらしい。

「おお、それ！　どんな話？　どこで見たって？」

確か宝治町《ほうじまち》辺りだったような、と綾子は自信なげに言った。宝治町は、弥々子の住まう神無川と彦次の住まう長屋のある町とのちょうど中間くらいにある。綾子が教え子からその妖怪の話を聞いたのは、十日くらい前のことだという。綾子の教え子達は、弥々子が妖怪と会うよりも一寸前に妖怪に遭遇していたことになるようだ。

「夕暮れで、人力車もほとんど通っていなかったから、その娘達《こ》は橋の真ん中を歩いていたんですって。そうしたら前から人力車が来て、危ないっと思って避《よ》けたらその人力車が転がって……近づくと、そこにいたのは人力車じゃなく、見たこともない動物だったんですって」

どんな動物？　と小春が訊くと、綾子は白い首を斜めに掲げた。

「それが、狸《たぬき》と蛇を足して、人間の顔をつけたような、不可思議な動物だったとか。本当なら怖がって逃げ出すところだったんでしょうけれど、その動物はずっと起き上がらなくて、その娘達は思わず『大丈夫？』と声を掛けてしまったそうなの。そうしたら、その妙な動物はにっこりと笑って、そのままどこかへ消えてしまったんですって」

「その変な動物って、どんな色味だったか娘達言っていたか？」

「確か桃色や蜜柑《みかん》色で、光沢のある色味をしていたとか。そうそう、まるで見世物小屋の生き物みたいだったたって……でもこれって妖怪なのかしら？」

綾子は首を傾げた。何分自分が見たわけではないので、自信が持てぬらしい。

「いや、きっとそりゃあ妖怪だ。ありがとな、綾子」

小春は満足そうに頷いたそばから、綾子をしげしげと眺めて思い出したように言った。

「しかし、綾子がその妖怪と会っていないのは存外だったなあ。絶対会っていると思った。女好きの妖怪なら、真っ先にお前みたいな美人の前へ現れそうなものだもの」

な？　と小春は喜蔵に同意を得ようとしたが、喜蔵は（こちらへ振るな）とひどく迷惑そうな表情で小春を睨みつけた。当の綾子は困ったように笑っているだけで、まるで嬉しそうではない。女子《おなご》だったら褒められれば何でも嬉しいのだろうと思っていた喜蔵は、綾子の反応を見て不思議な心地がした。綾子からは褒められて当然というような高慢さも感じられず、ただ諦めたような表情をしているのが気に掛かった。変わった人だ、と喜蔵が内心で綾子のことを考えているうちに、小春は一人ブツブツと愚痴を零していた。

「しっかし、変な妖怪だ。人間の手助けをしたり、人間に助けられたり、女口説いたり……まったく、妖怪の風上にもおけねぇ」

プリプリと怒る小春に、綾子は不思議そうな顔をする。

「小春ちゃんは妖怪が好きなの？　まるで知り合いのように話すのね」

「知り合いというか」

本人というか——と言いかけた小春の口を左手で塞ぎ、

「……コイツは絵草子を読み過ぎて、現と夢の区別がつかないだけです」

綾子の問いに答えたのは喜蔵だった。

「そ、そうなんですか。じゃあ、小春ちゃんはそういうものを実際に見たことあるの？」

ふがふがと暴れる小春から手を放し、喜蔵は怖い顔で小春に念押しをした。

（余計なことは言うなと先ほども言った。分かっているな――かな？）

小春は胸のうちで嘆息を漏らして、子どもらしい笑顔で「ないよ」と綾子に向き直った。

「じゃあ、私と同じね……喜蔵さんはありますか？」

綾子にそう訊かれた喜蔵は、「ありません」と答えるしかなかったが、出来るものなら目の前にいる子どもを指差したかった。

「まあ、また妖怪の話を耳にしたら俺達に教えてくれ。稽古に来ている娘達の友かなんかも見るかもしれないし、お前も出会うかもしれないからな」

小春がそう言うと、「分かりました」と綾子は真剣な顔で顎を引いた。何か重大なことだと勘違いしたのかもしれぬと喜蔵は思った。


綾子が帰って早々、喜蔵は寝床の準備をし出した。常だったら店の帳簿をつけたり、湯屋に行く時間だったが、何かに急き立てられているように布団を敷くと、すばやく着物を脱いで寝巻きに着替え出した。その様子を行李の上に乗っかりながら、見るともなしに見ていた小春は、喜蔵が布団に入ろうとした時にこう切り出した。

「で、さっきの話だけれど。ほれ、途中だっただろ？　お前と似ていない可愛い妹の話」

小春に背を向けて無言で布団に潜り込む喜蔵に、小春は呆れた声を出す。

「往生際が悪いな～話しにくいからって、早々と寝床の仕度なんかしちゃって」

そんなに話しにくいことかねぇと小春は頰を搔いた。話しにくいに決まっている、と答えたのは、小春と反対側に立って喜蔵をキッとねめつけた硯の精だ。

「小春に世話を掛けておいて、当人は何も努力していないのだから」

いつの間にやら店から居間へ歩いてきたらしい。喜蔵は「世話など掛けていない」と反論しつつ、身体の向きを変えた。

「近くに住んでいるというのに、離れ離れに暮らすなどおかしな話だ。お主らはまだ子どもではないか」

「俺はもう二十だ。大体、この世の中に共に暮らしていない兄妹がどれだけいると思っているのだ？　俺達だとてずっとそうだった」

「だから、今更一緒に暮らすのはおかしいと？　そんな馬鹿な理屈があるものか」

硯に人間の理屈が分かってたまるか、と喜蔵は布団の中から言い返す。

「それを言うなら、人間に硯の理屈など分かるまい。こちらの理屈はお主に意見することなのだから、お主は黙って聞けばよいのだ」

「その理屈が通るなら、こちらの理屈も通せ。ボロ硯は店の隅に戻って埃《ほこり》を被って寝ろ」

「怪は夜が朝だという理屈があるのでな。まだまだ寝ないわい。大体、神経質な店主のおかげで、埃など一つも落ちていないじゃないか」

硯の精はバシバシと片足で畳を叩《はた》いたが、確かに埃一つ舞わなかった。

「では、一人で寂しく墨でもすっていたらどうだ？　そいつの顔にまた落書きして餓鬼の遊びをすればよい」

スッと人差し指で指された小春は、己の人差し指で己を指して小首を傾げた。

「そんな無粋なところに描くものか」

「紙の無駄遣いにはなるまい」

「墨の無駄になる」

どうして途中から俺に対する罵詈《ばり》雑言になるんだ、とげんなりとして小春が言うと、硯の精はハッとして小春へ向き直り、素直に謝り出した。

「すまぬ、小春。つい本当のことを述べてしまった。お主には酷な話だというのに……」

「やめてくれ！　そんな言い方をされると、まるで俺が本当に無粋みたいだろ!?」

小春は硯の精に歩み寄ると、べしゃりと膝をついて硯の精の肩——と思《おぼ》しき辺り——をガシッと摑んで言った。

「お前の気持ちは分かったから皆まで言うな——それより俺は、この馬鹿の馬鹿な理由が聞きたいんだ。お前なら何か知っているだろ？」

余計なことは言うな、と足蹴りでも飛んでくるかと身構えていた小春だったが、喜蔵は黙ったままだった。硯の精も何も言わぬので、小春は真横に首を傾けた。

「知っているも何も……」

硯の精はチラリと喜蔵の顔を見たが、喜蔵は微動だにしない。寝た振りなんてしやがって、と小春は喜蔵の真横で悪態をついたが、何も言い返してこぬので変に思い、ジッと目を凝らして、そして気がついた。

「……まさか、こいつ」

小春は膝をすりながら喜蔵に近寄った。怖い顔に手をかざして確かめたが、規則的な息遣い以外、めぼしい反応はない。寝たな、と硯の精は冷静に言う。

「どういう神経してんだよ……」

呆れた小春は、胡坐を掻いたまま後ろに手を突いてふうっと息を吐いた。ちらりと喜蔵を見たが、何をしても起きなそうなほどぐっすり眠っている。

「で、何で一緒に暮らしていないんだ？　もしや喧嘩《けんか》でもしているのか？」

「いや、申していないからだ」

親戚との確執があったという過去をだろうか？　そう考えた小春に、硯の精はまったく予想に反した答えをくれた。

「『共に暮らそう』と申していないから、妹はここに住んでいないのだ」

「ああ、そこ……そっからか～」

意気地なしの鬼面を哀《あわ》れむような目で眺めた小春は、そのままごろんと後ろに倒れた。

「肝心の仕事はやることなさそうなのに、どうでもいい家主の世話は大分やいてやらなきゃいけないってか？」

何だかなあ、と煩悶《はんもん》していたと思ったら、数秒後にはぐおおおっと腹の音と同じくらいの鼾《いびき》が家中に響き渡った。

「……」

身体の小さい硯の精はせめて腹だけでも、とようやくのことで引きずってきた綾子から再び借りた布団を小春の腹の上に掛けてやった。

＊

妖怪を見たことがないと言っていた綾子だったが、喜蔵の家を後にした綾子は、裏長屋に入る手前で妖怪を見た。

（あれは——何かしら？）

それは大きな猫だった——いや、猫というよりは獅子に似ている。暗闇の中で一瞬だけ見たので、綾子はそれが何だか判断出来なかった。綾子は霊感がまったくと言っていいほどなく、そういうものを見ぬ性質だと思い込んでいたので、まさか自分の前に妖怪が現れるなど思いもしなかったのだ。小春が百鬼夜行へ帰ってから喜蔵と徐々に親しんでいた綾子だったが、喜蔵の家にいる妖怪達の存在にも未だ気づいていないほどである。

（あら？　狸かしら……熊《くま》はこんな町中に出ないわよね）

頬に手を当てて考えてはみたものの、自分の見たものがまさか妖怪だったとは考えもしない。しかし、狸にしては随分と大きかった。大袈裟《おおげさ》に見えてしまっただけだと思いつつも、脳裏に浮かぶのは見たこともない巨大な獣である。綾子の五倍くらいあり、ふさふさの毛が何かでじっとりとまみれているように見えた。

(もしかして、あれって……)

綾子は一寸だけ怖い想像をしてしまい、急いで長屋の中へ入って行った。それからしばらくジッとしていたが、辺りは静まったまま何かあった様子もない。自分が見たのは気のせいだったか、はたまた誰かがおどろかせてきたのか——どちらにしろ、もう大丈夫だろうと判断して、綾子は途中になっていた夕飯の片付けを始めた。それから妖怪は、二度と綾子の前に顔を出すことはなかった。

綾子の見た二股に分かれた耳と尾と舌を持つ妖怪は、喜蔵の家の空の上で、下を眺めてニタリと笑った。露《あらわ》になった口の中は、赤いというよりもどす黒い。それは、人間の血の固まったような色をしていた。

「人間ノ首ガ欲シイ」

芝居の台詞のように片言に喋ったその猫股は、どこかへ飛び去って行ってしまった。

三、噂の男

午より少し前、小春と喜蔵の二人は、昨日休みだったくま坂へ向かっていた。

「半年振りの牛鍋！　くま！　坂〜！」

行く前から上機嫌だった小春は、道中ずっと妙な節をつけて牛鍋歌を歌っている。喜蔵は他人の振りをして数歩前を歩くが、後ろの小鬼のはしゃぎっぷりにウンザリとしているので、眉間の皺も大増量中。もはや強面《こわもて》どころの話ではない。

「またあのおかしな二人が歩いている……」

往来の誰かが呟いたが、おかしいのは二人だけでは済まなかった。何故なら、二人がくま坂へ着くと、そこには更におかしな光景が広がっていたのだ。小春はその光景を見て「おおっ」と驚きの声を上げたし、常に無表情の喜蔵も少し目を見張ったほどである。くま坂の前には、三軒先までズラリと行列が出来ていた。

「一寸来ない間にえらい大盛況だな……何かあったのか？」

問われた喜蔵の脳裏には、すぐにあの妙に人好きのする笑みが浮かんできた。

「ある男がここへ通うようになってから、その男目当てに女達が集まり出したのだ。俺がそいつを初めて見たのは霜月の中頃だったが、その頃はまだこれほどではなかった」

「へぇ、男一人でこんなに女が集まるのか……ってこれ全部女!?」

言われて気がついた小春は、喜蔵を列に残して前まで走っていくと、すぐに戻ってきた。夢から覚めたばかりのような、妙にぼうっとした表情をして首を盛んに捻っている。

「すごい……確かにほとんど女だった。しかも、妙なことに髪型が……」

いやいやあれは流石に幻だろう、と小春は独りごちた。

「こんだけ女を夢中にさせるんだから、そいつって歌舞伎《かぶき》役者とか？」

知らぬ、と喜蔵は首を振る。多聞と喜蔵はもう十度近く会っているが、詳しい素性を聞いた覚えはなかったし、喜蔵も話した覚えはなかった。

「じゃあ、ともかくすっごい男前なんだ？」

喜蔵は微妙に首を傾けた。多聞はそれほど男前というわけではないが、妙な魅力があるのは確かである。喜蔵はこめかみを人差し指で押しながら、記憶を辿って話し出した。

「よいところといえば、愛想と声音だな……声音はとにかく良い。飄々《ひょうひょう》としていて、何を考えているのかよく分からぬところもあるが、話しやすさもある。道楽で、面白そうなものを見つけるとすぐに試そうとするが、飽きるのも割に早いようだ。しかし、誰とでもてらいなく接する様が優しい——と女は思っているのではないか？」

「お前そいつのことよく知ってんだな！　仲良いんだ？」

一寸驚いたように言う小春に、喜蔵は「別段」と眉を顰める。小春は腕組みをしながら、へぇとか、ふうんとか、感心したように唸った。

「いやあ……そいつすっごく良い奴なんだろうな」

会ってもみないで何故そう思う？　と喜蔵は不思議そうな顔をする。

「お前に話しやすいと思わせる奴だぜ？　鬼面を怖がらず付き合うなど並の神経なら無理だし、頭悪い奴ならお前が嫌がるだろうし……きっとよく出来た優しい奴なんだろうな～」

ひどい言われようだが、喜蔵はムスッとして何も反論しなかった。多聞は女に好かれるだけでなく、男にも顔が広い。行く先々に馴染みがいるのだ。それならば、わざわざ付き合いの悪い喜蔵を誘わなくとも良さそうなものだが、何故か多聞は喜蔵とつるむのが好きらしい。最初はただの酔狂な男かと思ったものの、性根が良い奴なのだろうと喜蔵も思い始めていた。悔しげな表情で黙り込んだ喜蔵の顔を見て、そうかそうか、と小春は腕組みをしたまま訳知り顔で何度も頷いた。

「お前もこの十年の間に少しは成長したようだな」

半年だ阿呆鬼、と喜蔵はすかさずボケを切り捨てる。

「あれ？　そうだっけ。まあ、妖怪にとっちゃあ十年も半年も同じようなものよ」

小春は二股に分かれた舌をちょろっとだけ出して、すぐに引っ込めた。喜蔵がそれを見たのは二度目だったが、行列よりもこちらの方がよほどギョッとさせるものがある。

「……それに、何が『成長したようだな』だ。えらそうに」

「だって、お前深雪にまだ『共に暮らそう』と言っていないんだろ？　それ聞いて、全然、てんで、丸っきり成長していないんじゃないかと心配になったんだよ。でも、友が出来たくらいだ。妹に『共に暮らそう』と言うくらい、なんてことないよな？」

今日言えよ？　と暗に言ってくる小春の言は無視して、喜蔵は前に進んだ列に倣《なら》った。二人がくま坂の中に入れたのは、半刻近く経ってのことである。喜蔵は行列を見た時点で引き返したくなったが、いつも小春のことを気にかけていた深雪の手前、それも出来ずに結局一時間も並んでしまったのだ。小春が暖簾を潜ると、「あ！」という声が多方向からいくつも上がった。女将のくまに女中のマツ、そして噂の深雪である。

「まぁまぁ、小春ちゃん！」

常日頃から快活なくまと、いつもは大人しいマツが小春の傍《そば》に駆け寄ってきて、目尻《めじり》を下げて喜びの表情を浮かべた。それを受けて小春は「よっ」と片手を挙げる。

「女将におマツちゃん。達者だったか？」

「もちろん、あたしゃ健康なのが取り得だからね！」

「あ、私も……」

そいつは何より、と小春がニカッと笑うと、二人は顔を見合わせてにこにこと笑い合った。小春は以前くま坂を一日だけ手伝ったせいか、随分と気に入られている。女将もマツも喜蔵が目に入らぬ様子で、小春を間に挟み込んで席へ案内をしたので、喜蔵は仕方なく黙ってその後に続いた。

「ところで……どうした？　店の外よりも更におかしな光景が広がっているけれど」

おかっぱ、おかっぱ、おかっぱ、おかっぱ――店内のおかっぱ率およそ七割。おかっぱ頭は外の行列にも数人いたのだが、店の中にはもっと大勢ひしめいていたのだ。なかなか壮観ではあるが、まだ寒い時季であるので項《うなじ》が少し寒々しかったし、見ようによっては巨大な市松人形が大勢座らされているようで違う意味で寒々しい。

「一寸来ない間に開化が進んで男女逆転したのか？　それとも妖怪変化？」

ぽかんと辺りを見回す小春に、女将とマツはまた顔を見合わせて、プッと噴き出した。

「そうだったら面白いけれどね。ふた月ほど前からウチを贔屓にしてくれている人がいて、その人のせい……いや、おかげかな？」

女将が言うには、ことの原因はまたしてもあの男であるらしいが――小春も喜蔵も何故その男がおかっぱ頭流行の原因であるのか、まるで結びつかずに首を捻った。

「はあ、その男の話はさっき喜蔵から聞いたばかりだけれど……そいつのせいで何故皆がおかっぱになるんだ？」

「実はその人が深雪ちゃんのおかっぱ頭を大層褒めたんだよ。そうしたら、いつの間にやらこの状態で……」

女将は声を潜めて苦笑した。男のたった一言のせいで、公には禁止されているにも拘らず、続々と断髪する娘が増えたのだという。小春は目を見開いて辺りを見回したが、それらしき男がいなかったので、また女将達に視線を戻した。

「そいつは歌舞伎役者かなんかなのか？」

小春は先ほど喜蔵に問うたことを再び問うたが、違うんじゃないかねぇと女将も喜蔵と同じような微妙な表情をした。

「割と小柄だし、見た目も普通だよ。声はすごくいいから、唄《うた》でもそらんじているのかと思ったが、そうじゃないらしい」

「じゃあ、何してんの？」

頬と腰に手を当てて悩む女将を差し置いて、普段は大人しいマツがズイッと身を乗り出して喋り出した。

「あの。多聞さんはご自分のことはあまりおっしゃらないんですけれど、とてもお金持ちみたいですよ。どちらなのかは知りませんが、立派なお屋敷に住んでいるんですって」

興奮したような声を出すマツとは違い、女将は冷静である。

「そりゃあ、毎日ここへ来るくらいだから文無しではないよ。いくらうちが安いとはいえ、それでも三銭五厘は取るんだから。おまけにあの人は酒もよく飲むからね。そんなのを毎日なんて、普通の男じゃとても無理だ。そうそう、喜蔵さんの店でもよく買い物しているんですってね？」

女将は今喜蔵に気がついたような顔をして、喜蔵を見た。女将の言葉に仏頂面で頷く喜蔵に、小春は「へ!?」と素《す》っ頓狂《とんきょう》な声を出してしまう。

「金持ちがあんなオンボロ古道具屋で、半ば壊れ掛けの古道具なんざわざわざ買わねえだろ――いてっ」

喜蔵は小春の脛《すね》を蹴った。いつもだったらそこでビクッとするマツが夢を見るような瞳でぽうっとしているので、二人は顔を見合わせた。おまけに、マツはまた多聞の話をし出したのである。

「多聞さんはきっとすごくお金持ちなんです。いえ、別段貧乏でも構わないんですが……多聞さんってとても落ち着いてらして、万事において余裕に溢れた方なんです。話しているとこちらまでホッとしてきて、もっとお話ししたいなと思うような――」

「へー！　おマツちゃんもそいつにホの字なんだ」

ち、違います！　とマツは首筋まで真っ赤にして、珍しく大声を出して否定した。これほど真面目な娘まで惹きつけるなど、一体どんな男なのか？　小春は再びきょろきょろと店の中を見渡したが、やはりそれらしき男は見当たらぬ。今日は来てないんです、と哀しげな表情で頷くマツにごほんと咳払いをした女将は、

「……まあ、とにかく多聞さんのおかげで大繁盛だよ。一昨日なんて昨日の分まで肉が売れちまって、店開けなかったからね。人手不足で、今なら猫の手でも借りたいほどだよ」

と誇らしげに胸を張った。貸してやればどうだ？　と喜蔵は小声で小春に言ったが、先ほどのお礼とばかりにゲシッと脛を蹴られて黙り込んだ。

「お～い酒持ってきてくれ!!」

三割ほどの男性客が、やけくそのように大酒を飲みながら、また注文してきた。相変わらず開化風を吹かせた男もいたが、多聞と比べるといかにも「着せられている」のが分かってしまう珍妙さが余計に物悲しく映る。

「は～い、ただいま！」

女将とマツが他の客の許へ急いで飛んでいったので、小春と喜蔵は空いている奥の席に着いた。胡坐を掻いた喜蔵と片膝を立てた小春の許に鍋と具材が運ばれてきたのは、それから間もなくのことである。

「で、深雪ちゃんは……どしたの？」

ドンッと乱暴に七輪に鍋を載せた深雪に、小春は恐る恐る訊いた。深雪の可憐な美少女ぶりを見ると、喜蔵と兄妹だとはまるで思えぬ。けれど、こうやって怒っている時に迫力の増す切れ長の目は、二人に血の繋がりを感じさせた。何も答えぬ深雪に、小春はおべっかを使うように手もみをする。

「え～と……深雪ちゃんは相変わらずおかっぱ頭なんだな。でもって、その山茶花の簪も相変わらずつけているんだ？　うん、似合う似合う。お前の祝言の時に帰ってくると喜蔵に言っていたんだが、きっとすぐだな」

「……」

「み、店も大繁盛していて何とも目出度《めでた》い！　これもひとえに看板娘の深雪ちゃんのおかげだよな！　よ、深雪大明神！」

へらへらと笑う小春に、深雪はギロリと鋭い目を向けた。うむを言わせぬその強い眼差しに、小春はひくっと喉を震わせる。

「……何で怒っているんでしょう？」

観念したように小春が訊くと、深雪はフイッと視線を横に流して、小さく言った。

「何も言わずに行っちゃうのだもの」

痛いところを突かれた、というように小春は情けない顔をした。小春は以前あちらの世に帰った時、喜蔵だけにしか別れを告げなかったのだ。慌てて帰ってしまったから、挨拶をする暇もなかったのだが、小春は今の今までそんなことはすっかり忘れていたのである。

(これは流石に俺が悪いか)

そう思った小春が謝ろうとした時、

「――ごめんね。小春ちゃんには色々としてもらったのに、何も返せなくて。おまけにお礼もろくに言えなかったから、とっても気掛かりだったの」

本当にありがとう、と深雪は頭を深く下げた。

「お、おいおいっ」

小春は慌てて、小さな手の平で深雪の頭を持ち上げてまっすぐに直した。深雪のぱっちりと開いた目には、すでに怒気は感じられぬ。

「何も言わずに帰ったから、恨み言を言われるかと思ったのに……深雪ちゃんも相変わらず変な娘っこだなあ」

呆れたような表情をする小春に、深雪はにこりと笑って言った。

「恨み言なんて言えるわけないじゃない。あたしは小春ちゃんが大好きだもの」

「そりゃあどうも」

お前の妹はまだ当分ねんねだな、と小春は俯いている喜蔵に耳打ちした。

「でも、会えて本当に嬉しいわ。今回は何か用事があって来てくれたの？」

鍋の仕度をしながら訊いてくる深雪に、小春は「待ってました！」とばかりに胸をドンッと叩いた。

「えへん。重要な役目を任されたんだ——もちろん、俺一人にな」

「どんな役目？」

これこれこういうわけだ、と小春は深雪に語って聞かせた。深雪は牛鍋を作りながら頷いていたが、話の途中で他の席に呼ばれてしまったので、すべてを話すことは出来なかった。午営業はあと少しで終わるが、それまで込み合いは続きそうである。そろそろ出るかと腰を上げて暖簾を潜ったところで、深雪が小走りで走り寄ってきた。

「小春ちゃん、ごめんね。今忙しいからまた後で聞かせてくれる？」

「うん。じゃあ、午が終わったら汁粉屋の前で待ち合わせな」

「分かった」

喜蔵の許可は取らずして、二人は勝手に落ち合う場所を決めた。小春より三歩前に店を出ていて口を挟む隙もなかった喜蔵が腹いせに出来たことは、前に伸びていた小春のずんぐりとした影をぎゅっと踏みつけてやることだけである。

くま坂の午の営業が終わり、落ち合った三人が汁粉屋に入ってから、四半刻の半分である十五分――その間に「崇高な任務」をすっかりと話しきった小春は、汁粉を覗き込んで「まだか……」と哀しげに呟いて唇を押さえた。恐らく、餡《あん》の熱さに負けたのだ。元猫である小春の舌は、人間の猫舌以上に熱さに弱いらしい。

「女好きの妖怪……」

深雪は口元に拳を当てながら、何か考え込むような素振りをして黙り込んでいたが、ふと俯いていた顔をスッと上げてこう言った。

「あたし、その妖怪に会ったことあるかも」

「え！」

小春と喜蔵は同時に声を上げたが、周囲の視線を感じて慌てて小さな声に戻した。

「どこで？　どんな奴だった？　何で会っちゃったんだ？」

「何でかは分からないけれど……お使いの帰り道に、蒲公英《たんぽぽ》色した可愛らしい狐《きつね》の妖怪がどこからともなく目の前に現れたの。会ったのは笹谷《ささだに》というところよ。ほら、神社やお稲荷《いなり》さんが近くにたくさんある――」

「どぇっ！」

小春はバッと深雪に近づいて、ペタペタと身体を触った。

「大丈夫か——って、怪我してないか調べただけだろ！」

小春は頭の右方を押さえて怒鳴った。喜蔵が思い切り小春の頭の横を叩いたのである。

「他の者の話の時には触れなかったではないか」

子どもの振りをしていやらしい鬼だ、と喜蔵は小春に軽蔑の眼差しをくれた。

「場所が笹谷って言ったからだよ！」

笹谷は深雪の言うように、寺社や稲荷や辻《つじ》や橋が一箇所に集まった土地である。つまり、あの世とこの世の境目で、夕刻を過ぎた頃から結構「出る」のだ。

「妖怪達の間じゃ、穴場の人間おどろかし場よ。どうでもよい奴もうようよいるが、悪い奴もあちらからわざわざやって来る」

深雪が会ったのは『女好きの怪』ではなく、そちらかもしれぬと小春は心配したらしい。まだまだ疑わしそうな顔をしながら喜蔵がスッと手を引くと、いやらしいなんて考える方がいやらしいわっと小春は頭をさすりながら嫌な顔をした。一寸だけ喜蔵を複雑な表情で見上げた深雪は、隣の席に吹っ飛んだ小春の手を取って静かに引っ張り上げた。

「……ありがとう。でも、怪我はないの。というか、相手があたしを見た瞬間『げきぞ』と言って、すたこら逃げ出してしまったから触れられてもないわ」

深雪がしっかり見たのは後ろ姿だけだったが、蒲公英色の明るいふさふさとした毛並みは闇夜に浮き上がって見えるほど目立っていたそうだ。

「げきぞ？　なんじゃそら……てか、奴らまた逃げたのか。本当に意気地がねえ怪だな。

そんでまた、深雪ちゃんも本当に妖怪を惹きつけやすい性質だわなあ」

そうかしら？　と深雪は不思議そうな顔をした。深雪はいまいち分かっていないようだが、妖怪を惹きつける力は彦次と良い勝負である。やはりお前の妹だからかね？　と隣に座る喜蔵を見上げた小春は、「ひっ」と思わず声を出してしまった。

（何つー顔してんだよっ）

喜蔵の顔は、どす黒かった。顔中の筋肉に力が漲《みなぎ》っているのか、額の端でぴしぴしと動く血管はひとつではない。真一文字に結ばれた細い唇の下には、深い窪《くぼ》みが出来ていて、喜蔵のただでさえ短い顎を余計に短くさせていた。深雪も喜蔵の顔を見上げ、目を見開いてぽっかり口を開けている。

「お、お兄ちゃんどうかした？」

じっくりと二十数えた後に深雪がそう問うと、いや、と喜蔵は言葉を濁しただけだった。

「そういや、その後天狗とは会ったのか」

小春はにわかに思いついたように深雪に訊ねた。深雪も喜蔵も一瞬動きを止めて、（あぁ――）と思い出したような顔をした。余計に目元を厳しくした喜蔵とは違い、深雪は懐かしがるような表情をしたものの、小春の問いには首を振った。

「小春ちゃんとお別れした時、天狗さんの背に乗らせてもらったでしょ？　あれ以来姿も見かけていないわ」

つまり、半年以上前のことだ。天狗は小春の因縁の相手である――そう思っているのは天狗の方だけであるが。半年前に喜蔵達の周りであいついだ妖怪沙汰は、百年前の勝負で天狗が小春に完敗したのがそもそもの発端だった。爾来《じらい》、天狗は小春に一矢報いるため厳しい修業をしてきたのだが、その間に小春は巨大な力をあっさり捨て、人間恋しさに百鬼夜行から落ちてしまったのだ。それを知った天狗は逆上して、あれこれと罠《わな》を仕掛けたのである。小春と喜蔵は、ひと月もの間天狗の張った罠に踊らされ続け、他の人間や妖怪も巻き込んでの大騒動となったのだが、そこに深く関わっていたのがこの深雪だ。

小春はちらりと深雪の花の顔と言っても差し障りのない、愛らしい顔を見た。天狗が小春に直接手を下そうとしなかったのは、小春を苦しめるためだった。天狗自身がそう公言していたが、小春はそればかりではないと思っている。

（深雪が哀しむからだろ？）

天狗は、風変わりで心優しい深雪に心惹かれていたのだ。だからこそ、深雪が哀しむことをするのを躊躇したのだろう。小春が天狗を許したのは、そうした理由からだった。小春を甘っちょろいと言った喜蔵も、結局は天狗を不問にした。二人とも甘っちょろいのだ。

（それにひきかえ……強い娘だよなあ）

深雪は可愛らしく、物腰も柔らかいのだが、中身は見た目とは正反対だ。無残に髪を切られても、友達や兄を危険にさらされても、毅然《きぜん》と天狗に説教を垂れ、罪を糾《ただ》した上で許した。兄と生き別れになり、父と母とは死に別れになった、その逆境にもめげずに夢を叶えようと日々踏ん張って生きてきた娘である。誰かを悪く言うこともなければ、恨み言一つ漏らさぬ。誰であろうと深雪には勝てぬのではないか——最凶の兄でも——というのが、小春のみならず、深雪の本質に触れた者の考えである。

「天狗の奴、もう目の前に現れたりしないのか？」

まだ厳しい顔つきの喜蔵を見ながら、小春は深雪に訊いた。

「うん、全然ないわ」

「ふう〜ん……」

小春は頬杖をつきながら、馬鹿にしたような半目で外を眺めたが、すぐに顔を引き戻して、やっと汁粉を啜った。深雪は正面に座る兄の椀の中をチラリとだけ覗いて、内心怪訝に思った。すっかり冷め切ってどろりとした汁粉がなみなみ残っていたからだ。

深雪と別れた二人は、そのまま深雪の言っていた笹谷へ向かうことにした。「あ、その前に一寸」と小春はくま坂横の小路地と、くま坂向かいの大木に立ち寄って何やら探し物をしていたが、喜蔵は腕組みをしながら文句も言わず突っ立っているだけだった。小春は辺りにうっすらと漂っていたとある妖気の痕跡を辿っていき、まんまと目当てのものを探し当てることに成功すると、それらを大事に懐へしまいこんだ。

その時までは探し物に夢中になっていて気がつかなかった小春だが、

（……重っ苦しい）

笹谷へ向かう道すがら、喜蔵の様子に段々と閉口する羽目になった。喜蔵がむっつり黙っているのはいつものことだと最初は気にしなかったが、どろどろとした嫌な空気がじわじわと伝わってきて、堪らなくなった小春は、喜蔵の気を引こうと大声で歌い出してはみたものの――。

「今日の飯はなんじゃろか～鯵《あじ》のさしみか鯛《たい》の頭《かしら》が食べたいな～」

と陽気に歌っても、

「たまにはぁ……人間の血で出汁《だし》を取ったぁぁ……鍋を喰いたいやもなあ……」

などとおどろおどろしく歌っても、やはり何も返してこなかった。それからも喜蔵の悪口を延々歌い上げていたというのに、ひょいっと構えたのは小春だけで、喜蔵は視線を後ろに向けることさえなかったのだ。

（おいおい、このままずっとだんまりか？）

調べ物をしている横でずっと黙って立っていられるのは流石にうっとうしい。ほどなくして「着いたな」と言葉を発した時には、小春はひとまず安堵した。

笹谷は周辺に寺に神社、道祖神に稲荷、辻や橋といった異界と繋がる場が密集した地である。こりゃあ出るわ出るわ出るわだわ、と小春は妙な言葉遣いをして、半ば感心したような声音を出した。

「これなら、すぐに何かしら見つかるだろ」

そう高を括《くく》った小春だったが、周囲をぐるりと三周回った時点ですっかり前言を翻しそうになっていた。深雪が妖怪に会ったという場所はもちろん、その周囲も念入りに探したが、なんの痕跡《こんせき》も見当たらなかったのだ。寺社や道祖神や稲荷や辻、橋にも行ってみたが、そこにはほんの微《かす》かな妖気しかなく、妖怪の影も形もない。その妖気というのも、恐らくは通りすがりの怪のものである。躍起になった小春が外聞も気にせず、犬のようにはいつくばって地面の臭いを嗅《か》ぎまわったというのに、結果は同じだった。

犬の真似をようやくやめた小春は、また辺りで聞き込みをすることにした。周囲には十四戸の家があったものの、在宅していたのはその半数だった。小春は持ち前の愛嬌でちゃっかり七戸分の話を聞いたが、さつきや弥々子達が出会ったという妖怪を見た者は生憎誰もいなかった。ただ、訊いたうちの一人が、気になることを言ったのである。

「つい最近どこかで……でも、どこで見たんだかさっぱり覚えていないわ」

そう言ったのは十五の娘を持つ母親だったが、どこで見たのかついぞ思い出せなかった。辺りは神社仏閣に囲まれ、人通りもあまりなく、昼間でも薄暗い場所だ。いかにも「出そう」なのに、誰も見たという者はいない。それもそのはず――と合点がいったのは、この辺りにはあまり女が住んでいないのだという話を聞いた時である。聞き込みを終えて日が傾き出した頃、小春と喜蔵は小さな神社の中をあてどなく歩いていた。

「ついこの前鬼やらいだったから、きっと妖怪自体少ないんだろうな。でも、例の奴らは女がいれば出てきそうな気もする……お前、いっちょ女装するか？」

小春の問いに、それまでほとんど無言だった喜蔵はニヤッと笑った。

「――見たいのか？」

小春は一寸黙って、

「……駄目だ！　ぜっっったい無理!!　今想像してみたけれど、怖すぎる！　普段の三割増しくらいに怖くなった!!」

ぎゃあぎゃあと喚き出した。両腕を抱え込んでいるが、見ると確かに鳥肌が立っていた。喜蔵は「怖い怖い薄気味悪い」と本気で怯えた声を出す小春に腹を立てた様子もなく、ジロジロと見下ろした。

「お前の方がよほど適任だ。その辺の家から七五三の着物でも借りてくるか？」

「そんなちっさい着物入るか！」

喜蔵の言うように、小春ならば少し着飾れば女子に見えるやもしれぬ。もう少し経てば日も沈むので、派手な髪色も夜目に紛れれば分かりはしないだろう。

「……でも、そんなんでお目にかかれるのならば儲《もう》けもんか？」

喜蔵は嫌がらせのつもりで言ったのだが、小春は女装することに関して特段拘《こだわ》りのない様子である。

「鬼の自尊心はないのか？」

面白くなさそうな表情をする喜蔵に、小春はすんなりと大人の答えをした。

「女の振りするくらい何ともないだろ。そんなことに躊躇していて肝心の獲物を逃したら、それこそ自尊心が傷つく……そんじゃあ、いっちょ借りに行くか」

そう言っておきながら、結局何もやらずにこの日は帰ることになった。ぐううっと腹が鳴って動けなくなったせいである。定時法のように精確な腹時計に、もはや何の感情も起きぬ喜蔵は、へなへなとしゃがみ込んだ小春に背を向けて歩き出した。

「どうせ帰る場所は同じなのだから、背負ってくれ」

小春は尻餅《しりもち》をついたまま両手を前に伸ばして懇願したが、喜蔵はきれいさっぱり無視をして、そのまま歩き去った。


「やあ、お帰り」

喜蔵が家に着くと、店の前に多聞が立っていた。夕闇を背負い、いつものように朗らかな微笑を喜蔵に向けている。

「……店が閉まっているのに待っていたのか？」

やはり酔狂な方か、と喜蔵は呆れて眉を顰めた。

「近くへ来たから寄ってみたのさ。あんたはどうせ遠出はしないだろうから、そろそろ帰る頃だと踏んで待っていたんだ。欲しい物は決まっているんだが、少しだけいいかい？」

喜蔵が無言で店の戸を開けて中へ入ると、多聞もその後へ続いた。多聞は言った通りすぐに商品を決めると、作業場の壁にもたれ掛かって腕組みをしていた喜蔵にスッと差し出した。

「今日はこれをもらう」

多聞が欲しているのは、鉄扇だった。

「これは――」

言いかけて、多聞の目を見た喜蔵は、そこで二の句が継げなくなった。

（今、何を言おうとした……？）

これは――だから駄目だ。何故だか、――の部分が浮かんでこぬ。口をパクパクとさせる喜蔵に多聞は首を傾げたが、懐から財布を出すと、金を作業台の上に並べた。

「これでいいかな？」

売っては駄目だと思いつつ、喜蔵は余剰代金を多聞に返していた。多聞はそれを受け取って財布の中に戻すと、鉄扇を折り畳んで帯に差し込んだ。多聞の動きはゆったりとしているので、制することも手元からひったくることも簡単だったが、喜蔵の口は閉じたままで、手は己の太もも辺りに置かれたままだった。

（何だ？　何か気味の悪い感覚がする……おぼろげでまるで幻でも見ているような……）

「喜蔵さん？」

気遣うような声を掛けられたが、喜蔵は気づかなかった。意識を失ってしまったかのようにただ棒立ちしていたのだ。多聞はその横でしばし外を眺めていたが、

「……日が落ちるな」

そう呟くと、喜蔵に向き直ってジッと目を見てきた。射るような――と表現するのが真実正しそうな、ひたすらまっすぐな視線に、喜蔵はようやく目が覚めたように我に返った。

「夜になる前に帰るよ」

「まさか夜道が怖いとでもいうのか？」

こうした釈然としない気持ちの時ですら嫌味はスッと出てくるので、喜蔵は一寸自分が嫌になったが、多聞は真面目な顔をしてうっすらと笑った。

「夜が怖くない者なんていない」

多聞はいつも飄々として何事にも動じぬので、夜が怖いなどと子どものようなことを言うのが意外だった喜蔵は、思わず口をつぐんだ。

「喜蔵さんだって怖いものの一つや二つあるだろ？」

ない、と喜蔵は吐き捨てるように言った。喜蔵は自分が何故怒った声音を出したのか分からず呆れたが、多聞は気を悪くした様子もなく優しく微笑むだけだった。

「じゃあ、俺があんたの怖いものを教えてやろうか？」

多聞は妙なことを言い出した。喜蔵はピクリと眉を動かして、低く問うた。

「……何だ？」

「――」

男が言ったと同時である。

「あ～腹減った」

能天気な声が居間よりも奥から響いた。喜蔵から遅れること十五分、小春はようよう帰宅出来たらしい。喜蔵がわずかに後ろを振り返っている間に、多聞は店から出て行ってしまったようで、振り向くと誰もいなかった。多聞は万事において自分の調子で動く。すっかり慣れて特段驚きもしなかった喜蔵は、店の戸締まりをしてから居間へ向かった。すると、草履を脱ぎ捨てて畳に上がった小春が、その場にバタンと倒れこんでいた。

「ああ、ひもじい……ああ、殺生だ」

小さい子を置いて行くなど人間のくせに鬼だ閻魔だ、とブツブツ文句を言う小春の横を通り過ぎた喜蔵は、そのまま土間へ降りて台所へ向かった。

（あれ？　言い返してこないんだ？）

小春は不思議に思って、仰向けからごろんとうつ伏せになると、ほふく前進で畳の縁《へり》まで移動して台所の方を覗き込んだ。喜蔵はいつものように水を入れた鍋を火にかけて、夕餉の仕度をし出していた。しばしその後ろ姿を見つめていた小春が、

「夕飯の仕度とっくにしていると思った」

何していたんだ？　と問うと、客が来ていたと低い声音が返ってくる。

「客？　わざわざ店を開けたのか？」

喜蔵は顎を下に動かしたが、声の返事はない。小春からは喜蔵の後ろ姿しか見えぬが（どうにも暗い）と思った。薄闇の中で料理をしているからではない。喜蔵から発されている陰湿な気のせいである。ただでさえ明るくはないから、いっそ気味が悪かった。

「何だ、あいつ……いつも以上に禍々《まがまが》しい」

「おぞましいまでの負気！」

「とうとう閻魔に就任か？」

居間から台所を覗き込んだ妖怪達は、喜蔵に対して散々な言いようだ。

「俺が帰ってくる前に何かあったのか？」

小春の問いに、のっぺらぼう似の怪・手の目《てめ》は簡潔に答えた。

「客が一人来た。奴の馴染みの、笑い男に似た人間だ」

「ああ、くま坂で噂のあの男か。よくここへ来るんだってな？　今日は何買ったんだ？」

「鉄扇の怪だ」

へぇ、と小春は一寸驚いたような表情をした。

「あいつも結構古いだろ？　もう売れぬかと思ってた」

鉄扇の怪は店にある古道具の中で三番目に古い道具である。老朽化しているくせに、妙に元気のよい怪で、店中あちらこちらと動き回っては他の怪にちょっかいを出していた。

「あの男は物好きだ。使い込まれた古い物が好きらしい。わざわざ金を払ってあんなオンボロ買って行くのだから、金持ちというのは真に酔狂な生き物だな」

多聞と鉄扇の怪を妬《ねた》んだいったんもめんは、悔しそうに身をよじらせているうちに、ねじりはちまきのような形になっていた。

「いいなぁ。俺もそいつみたいな金持ちの家に落ちてきたら、毎日くま坂へ行けるのに」

小春が仰向けに寝転がったところへ、小さな足音が近づいてきた。

「今日は牛鍋屋に行ったのだろう？」

やいのやいのと騒がしい妖怪達の中で一人落ち着いた声音で話しかけてきたのは、硯の精だ。小春が頷くと、硯の精は小さな目の上にかたい皺を寄せた。どうやらそこが眉間らしいが、開いているのだか閉まっているのだか分からぬ繊細な表情なので、身を起こさなかった小春は硯の精の変化に気づかなかった。

「さては、牛に中《あた》ったか？　流石の閻魔商人も病には勝てまい」

手の目は世事に通じているので、昨年牛の疫病が流行ったのを揶揄《やゆ》しての発言だった。今はもう下火になったものの、一時はくま坂も客足が減った時期が続いたらしい。

「あんな恐ろしい男ならば、病の方から逃げていきますよ。しかし、牛に中ったのではないならば、何をあんなに中ったような表情をしているのでしょうか？」

桂男が顎に手を掛けて、さも色男然と悩む様子をしたが、

「落ち込むといえば恋。きっと好いた女に袖にされたのでしょう……いや、ないですね」

自分で言っておいて、すぐさま否定した。

「あいつが恋とか……ぶはッ」

一寸想像しただけで噴き出してしまった小春は、バシバシと腹を叩いて大笑いした。その様子を冷たい目で見下ろしながら、喜蔵が夕餉を持って居間へ入ってきた。折よく現れたので、妖怪達も笑いかけたが、近くで見ると予想以上に暗くて怖い表情をしていたので、皆笑うのをピタリとやめた。高々と笑っているのは、怖いもの知らずの小春だけである。その様子を気味悪げに見た喜蔵だったが、またもや無視をして、拵《こしら》えてきた飯を自分と小

春の前に並べた。

　夕餉はいつも通り質素だった。八百屋や魚屋からもらった食材は、すっかり小春が食べ切ってしまっていたのだ。唯一残っているのは乾物屋がたっぷりくれた鰹節《かつおぶし》だけで、今日はおひたしの上に大量に載っていた。その他には、芋の入った味噌汁と麦飯だけである。小春はしばらく笑いが引かなかったが、そのうちむくりと起き上がって飯にありついた。

「いただきま～す」

　ぱんぱんっと神前でやるような拍手《かしわで》を二度打ってさっそく飯を掻き込んだ小春は、間もなくして「おかわりっ」と叫ぶと喜蔵に茶碗を突き出した。喜蔵は無言で飯の入ったひつを小春の前に置く。食い過ぎだ、せめてもう少し落ち着いて食え、と小春がおかわりする度に、喜蔵はいちいち小言を漏らしてくるのに、今宵は何も言わぬようである。

（昼間っからどうにも様子がおかしい）

　ようやく真剣にことを捉《とら》え始めた小春は、無言で食べ続ける喜蔵に倣ってか、一寸ずつ静かになっていった。飯が終わって、いつの間にやら自分の仕事になってしまった後片付けを終えた小春が居間へ戻ると、喜蔵は早々に寝床に潜り込んでいた。

「おいおい、寝んの早《はえ》ぇなあ～」

　壁を正面にして横になった姿は、仁王像を横にして布団に突っ込んでみたと言われても得心がいく様子である。それから喜蔵はずっと無言だった。

「具合でも悪いのか？」

しばらく経って、小春が小さく問うた声にだけ、喜蔵は横に首を振った。

「何だ、つまらん」

嫌味な応《いら》えとは裏腹に明るい声音を出す小春に、

(やれやれ……本当に甘ちゃんだ)

長屋中の妖怪達は内心で苦笑した。

*

翌日の昼下がりのことである。珍しい客が古道具屋に訪ねてきた。

「あれ？　どうしたの、深雪ちゃん」

一人で店番していた——といっても店奥作業場で寝転んでいただけの——小春は、山茶花の簪を挿したおかっぱ頭の娘が、店の敷居をまたぐ一歩手前でそう言った。

「……小春ちゃんは流石に感覚が鋭いのねぇ」

感心しながら店の中へ入って来た深雪は、目だけきょろきょろとさせて辺りを見渡した。

「喜蔵なら一寸出ているけれど」

「あ、そうなの……」

少しだけ残念そうに呟いた深雪は、小春に近寄りながら、いきなりこう言った。

「昨日ね、天狗さんに会ったの」

「おお!?」

驚いて半身を起こした小春は、そのまま胡坐を掻いた。

「それが、何だかおかしくって……」

あいつはいつもおかしいじゃんと言いつつ、小春は深雪を居間に座るように促したが、話したらすぐに帰るからと固辞した深雪は、作業場の横に立った。

「天狗さんってすごく硬派な人でしょ?」

「……硬派といえば硬派か?」

天狗に対してそういう表現をするのを初めて聞いた小春は、思い切り首を傾げた。

「それが、昨日の夜会った時はすごく軟派だったの」

「あいつが軟派……?」

軟派な天狗の図というものを頭の中に描こうとしたものの、相手は喜蔵と同じくらい堅物で強面な相手なので無理だった。

「あ……お前、言い寄られたのか?」

思い浮かんだのはせいぜいそれくらいしかなかったが、一等有力そうに思えた。しかし、深雪はすぐさま「まさか」と否定して、何とも言えぬ顔をしながら話し始めたのである。

昨夜、店じまいをする少し前——大体夜五つ半、深雪は芥を捨てに裏道を歩いていた。裏の芥捨て場は店から歩いて一分も掛からぬ場所にあるので、深雪は特段周囲に気をつけることもなく、白い息を吐きながらそこに向かっていたのだ。芥を捨て終わり、店に引き返し始めた時である。それまで無風だったのに、いきなりぴゅうっと風が吹いたのだ。びゅう、びゅうう——二度目に吹いた風が強烈だったので、思わず目を閉じた深雪だったが、風がやんだと同時に目を開くと目の前に何やら異変が起きていた。

「え？」

小さな竜巻が巻き起こると、風の回転に合わせるように季節外れの赤や黄に色づいた葉が空からゆっくりと落ちてきたのである。それだけでも十分おかしかったが、深雪が目を奪われたのは竜巻の中で見知った妖怪がくるくると軽やかに舞っていたからだ。

「天狗さん……？」

呆気《あっけ》に取られた深雪が呟くと竜巻はやみ、天狗は何の重さも感じさせずにふわりと着地した。そして、深雪の真正面に立つと信じられぬ表情をしたのである——なんと、深雪に向かって満面ともいえる笑みを浮かべたのだ。度肝を抜かれた深雪は、その場で凍りついたように固まってしまった。

（……何でこんなに、にっこりと笑っているのかしら？）

どうしてここに？　という疑問の前にそう考えてしまうほど存外に思った深雪を尻目に、天狗はますます深雪の度肝を抜くような行動に出た。天狗はぼうっとしている深雪に二歩近づくと、いきなり深雪の身体を抱えて、地から飛び立ったのである。

「……て、天狗さん!?」

人家の屋根上まで飛び上がった段階で深雪はジタバタともがいたが、天狗は何も聞こえていないような涼しい顔をして、ますます上に向かって飛び上がっていった。

(何で？　どうして？)

深雪が混乱している間に、深雪を抱えた天狗はあっという間に空高く、雲の下くらいまで浮かび上がってしまった。思わず下を向いた深雪は、あまりの高さにくらりと眩暈《めまい》を覚えた。ちらほらとしか灯《あか》りの灯《とも》っていない暗闇は、いつも自分が見ている景色のようには見えず、まるで夢か絵空事のようで――もしかしたらこれは夢なのかもしれない。そう思い込むことで少し落ち着いてきた深雪は、自身を抱える天狗におずおずと話しかけた。

「天狗さん、一体どうしたんです？」

天狗は問いには答えず、深雪の顔も見ようとしなかったが、相変わらず笑みを浮かべたままだった。それから一言二言違う問い掛けをしたものの、やはり無言である。何が何だか分からぬ深雪は、空の上で何もすることが出来ず、ぼんやりとしたまま天狗に抱えられてしばし空中を浮遊した。ジタバタしたところで結果は変わらぬ――どころではなく、誤って空から落下してしまうかもしれぬ。そのうち、めったにない機会だと考え直した豪胆な深雪は、黙って上空からの景色を楽しむことにしたのである。しかし、一寸だけ胸が躍るような心地になったのもつかの間、天狗と深雪の空中散歩はほんの二、三分で終わりを告げた。

「あ、雨……」

雲行きが怪しいと感じていたら、にわかに雨が降ってきたのである。ほんの小雨だったので深雪は特段気にしなかったが、天狗は違った。雨に気づいた途端、慌てて身動《みじろ》ぎしたのだ。抱えられた深雪の身体も右に左に、上下に揺れて、深雪は思わず「わっ」と小さく声を上げた。

「て、天狗さん!? だ、だ、い丈夫で、す……きゃあああ！」

深雪の言葉は途中から悲鳴に変わって、空に響いた。深雪を抱えた天狗がその声を聞いていたかは分からぬ。天狗は深雪を抱えたまま、ひゅるひゅるひゅる〜と地に向かって落ちて行ったからだ。

(あたし、このまま死んじゃうのかしら……)

空から地へ落ちていく一瞬とも言える間に、深雪は考えていた。

(まだ叶えていないことがあったのに……もう駄目なの？ せっかく会えたのに、また会えなくなっちゃうの？)

死にそうだというのに、頭の中には走馬灯は駆け巡らなかった。せめてまやかしでも、とギュッと目をつぶった深雪は、その瞬間に密《ひそ》かに死を覚悟した。何せ、あと五尺ほどで地面だったからだ。

(もう、駄目……)

だから最後に一目あの人に——そう考えた時である。

「……あら？」

深雪はパチリと目を開けた。地面にぶつかるはずだった——けれど、深雪は地から三寸上のところで身体が浮き上がったまま止まっていたのである。肩をガッシリと掴まれているのにやっと気づいた深雪がふと横を見上げると、

「天狗さん……」

そこには、天狗が立っていた。天狗は深雪をチラリとも見ずに、深雪を地に下ろした。深雪は無事に二本足で地に立っていることに足が震えそうになったが、目の前に仏頂面で立つ天狗の顔をマジマジと見つめて、ハタと気づいた。

（……違う）

先ほどの笑顔を浮かべて深雪を空に誘《いざな》った天狗と、今目の前にいる深雪を落下から助けてくれた天狗は頭の先からつめの先まで同じ天狗だった。けれど深雪は、

「天狗さん、あなたはあの時の天狗さんでしょう？」

気づいたらそう口にしていた。無言で頷いた天狗に、

（やっぱり……でも）

と深雪は思った。深雪は天狗とたった三、四度しか会ったことはなかったが、先ほどの天狗と今目の前にいる天狗はどこか別人のように感じられたのだ。しかし、まったくの偽者にも思えぬところもあった。双子だと言われれば、「ああ……」と得心出来たかもしれぬ。似ているのに違うもの、違うけれど同じに近いくらい似ているもの——。

「さっきの天狗さんは一体——」

深雪が言いかけたところに、天狗はバッと空へ飛び上がってしまった。しかし、先ほどのように空高くに行ったわけではなく、長屋の屋根より少し高いくらいの低空飛行だった。深雪はとっさに走って後を追った。深雪は夜目が利いて足も速いので、特段苦もなく天狗に追いつくことができた。何より、天狗が飛んでいったのがおよそ三百三十尺――ほんの100メートルくらい――の距離だったからだ。

「あ……ら？」

深雪が天狗の姿を地上で捉えた時、しゅるしゅるしゅるしゅると天狗が空から落ちてきたところだった。

(こちらは天狗さんじゃない方の天狗さんね……)

深雪がホッと息を吐くと、その偽者の天狗の近くへ本物の天狗が降りてきた。偽者に飛び掛かっていくかと思いきや、本物は傍観するだけで何もしようとしない。いつもだったら敵だろうと何だろうと心配して駆け寄っていく深雪も、その場で立ち尽くした。偽者の天狗は真っ逆さまに落ちてきたというのに、大した音も立てずに地面にフニャッと軟らかく着地した。それもいささか気味の悪い事態ではあったが、天狗と深雪が唖然としたのはそんな理由ではなかったのである。

天狗は全身真っ赤で長い鼻を持ち、黒装束をまとった長い白髪の怪だ。偽者の方も、先ほどまでは確かにその姿だった。けれど、それが変化し始めていたのだ。真っ赤な身体は段々桃色に薄まっていき、真っ黒の装束も灰色に変わっていくと、長い鼻も徐々に短くなっていった。

深雪は助けてくれた方の天狗を思わず振り返ったが、天狗は珍しく驚きを露にした顔をしていた。しかし、深雪の視線に気づくとすぐに表情を戻し、その色がはげ始めた天狗に向かって行ったのである。桃色から白に変わり始めていた天狗は慌てて逃げ出そうとしたが、本物の天狗は流石に素早かった。深雪が瞬きしたほんの一瞬の間に、二人の天狗は上下に重なりあっていたのだ。上に乗っているのがもちろん本物で、地面に押し付けられた偽者の天狗はひゅーひゅーとかすれた息遣いをしている。本物の天狗は偽者を握った手を片方放すと、感触を確かめるように指先をこすった。

「これは……」

「どうしたんです？」

深雪が何かに思い至った様子の天狗に近寄って問い掛けると、深雪の顔を真正面から見てしまった天狗はグッと詰まったような顔をした。そして、そのまま偽者の天狗の首根っこを摑むと、深雪の問いには答えず空に飛び上がったのである。

「待って、天狗さん！」

深雪の叫び声に一瞬だけ動きが鈍ったものの、天狗はそのまま振り返りもせずに飛んでいってしまったのだ。結局深雪には何が起こったのかも、その後どうなったのかも何ひとつ分からず、その場にしばし立ち尽くすしか出来なかった。

「天狗が天狗を捕まえたねぇ……何だかまた話が分からなくなったな」

話を聞き終えた小春はどう処理してよいのか分からぬといった表情で、ぽりぽりと頭を掻いた。実際に体験した深雪でさえ訳の分からぬ話だ。小春に分かるはずもない。思案げな顔で見てくる視線に気づいた小春は、ポンッと相手の肩を叩いて言った。

「しっかし、深雪ちゃんも難儀だったなあ。無事で良かったが」

ありがとう、と小春の労《ねぎら》いの言葉に笑って応《こた》えた深雪だったが、すぐにまた考え込むような表情をした。

「ね……これって、小春ちゃんが探している『女好きの妖怪』なのかしら？」

「うーん、十中八九同じだと思うけれど……なあ、同じ天狗と言ったけれど、どこもかしこも同じだったのか？」

「ええ、着ているものも顔つきも髪の長さもまったく同じだったわ。じっくり見たから、見間違いはないと思う。でも、あたしが知っている天狗さんは、あの天狗さんしかいないから……もしかして、他の天狗さんもあの天狗さんと同じ見た目をしているの？」

もしそうだとすれば、自分の見た天狗があの天狗だとはそもそも言い切れぬのではと深雪は懸念したが、今度は小春がきっぱりと返答した。

「天狗は結構数がいるが、人間からみても見分けは割とつきやすいと思うぞ。くちばしを持った烏天狗《からすてんぐ》は似通った見た目だけれど、身体中赤くて鼻の高い鼻高天狗は顔つきも装飾もそれぞれ個性的だな」

あたしが会ったのは鼻高天狗さんね、と深雪は頷く。

「そうそう。鼻高天狗は烏天狗よりずっと上位の者達なんだけれど、鼻高天狗の中にも序列があってな。ここ最近の全国天狗番付によると、あいつは確か上の下だった」

「一等上かと思ったわ」

深雪の素直な感想に、それ本人に言うなよと小春は苦笑した。

「あいつを喜ばすのは癪だ……ま、上には上がいるんだよ。それに、あいつはまだ百二、三十歳だ。その若さで番付の上位に入っているって、あいつくらいなものだぜ？」

「やはりすごく強いってことね」

百年も修業ばっかしていたからな、と小春は遠い目をした。同じ年数を生きていても生き方によって差が出るのだということを思い知らされた相手なので、苦い思いが過《よぎ》る。

「しかし、これじゃあ揃い踏みもいいところじゃねえか……」

青女房に笑い男、大蛇の怪に天井嘗……彦次を驚かせた時に力を借りた妖怪だけではなく、天狗まで出てきてしまった。半年前に関わりのあった妖怪ばかりが出てきているのを小春は否《いや》が応でも感じざるを得なかった。一寸曇った小春の顔を心配そうに覗き込んでくる深雪に、小春はすぐに笑顔を作って、教えてくれて助かったよと礼を述べた。

「ううん、あたしも気になったから。話を聞いてもらえてすっきりしたわ。でも、本当に一体何が起きているのかしらね？」

小春はうーんと散々唸ってから、「分からーん！」と大声で叫んだので、深雪は一寸ビクッと肩を震わせた。

「でもまあ、大丈夫。俺がいる限り、近いうちに解決するだろうから安心しな！」

「うん、安心する」

深雪は大仰に胸を張る子どもにふふふっと満面に笑ったが、小春はふと小首を傾げた。

「何かお前も元気ない？」

「そんなことないわ……でも、お前も？」

深雪は自分のことより「お前も」の前に来る誰かのことが気になってしまうお人好しだ。

（まずいこと言っちまったかな？）

小春はぽりぽりと頬を掻いた。しかし、深雪のまっすぐな眼差しには勝てず、結局はぽつぽつと話し出してしまう。

「いや、喜蔵がさ、どうも機嫌が悪いというか、何というか……」

「何かあったの？」

「さあ？　昨日くま坂を出てからずっと妙な調子でな」

心当たりあったりする？　と小春はお伺いを立てるように上目遣いで深雪を見た。深雪は微笑を浮かべたまま、首を横に振る。

「だよな！　あいつ都合が悪くなるとだんまりを決め込むから、何考えているんだか分からねぇもの。まったく、あいつと来たらどうしようもない。馬鹿だ、馬鹿」

小春は明るく悪口を言って励まそうとしたが、深雪は少しだけ俯いて「兄妹なのにね」

とぽろっと言った。言い方はさりげなかったが、沈んでいる様子は隠せていなかった。

「いや……兄妹だからって何でも分かり合えるわけじゃないだろ？　ほれ、兄妹で殺し合ったり。骨肉の遺産争いとかだってするじゃん」

慰めたつもりらしいが喩《たと》えが悪い。自分でもまずいと思った小春は、慌てて言い直した。

「えっと……殺し合いじゃなくても、喧嘩とかするだろ？　乱暴な兄妹だったら、殴る蹴るもするかもしれぬし、言い争いもたくさんするだろ？　でも、お前らはそういうのないじゃん。仲良い証拠じゃねぇのかな？」

そうかしら、と深雪はますます哀しい色を濃くして言う。

「……あたしは、そういう方が一寸だけうらやましい」

「殺し合いたいのか!?」

仰天したように言う小春に、そうじゃないの、と深雪は苦笑した。

「喧嘩がしたいというわけでもないんだけれど……お互い言いたいことを言えたらいいなと思うの。だから、喧嘩でもいいの。お互い向き合っているから喧嘩もするでしょ？　お互いに後ろ向きだったら、何も起こるわけないもの」

「それはそうだけれど……」

小春が気まずそうに頷くと、深雪は小春の頭に手を置いて微笑んだ。

「あたしとお兄ちゃんの間には何もないの。だから、もちろん殺し合いも起きないし、遺産争いなんかするわけもないし、喧嘩だってしない」

だったらいいじゃねぇか、と笑い掛けた小春を遮って、深雪は言う。

「だから、手を取り合うことだってないの」

はっきりとそう言った深雪に、小春は何も言葉を返せなかった。深雪の瞳は、諦めを通り越して、悟ったような色をしていたからだ。

「……あたし、欲張りになったんだわ」

深雪はぽつりとそう言うと、

「お兄ちゃんを見つけて、お兄ちゃんにお母さんがよく作っていたおはぎを作って食べさせてあげるのが夢だった。それが叶った今、本当はすっかり満足しているはずだったの」

でも違ったわ、と一寸哀しげに続けた。

「夢が叶ったら、また違う夢を見てる。おまけに、今度はあたし一人が頑張っても駄目な夢なの。あたし、本当は欲張りだったのね」

深雪の新たな夢が何であるのか、小春どころか店中に潜んでいた妖怪達にも察しがついてしまった。それくらい、深雪の夢はたわいのないものだったのだ。本来ならば、もう叶っているはずの小さな夢である。

(……ったく、あいつは)

小春はこの場にいない元凶に呆れながら、ガシガシと斑の派手な頭を掻き混ぜた。

「……お前はもっとずーっと、今の百倍くらい欲張りになってもいいと思うぜ」

「小春ちゃんは優しいわね」

別段優しかねぇけれど、と小春が唇を尖らしたのを見て、深雪はいつも通りの生き生きとした明るい笑みを浮かべた。一寸の間に立ち直ったように見えるほど明るかったが、小春は額面通りに受け取らず、口をへの字にした。

「お留守番中にお邪魔しちゃってごめんね」

結局最後まで立ちっぱなしだった深雪は、ぺこりと折り目正しくお辞儀をした。

「いや、ちょうどよかった。暇で暇で死にそうだったから、深雪ちゃんが来てくれなきゃ本当に暇死にしていたかも」

そんなに暇なの？　と深雪は店内を見回した。

「こんなボロ道具屋に客なんて来ると思うか？　主人は鬼と見紛《みまが》う閻魔商人だぜ？」

「仏商人よりも閻魔商人の方が、存外良心的な商いをするものよ」

くすくすと笑う深雪を見て、小春はホッとするよりも、物悲しい心地になった。深雪は心のうちを吐露したが、それは恐らくほんの一寸だけなのだ。心のうちの更にうちにはまだ多くの想いを抱えているはずである。

（すべて言ってしまえば俺が困る――とでも思っているんだろうが）

そのけなげさがいじらしくて、小春はどうにも遣《や》る瀬ない気持ちになったのである。

「じゃあね、小春ちゃん」

深雪は表口から出ようとして、「あら」と声を上げた。

「お兄ちゃん、お帰りなさい」

ちょうど喜蔵が帰ってきたのだ。深雪はムスッとした仏頂面に怯えもせず、にこりと笑い掛けたが、喜蔵はやはり無表情のままである。作業場の縁に顔を載せた小春は、喜蔵に簡単に説明をしてやった。

「深雪ちゃん、昨日天狗もどきと天狗に会ったんだって。それで午休みにわざわざ俺らに話をしに来てくれたんだ」

喜蔵はチラリと深雪を見ながら頷いたが、表情は変わらぬ。天狗もどきと天狗に会ったということにまるで驚かなかった喜蔵を小春は疑わしそうな半目で見たが、深雪は微笑みながら、一日会えて良かったとぽそりと呟いた。敷居のうちには小春と喜蔵が、敷居の外には深雪がいた。皆一寸だけ黙り込むと、深雪はにこっとして頬の横に手を挙げて振った。

「……さよなら、お兄ちゃん。小春ちゃん」

喜蔵はかすかに顔を歪めた――ように小春には見えた。

しかし、少し距離があったし、横顔だったのではっきりとは分からなかった。すでに踵を返していた深雪は気づいていなかったようで、そのまま振り返ることはなかった。喜蔵はその場から動かず、目だけで深雪を見送っている。

小春はしばらく喜蔵の様子を窺っていたが、先ほどの表情は幻だったのか、そこには少しの感情も滲んでいない。あるのは常通りの無表情だったが――小春はその中に隠された想いを感じ取ってしまったのである。

（こいつは……どうしてこうなんだ……）

もどかしい思いに駆られた小春は、深雪の気配がすっかり遠のくと、土間に下りて戸口の横に立て掛けてあったはたきの柄を摑み、「天誅」と叫びながら喜蔵のわき腹を打った。

「――なにをするっ」

立ち聞きなんて不埒《ふらち》な真似するからだ、と小春は胡乱《うろん》げな目付きで喜蔵を睨んだ。

「立ち聞きなどしていない」

喜蔵の言い分としてはこうである――帰ってきた喜蔵は店に入ろうとしたが、小春と深雪が真剣に話し込んでいるのに気がついて、何となく中へ入るきっかけを失ってしまったのだ。別段立ち聞きするつもりで立っていたわけではないから、聞き耳も立てずに戸の横で時が過ぎるのを待っていたらしい。

「でも、話は聞こえていたんだろ？」

まだまだ疑わしげに言う小春の横を通り抜けながら、喜蔵は首を振る。

「えー本当か？」

頷いて、喜蔵は作業場へと入る。小春ははたきを戻しながら、お前はどこへ行ってたんだ？　と問うたが、喜蔵は答えぬ。

「おいおい、言えぬようなところへ行っていたのか？　さては、お前もついに彦次に感化されたな？　真っ昼間から妓のところへ行くとは良いご身分だ」

うらやましいこって、と小春が茶化すと、喜蔵はギロリと鋭い目で睨んできた。

「――豆腐、大根」

「は？」

パシッと財布を投げつけられた小春は、きょとんとした。喜蔵がもう一度同じことを言うと、小春は一寸間を空けて、はああっと溜息を吐いた。

「妹は礼儀正しくて愛想の良い娘なのに……絶対、良い所がすべてあっちに寄っちゃったんだ。神さんひどい。……大体外出てたんだから、自分で買いに行きゃあいいものを……下手な誤魔化しにゃあ乗り難《にく》いっつーの」

小春は喜蔵の言動の裏を読んでブツブツと文句を垂れたが、

「……さっさと買ってこなければ、ひどい目に遭うぞ」

静かな脅しに「おお怖っ」と言うと、財布を懐に忍ばせてそそくさと外へ出て行った。

「お主は都合が悪くなるとすぐにそうやって逃げる」

しばらくしてから、左奥の方から声が聞こえた。例によって小言の主は硯の精である。

「逃げた？　ここにいるだろうに」

その小さい目では見えぬか、と喜蔵は嫌味を返す。喜蔵は珍しく、何の修繕作業もせずに作業場でただ胡坐を掻いて座っていた。

「お前は相手を自分から遠ざけて、逃げていない振りをしているだけだ」

「お前の言うことは以前から意味の分からぬものだったが、あいつが帰ってきてから余計に不明瞭なことばかり言うようになったな」

喜蔵の言に、硯の精は変化せぬ姿のままでクスリと笑う。

「『小春、小春とうるさい』と申していたのはお主だと思ったが、一等小春を持ち出すのは存外そう申していた本人だな」

「確かにあいつの話をよく出すかもしれぬ。それは、あいつが迷惑極まりないからだ。目障りで仕方ないからこそ、小言も多くなる。ただそれだけのこと」

期待に添えず、とうそぶく喜蔵に、硯の精はひっそりと溜息をつく。

「お主は人間だが、何とも人間らしくない。小春は妖怪だが、何とも妖怪らしくない。互いに合わさって二つに割れればちょうど良かったのにな」

「そんなものは願い下げだ。馬鹿が移る」

「ご先祖は元気だったか？」

にわかに言った硯の精の言葉に、喜蔵は口元に浮かべていた嘲笑を引っ込めた。

「高輪《たかなわ》に行っていたのだろう？　抹香臭いぞ」

くん、と喜蔵は一寸だけ鼻を利かせたが、線香の臭いはしなかった。するのは風呂の香りである。何せ、喜蔵は墓参りの後わざわざ湯屋に立ち寄り、線香の臭いを分からなくしてきたのだ。引っ掛けを言われたかと思い、

「……何故高輪だと思う？　高輪でなくとも線香の臭いが付く機会はある」

慎重に問うた喜蔵とは違い、硯の精はよどみなく答えた。

「店を開けて早々に出掛け、午過ぎに戻ってきた。時間にして三刻半。高輪までの往復の時間と、墓前で先代に語りかける時間、それに臭いを消すために湯屋に立ち寄る時間を合

わせたら、ざっとこのくらいになる」

「毎度それを調べていたのか？　暇な硯だからこそなせる業だな」

細かく、そして的確に分析されていたことに驚きながらも、喜蔵は顔には出さずに平淡な声音を出した。時間など関係はないがな、と硯の精は言う。

「お主は何かあると必ず先代に会いに行くじゃないか。いつもそうだ。彦次の時も深雪の時も、あの従姉《いとこ》の時も——」

喜蔵はそこで初めて硯の精を見据えてギロリと睨んだ。

「——あの女の話はするな」

小春が天狗の因縁の相手であるならば、喜蔵の従姉はそれ以上に喜蔵にとって憎い相手だ。喜蔵の従姉は、喜蔵を騙し、彦次を騙し、祖父と喜蔵を裏切った女である。言葉巧みに彦次を説得し、祖父の遺産である喜蔵の金を自分の物にしようとしたのだ。その一件で縁が切れて以来、喜蔵は従姉のことを考えぬようにしていたが、硯の精の言葉でにわかに思い出してしまい、喜蔵は心の底から苛立った声音を出した。

「すまぬ」

しかし、硯の精が素直に謝ったので、出掛かった悪口が喉の奥に引っ込んでしまった。

「我は長年この店に並べられているので、お主がどんな思いでこれまで生きてきたかを知っている……あのことはお主にとってまだ心の傷になっているのだな」

下らぬことを覚えていたくないだけだ、と喜蔵は吐き捨てるように言った。喜蔵の言い方は、図星を指されたと言っているようなものだった。

「お主は昔から片意地ばかり張っている。そろそろ、楽になればよいのに」

硯の精の呟きに、喜蔵は視線を戸口の方に戻してまた無表情になる。

「お前もそろそろ無粋な口を閉じたらどうだ？　あまりにかしましいと蔵へぶち込むぞ」

喜蔵の家の庭には小さな蔵がある。喜蔵は滅多に立ち寄ることはなかったが、蔵の中には曾祖父と祖父の遺品などが入っていた。そこには、古道具屋で売れなくなった物も入っているので、いわば古道具の掃き溜《だ》めともいうべき場所でもある。店にいる付喪神の悪戯《いたずら》が過ぎた時には、「蔵へ入れるぞ」という脅し文句を使っていた。そう言うと付喪神達は皆ひどく嫌がったので、硯の精も当然そういう反応を示すと喜蔵は思っていたが、硯の精は喜蔵と同じくらい平淡な声音で答えた。

「お主の好きにしろ。店主が店の物をどうしようと、誰に断りを入れる必要もない」

それはそうだ、と喜蔵はすんなりと応じたが、結局動き出しはしなかった。それから二人は、別段何の音がしたわけでも誰か訪ねてきたわけでもないのに、戸の外を眺めた。往来には人々が行き交っている。暦がずれたせいか、行商人が師走《しわす》のように忙《せわ》しく動き回っていた。まだまだ寒いというのに、彼らの中には腕まくりをしている者もいる。開いた戸から風がぴゅうっと入ってくるだけで、喜蔵は身の震える思いがした。暦の上では立春を迎えていたが、まだまだ春の訪れを感じることは出来ずにいる。沈黙が続いたせいで、喜蔵には先ほどまで続いていた応酬が幻のように感じられた。

「共に暮らそう」

たった一言じゃないか——沈黙を破ったのは、硯の精のその一言だった。その言葉を聞いた喜蔵は、身体中の毛を一寸だけ震わせた。人間から見たら分からぬほどの動揺だったが、感覚の鋭い妖怪から見ればはっきりと分かるものだった。

「兄妹だと認め合った時から、あの娘にその言葉を申したかったのだろう？」

何も言わぬ喜蔵に、硯の精は諭すように続けた。

「お主はずっと独りぼっちだった。妹の存在を知ってからは、その娘に会いたいと願う日々だった。育ての祖父もいなくなってしまってからは、更にその想いが増したはずだ。やっと出会えた今、共に暮らしたい、共に生きたいと願うのは当然のことじゃないか」

それからまたしばし沈黙が続いて、喜蔵がやっと口にしたのは、硯が勝手なことを申すな、という嘲《あざけ》りたっぷりの台詞だった。

「よくも勝手に話を作れるものだ。俺の心を見てきたかのように話すが、お前は覚《さとり》か？」

俺にはただの古ぼけた硯にしか見えぬ、と言われた硯の精はムッとしながら言い返す。

「ただの硯でも一応は付喪神だ。魂と目と心がある。だからお主がどのように過ごしてきたかを知っている。覚でなくとも丸分かりだ。お主は存外分かりやすいからな」

これまで散々「何を考えているか分からぬ」と言われてきた喜蔵は、硯の精の言葉に反発を覚えた。

「墨をするしか脳のない硯に俺の何が分かる？　言ってみろ」

挑発されて妖怪変化した硯の精は、喜蔵を見据えて仁王立ちすると、高々と言い放った。

「意地っ張りで素直じゃない。神経質で細かいことにこだわるくせに、どうでもいいことには無頓着。天邪鬼《あまのじゃく》で臆病者だ」

「……臆病？　臆病というのは、あの色魔絵師のような奴を言うのではないか？」

それまで口をつぐんで気配を消していた手の目が思わず呟いた。その言に喜蔵も頷いたが、硯の精はまっすぐに開いた細い口を山形に曲げて、ビシッと喜蔵を指差した。

「あ奴はまるで臆病じゃない。本当の臆病者はお主だ。お主が臆病なせいで、お主の妹が哀しんでいるのだぞ。ほんの一寸本心を言えば、あの娘もお主も胸のつかえが取れて幸せになれるのに……どうして出来ぬのだ！」

硯の精は言っているうちに段々と怒りが湧いてきてしまったらしく、喜蔵に口を挟む間を与えずまくし立てた。

「お主は二言目には、『関わりがない』とか『分かるまい』と申す。一見もっともそうに聞こえるが、それはただの逃げ口上だ。そんなものばかり巧みになってどうするのだ？　逃げれば逃げるほど辛くなるのは己なのだぞ？　逃げた先に楽土などない」

硯の精が一気に言い切って息を吐いた隙に、喜蔵は嘲笑を零した。

「楽土などこの世のどこにもあるわけがない。随分と熱の入った弁を振るっていたが、その言い振りではさぞや素晴らしい生き方をして来たのだろうな」

喜蔵がそう言うと、硯の精はそれまでの威勢を急になくして、ない肩を落としながらまっすぐな背筋を丸めた。

「……素晴らしい生き方などしていない。過ちや悔いの多い妖生だったからこそ、他妖や他人に申しておきたいことがあるのだ」

それはただのお節介だ、と喜蔵は冷たく言い放つ。

「それを喜んで聞く者に言うのならば良いが、俺は御免被《こうむ》る。人間の寿命や人生についてさも心得ているというような口振りで話されるのも虫が好かぬし、人間ではない者に諭されるなど真っ平だ。己の勝手で他人を諭そうとする怪の言葉など真に受けられぬ」

硯の精は言い返さなかった。一寸待ちな、と声を出したのは撞木だ。

「その言い方だと人間の方が優れているような物言いだね。まあ、人間というのは往々にして高飛車な生き物だから仕方がないのかもしれぬが……硯の精のことは馬鹿にするな。人間ではないが、あんたよりずっと長く生きていて、その中で何人もの人間を見てきたのさ。あんたの何倍も、何十倍も、それにあんたのことだって——」

フンッと喜蔵は鼻を鳴らす。

「つい半年前に話したというのに、俺の何を知っている？　そ奴は勝手に俺を盗み見ていただけだろう。俺は硯になど胸のうちを話したことはない」

勝手と言われたら返す言葉もないが、と硯の精は苦しげに言葉を紡いだ。

「……話さずとも分かる。お主は先代が亡くなってから、周りを見なくなった。目を開けているだけで、その瞳に誰かを映すことはなかった。だが、お主を見ていた者はいる。彦次も妹も、この店に住まう怪達もお主のことを見ていたはずだ――この硯のようにな」

　喜蔵は立ち上がって、台の上にあった布切れを硯の精にふわりと掛けた。

「もう見なくていい」

　硯の精はしばし固まっていたが、布切れをかぶったまま元の位置に戻ると、変化を解いてただの硯に戻った。そして、「分かった」と一言呟いたきり、黙り込んで微動だにしなかった。てっきりいつものように言い返してくるものだとばかり思っていた喜蔵は、硯の精のあまりの生気のない声音に驚いてその場にしばらく立ち尽くしていたが、

「馬鹿……馬鹿馬鹿！　何てことするのさ！」

　姿の見えぬ女怪の声でハッと我に返り、作業台に戻った。妖怪達からそれ以上責められずに済んだのは、

「あ～疲れた！　あ～妖怪使いが荒い！」

　のん気な声音が、差し迫った触発の雰囲気を飽和させてしまったからだ。帰ってきた小春は、キョロキョロと店の中を見回しながら奥へ入ってきた。

「なんで皆妙な面してんだ？」

　妖怪達の顔はどれもこれも緊張感のある面持ちである。喜蔵と違い、常に妖怪の姿を見ることの出来る小春は、もう一度ぐるりと辺りを見渡してパッと硯の精の布をはずした。

「皆お前のこと見ているんだけれど、どうかしたのか？」

　硯の精は何も返さぬ。そんなことは初めてだったので小春は一寸目を見張ったが、頭を

ぽりぽりと掻くと今度は喜蔵に向き直った。

「何があった？　皆、硯の精とお前を交互に見てはオドオドとしているんだけれど」

こちらからも返答がない。小春はぱっちりとした大きな目を数度瞬かせて、なお喜蔵を見続けた。喜蔵の視線は相変わらず戸口にまっすぐ向いているが、小春の視線を感じ取ってか、どことなく気まずげな空気を醸し出していた。

「……まだ夜でないというのに暇な奴らだ。油を売っていないで仕事しろ」

そう言い放つと、喜蔵は小春から食材と財布を奪い、土間に引っ込んでしまった。がさごそと何かを探る音が台所から響き出した時、

「俺らの仕事は大旨《おおむね》人間を化かすことなんだけれど……」

人間がそれ勧めちゃって良いのか？　と小春はようやくぽろりと言った。


この日の夕餉はいつもより早く、いつもよりもずっと静かだった。普段は何だかんだ会話の途切れることがないのに、いつも以上に仏頂面だった喜蔵が無言を貫いたからだ。小春が茶化した物言いや冗談を口にしても、「うるさい」とさえ返してこなかった。小春は目と耳が非常にすぐれているので、人間では感じられぬ小さな変化にも気づく。いつもであれば返事をせずともちゃんと聞いている喜蔵の耳は、この日ばかりは閉じたままだった。

（本当に面倒な奴だなあ……）

店にいる妖怪達から喜蔵と硯の精の言い争いの内容を聞いた小春は、自分の憶測と現実

がどうしようもないほど一致していたことにまず呆れた。

（どうせ自分から折れぬ奴だもの。ここは俺が一肌脱いでやるか）

　そう思って冗談混じりに何度か話しかけてみたが、喜蔵は御覧の通りである。

（……面倒臭《めんどくせ》え）

　辟易した小春は途中で話しかけるのをやめてしまったが、夕餉が終わると昨夜と同様にさっさと布団を敷いて中に入った喜蔵を見て、「はああ」と特大の溜息を吐いた。結局放っておけぬ己の甘さに一等辟易したのである。

「なあ……お前が昨日落ち込んでいたのって、深雪ちゃんがお前に黙っていたからだろ？でも、あの娘の性格を考えれば当然だよな。深雪ちゃんがお前に言わなかったのは、心配かけたくなかったからだろ？　あの娘はそういう子じゃねえか」

　昨日の喜蔵の様子は、額面通り受け取れば怒っているように見えた。けれど、そうではなかったのだ。深雪に言われた台詞に喜蔵が顔を歪めたあの瞬間、小春はすっかり気づいてしまったのである。

（怒ってんじゃなく、落ち込んでたんだ……）

　何も返答はなかったが、喜蔵の耳がこちらに傾いているのを小春は感じた。小春の鋭い勘通りしっかりと小春の言葉を聞いていた喜蔵は、

（そんなことは分かっている）

と胸のうちでひっそりと言い返していた。声に出せなかったのは、確固たる確信が持て

なかったからだ。小春の言うように、深雪の性格を考えれば一目瞭然のことだったが、それでも喜蔵は自分が頼りないせいだと思ってしまったのだ。自分がもっとしっかりしていたら深雪も自ら話してくるだろうし、自分がもっと世話焼きだったら自分から深雪に訊いていただろう。深雪が他人に心配をかけまいとするような健気《けなげ》な娘であるからこそ、些細《ささい》なことでも気づいてやるのが兄の役目であるはずだ。

（まるで変わっていないではないか）

「少しはお前も成長したな」と小春に言われたが、どこも成長などしていないと喜蔵は思った。人間らしく、兄らしく、そういう変化が少しは出てくるかと思ったが、人間はそう簡単に変わるものではないのだ。

――……さよなら、お兄ちゃん。

深雪が去り際に言った言葉は何ということもない挨拶だったが、喜蔵はハッと胸をつかれる思いがした。本来ならば、今頃深雪に「さよなら」などと言わせることはなかった。何せ、二人は兄妹なのだ。それなのに、いつまで経ってもよそよそしく、まるで他人のような関係でいる。喜蔵は己の無力さが歯がゆくて堪らぬというのに、それを打開するたった一言さえ言えずにいた。

「硯の精だって、お前を心配しているから口煩く言うんだぞ。どうでもいいなら、何も言わないもの」

「……余計な世話だ」

喜蔵はそうそぶいたが、心の中ではもちろん違うことを思っていた。

（もういい加減、踏み出さねばならぬ）

今までは、ただ（無理だ）と諦めてきた。もしかしたら、相手から歩み寄ってくれることを待っていたのかもしれぬ。けれど、喜蔵はそう言っていられぬところまでとっくに来てしまっていた。

（己が動かなければ、相手だって動きはしまい）

結局、答えは他のどこにもなく、己の中にあるのだ。相手が人間であれ妖怪であれ、きっとそうなのだろう——喜蔵は傍らに佇む小春の気配を感じながら、うつらうつらする頭でそう考えていた。

『だから……初めからそう申しているではないか。この馬鹿者！』

その場にいるのがいつも通り硯の精であれば、喜蔵の都合などお構いなしに、そんな風に口うるさく言ってきただろう。硯の精の沈黙と共に、古道具屋は静まり返っていた。喜蔵は静寂が一等好きなくせに、何故だかとても寂しく感じられた。

（今一歩……一歩が無理ならば、半歩でも……）

喜蔵は夢の中に入りながら、ひっそりと小さな決意をした。

四、くちなし雀

その夜、小春は天狗が出たという場所へ歩いて行った。喜蔵は連れてきていない。

(だって、あいつ使えねえんだもの)

深雪との一件、硯の精との一件があって、喜蔵は昨夜以上の禍々しさをかもし出していた。横に突っ立っているだけで相手が怯むから連れて行けば？　と口の悪い撞木は言ったが、怯え過ぎて逃げられてしまったらもともこもない。出掛けに見掛けた布団から覗いた寝顔は、眉が顰められていて怒っているように見えた。難儀な奴だと呆れながら、小春は喜蔵を置いて静かに裏から出たのである。

町木戸が閉まっている刻限に子どもが一人でうろついているのは目につくので、小春はひょいっと他家の屋根を拝借して、目的地まで軽やかに歩いて行った。屋根から屋根へ、平均でない凸凹《でこぼこ》とした地を飛ぶように歩くには、なかなかコツがいる。

(そういや、昔はこんなことが楽しかったんだよな)

その昔、小春がただの猫だった頃――まだ小春とも龍とも呼ばれていなかった頃、こうして月明かりを頼りに夜の散歩を楽しんだのだ。小春は今から百六十年くらい前に雄の三毛猫に生まれて、二十年くらいは野良猫《のらねこ》として生きてきた。人間に飼われたことは一度もなかったし、飼われる気もなかったのだが、致し方なく飼われた時があった。それが荻の屋の初代店主である、喜蔵の曾祖父だ。

小春は昔から怪の気がある猫だったが、年を経るにつれ段々と妖力を帯びていき、経立《ふったち》となった。経立というのは、生き物が本来の寿命を超えて、新たな生と力を持つ存在になることである。小春は「三毛の龍」と呼び名をつけられるほどの経立になると、いつしか猫股になりたいと思うようになった。そして、猫股になるために猫股を統べる猫股の長者の許へ頼みに行ったのだが、そこで小春は長者から意外な条件を出されてしまう。

――飼い主の首を持ってこい。

――私とお前の二人で、それを喰らうのだ。

そうしなければ猫股にはなれぬと言われた小春は、仕方なく適当な飼い主を探した。人間嫌いだった小春は、誰も彼も嫌だったので、たまたま通りかかった喜蔵の曾祖父に狙いを定めた――ただそれだけの縁だった。小春という名を与えたのは、喜蔵の曾祖父である。小春日和《びより》のようにうららかで優しい、という意味でつけたらしい。

(俺みたいな雄々しい妖怪に小春はねぇだろ)

小春は未だに納得がいかぬようだが、こうしてまだ名乗っているのだから、口とは裏腹なのかもしれぬ。結局、小春は喜蔵の曾祖父の首は取らずに別れたが、縁とは奇妙なものでその曾孫《ひまご》とこんな繋がりが出来てしまっていた。

猫の時代には猫股のような力はなかったので、高い所から町を見下ろすだけのたわいないことが娯楽のひとつだった。こうして屋根を歩いていると、屋根の下にいる人間を踏みつけて歩いているような心地がして愉快だったのである。猫とはそういう、少々性の悪い生き物なのだ。だからこそ、妖しい力を得やすい。小春は百数十年ぶりに人間を踏みつけるような心地で屋根の上を歩いてみたが、昔ほど愉快な心地にはなれなかった。

「よっ、と」

何も伝わずに屋根から飛び降りた小春は音もなく着地した。目的の場所の近辺をうろついてみたものの、何の妖気も感じられなかった。鳶《とび》色の目を青く光らせて遠くまで見渡したが、他の妖怪を見つけることはあっても、探している妙な連中は見当たらぬ。小春は地べたに座り込んで、しばらくの間目をつむっていた。襲ってくれと言わんばかりの無防備な状態であるのに、誰も寄ってさえこない。四半刻経ってようやく立ち上がった小春は、今度は屋根ではなく地を歩き出した。向かった先は、くま坂近くの裏山だ。

ほどなく着いた裏山は、深い闇の中にあった。夜目の利く妖怪でも、少々見え辛《づら》い暗さである。小春は山へ登る前に、指をちょちょいと上下に揺らした。すると、足元に青い炎がぽっぽっぽっと浮かんできた——鬼火である。鬼火のおかげで軽快に山道を登って行った小春は、四半刻もしないうちに頂上へ着いた。

——ざわざわざわざわ。

風ではなく、囁《ささや》き声で木々が揺れた。小春は身体中にひしひしと緊張感を感じながら、木々に囲まれた頂上の真ん中で腰に手を当てて、すうっと息を吸い込んだ。

「おい、天狗出てこい！　大妖怪の小春様がわざわざ来てやったぞ！」

小春が大声で叫んだ途端、バサバサと羽音を立てて、中小四つの影が小春の頭上をおびやかすようにして降りてきた。烏天狗三羽と、鼻高天狗一人である。四方を取り囲むようにして、小春を凄《すさ》まじい威圧感で覆った。しかし、当の小春はどこ吹く風で、

「あれ？　お前らじゃない奴に用があったんだけれど……」

この山の大将呼んでくれよ、とのん気に言うばかりである。

「大将などおらぬ。貴様、一体何をしに来た？」

険のある声を出したのは、腕組みをしたまだ若そうな鼻高天狗だ。生意気な口振りと態度に、小春は何となくあの天狗の若い頃を思い出した。

「用はあいつが一等分かっているはず。騙されたと思って訊いてみてくれよ」

「これ以上騙されてたまるか」

鼻高天狗はギリッと唇を噛んだ。その様子に小春は後ろ頭をぽりぽりと掻く。小春には覚えがないが、どうやら恨みを買っているようである。

「宗主をどれほど馬鹿にすれば気が済むのだ！　お前のせいで、宗主は番付を四つも降格させられたのだぞ」

ギリギリと歯噛みをして顔を歪める鼻高天狗に、小春はポンッと手を打った。

「ああ、あれね。見た見た。でも、あいつならすぐにまた元の位に戻れるだろ？」

「……そういう問題ではない」

じゃあどういう問題？　と小春が馬鹿にしたように小首を傾げると、若い鼻高天狗はカッと顔を赤らめて、

「どうもこうもない……宗主は——お前のせいだ！」

と言うなり、小春に烏天狗をけしかけたのである。ききぃっと甲高くもしわがれた声を上げた烏天狗達は、小春の前方後方上方、それぞれ三方から突撃した。小春はくちばしを避けながらスイッと右へ移動してそのまま屈み込むと、ざっと土を掬い上げて、笑っていた若い鼻高天狗の目に向かって投げつけた。まさか自分に来るとは思っていなかった鼻高天狗はまんまと目潰《めつぶ》しを喰らってしまい、呻いた。小春は烏天狗が怯んだ隙をついて、まだ手に残していた土を烏天狗のうちの一羽の目に投げつける。残りの二羽は一旦小春から離れるように空へ飛び立つと、そのまま生い茂る木々の中に霧散した。そして、若い鼻高天狗と烏天狗から距離を取った小春は、その場でスッと目を閉じた。

（右……左……左斜めの木の枝……飛び立って、大木の陰——あの時の木か。もう片方は、左へずっと突っ走って、俺の真後ろにある二股に分かれた木の幹の間……で、飛んだ！）

小春はタッと空へ飛び上がると、ちょうど同じくらいの高さに飛んできた烏天狗の小刀を躱《かわ》し、更に上から飛んできた烏天狗の足を掴むと、ブンッと勢いよく小刀を構えていた方の烏天狗に投げた。とっさに小刀を引いて仲間を受け止めた烏天狗は、ハッとして小春

を見たが、そこにはもう影も形もない。また二手に分かれて飛び立とうとした瞬間、いつの間にか小春が二羽の頭上に落ちてきた。二羽はサッと避けたが、小春の伸ばした爪で装束を貫かれ、そのまま引っ張られてひゅるひゅると小春と共に地面に落ちてしまった。

「で、そろそろ呼んできてくれない？」

二羽の烏天狗の装束を爪で地に縛りつけながら、小春は世間話をするような声音で言った。もう一羽の烏天狗は目を押さえて地にごろごろと転がっている。鼻高天狗は――と辺りを見回そうとして、小春はぴたりと動くのをやめた。

「――少しは力をつけたようだが、甘いのは相変わらずだな」

若い鼻高天狗が、抜きかけた長刀《ちょうとう》の柄《つか》を小春の背にトンッと押し付けたからである。お素早いことで、と小春は茶化すような口振りで片手を半分くらい挙げた。

「相手が目を閉じた瞬間にそのまま息の根を止めるのが常套だろうに」

「ええ～俺すぐ腹減っちゃうから、無駄な体力使いたくない」

二度と腹が空かぬようにしてやる、と若い鼻高天狗がザッと長刀を抜き払った時だった。

「我の獲物を勝手に狩るとは何事だ」

厳かな声が響くと、のたうち回っていた烏天狗はすぐにその場で片膝を折った。小春の爪で地に押さえつけられていた烏天狗二羽は、無理矢理起き上がったのでビリリッと装束が破けて脱げてしまったが、それも構わずに膝を折る。その様子を見れば、相手がいかほどの存在なのか知れたが、彼らの様子を見ずとも、小春は相手の妖気ですぐに分かった。

ふっさりとした長い白髪をなびかせた、黒装束の怪——。真っ赤な顔に真っ赤な手足、真っ赤な首に真っ赤な耳。そして、真っ赤な高い鼻。若い鼻高天狗の刀を人差し指と中指の二本だけで止めたのは、半年前に小春を罠にかけた、あの天狗だったのである——。

因縁の相手に助けられた小春は思わずジッと見上げたが、天狗は小春ではなく、鼻高天狗を冷え冷えとした目で見下ろしていた。主の思わぬ登場と視線にしばし硬直していた鼻高天狗は、

「も、申し訳ございませぬ……」

ようやく謝罪を口にしてサッと刀を引くと、身を屈めて膝を折り曲げかけたが——それを見てニヤッと笑った小春が目に入ってしまい、また顔を強張らせた。

「宗主……こ奴は宗主の獲物にしては惰弱過ぎるのではありませぬか？　以前よりは力をつけたようですが、まだまだ宗主の足元にも及びませぬ」

天狗はジッと若天狗を見るだけで、何も答えぬ。ジリジリと嫌な空気が流れて、何もしていないのに、若い鼻高天狗の顔からつらつらと汗が流れ落ち始めていた。

「我に意見をしたいならば、あと百年は懸命に修業するのだな。少なくとも、下っ端鬼に遊ばれぬくらいにはならぬと話にならぬ」

若天狗は、ギュッとこぶしを握りこんで何の口答えもしなかった。天狗は腰に帯びた太《た》刀《ち》を鞘《さや》ごと抜くと、烏天狗達の腰紐に挟み込み、まとめてバッと空に放り投げた。

「貴様もこれをやられたいか？」

若天狗は天狗に深く一礼すると、小春をひと睨みして飛び上がり、深い木々の中に消えた。小春は爪をしまい込み、そっぽを向く天狗の視界に立ち入って小さく手を振る。

「よっ五十年振り～」

たった半年で五十年が経てば苦労はない、と天狗はこれ以上ないほど嫌な顔をした。

「へぇ、ちゃんと日を数えてんだ？　流石人間の傍にくっついている奴は違うな～」

小春はつんつんと天狗の腰辺りを突こうとしたが、触れようとした瞬間にぶわっと殺気を出され、手を引っ込めた。

「え～と……そう、俺がここへ来たのは――」

お前が何故ここに来たのかは知っている、と天狗は低く述べた。小春は片眉を上げて、ふんふんと満足そうに頷く。

「なら話は早い。そんで、一昨日の天狗もどき。どうした？」

「燃やして捨てた」

あっさりと答えた天狗に、小春は「げっ」と嫌そうな顔をした。

「自分と同じ形の奴をよく燃やせるな……おまけに、妖怪って燃やすとくっさいじゃん」

何度かその臭いを嗅いだことのある小春は、独特の臭いを思い出しながら顔を歪めて鼻を抓んだ。その様子を見た天狗は、フッと嘲笑を漏らす。

「何で笑うんだよ……さては何か知っているな？」

話せ、と小春はえらそうに命じたが、天狗はしばらく高笑いをしていた。やがてピタリと笑いを止めると、ザッザッと地をするように明後日《あさって》の方向へ歩き出したので、小春は慌てて後を追った。

「おい～せっかく裏山くんだりまで来たんだ、何か教えろよ」

貴様が勝手に来ただけだ、と天狗はまるで取り合わぬ。天狗が木々の間の完全な闇の中に入る一歩手前で、小春はぽつりと言った。

「深雪に言うぞ」

足を止めた天狗にニヤリとして、小春は一気にまくし立てた。

「俺と喜蔵がくま坂へ行った時のことだ――お前、小路の軒の上で様子窺っていただろ？汁粉屋に行った時には姿は見えなかったが、お前の気配はそこはかとなく漂ったままだった。大方、汁粉屋の向かいにある大木にでも身を潜めていたんだな？」

小春は不敵な笑みを浮かべたまま、懐から黒々とした大きな羽根を四枚取り出した。それはあの時――深雪と汁粉屋で別れた後――小春が天狗の妖気を辿って拾い集めたものである。振り向いた天狗は何の動揺も見せず、ただ見下ろすだけだったが、小春はチラチラと羽根を傾けながら、もったいぶるような猫なで声を出す。

「これ、何だか分かるよな？　路地と木の下と深雪の生活範囲をちょいと歩き回って探してみたら、こんなに落ちていたぞ。こんなにでかくて黒い羽根、鳥の物じゃないよな？それに妖気がこもり過ぎているから、烏天狗のものでもない。神話に出てくる烏みてえな黒々としたお綺麗《きれい》な羽根、百年くらい前にどっかで見たことあるなあ――」

天狗は何も言わず、小春から羽根をむしり取った。言い逃れが出来ぬと諦めたのではなく、己の羽根を憎たらしい相手にいつまでも持たれていることが癪に障ったのだ。

「まさか裏山の大天狗様が毎日毎日、人間の小娘の様子を盗み見ていたとはな。そりゃあ、あの若い天狗も俺に八つ当たりしたくなるわ」

小春は底意地の悪い顔で笑んだ。黒い装束の下に隠した黒い羽を取り出した天狗は、そこに小春から奪い取った羽根を捩じ込みながら言った。

「毎日そんなことをするわけがなかろう。せいぜい月に一度だ」

頻度は関係ねぇよ、と一寸呆れた声を出した小春は、すぐにまた意地の悪そうな笑みをして「深雪はどう思うかな？」といかにも楽しげに言った。

「深雪はああ見えて気が強いからな。あいつの兄みたいな鋭い目付きになって怒るだけならまだしも、今度こそお前を許しちゃくれないかも」

「……我を脅すとは、相変わらず身の程を知らぬ小鬼だ」

「脅しちゃいないぜ。頼んでいるだけだもの」

小春はニッと笑ったが、天狗は無表情を崩さなかった。これが平素の天狗で、半年前のように感情をむき出しにする方が珍しいのかもしれぬ。だとすれば厄介だな、と小春は思った。感情の揺れが生じた隙に何か仕掛けることしか考えていなかったので、それがないとなると他に手立てが浮かんでこなかったのだ。

「貴様は我を友と思い違いをしているようだが、我らはいつか殺し合う敵《かたき》でしかない」

確かに小春は、半年前の一件で天狗も少しは憎しみを解いたのではと期待するところがあった。だが、どうやらそれは甘い考えであるらしい。

(まあ、だから俺達は妖怪なんだよな)

こうやって執念深いからやっていけるんだ、と小春は内心でニヤッと笑った。

「俺はあちらへ帰って修業していたから、前よりか少しは手ごたえあると思うぞ」

「今戦うと?」

今は無理、と小春は手で×印を作った。

「だが、この一件が終わってからならばやってもいい」

天狗はしばし黙り込んで小春をジロジロと眺めていたが、目を伏せると首を横に振った。

「どうだ? 一寸は良い勝負に——」

どさりと小春は後ろに倒された。一瞬の出来事過ぎて何が起こったのか考える間もなかったが、上を覆った大きな影は「無様だな」と言った。小春はきょとんとした顔をして、眉尻を下げて苦笑した。

「あーあ……喜蔵に怒られる」

起き上がった小春は、背中の生地を引っ張りながら、はあっと溜息をついた。背面には泥がべったりついていた。

「別の物で汚して欲しくなったら、いつでも来い」

「こんだけ血が流れたら、流石の俺だって死んじまう」

うーんと伸びをした小春に背を向けて、天狗はさっさと闇の中へ消えてしまった。

（あーあ……深雪をチラつかせたらイケるかと思ったんだが）

やはり甘かったか、と小春はまた嘆息を吐いた。せっかく見つけた糸口だったが、力が及ばぬ相手にこれ以上力をチラつかせたところで何の意味もない。諦めた小春は鬼火を灯し、来た道を戻り出した。山頂から少し下ったところには天狗の縁起のある御堂《みどう》があるが、そこを通りかかった時、動かぬはずの天狗の像がガタリと動いた。

「――なんだ、お前か」

像が動き出したかと思ったが、よく見ると先ほどの若い鼻高天狗だった。あまりに敵意むき出しに睨み付けてくるので、

「なんだ？　さっきの続きでもやりに来たのか？」

と小春は肩をすくめたが、若天狗は押し黙ったまま、小春に鋭い視線を向けるばかりである。用がないなら帰るぞ、と一応断りを入れて再び山を下りだした小春は、すぐに身動きが取れなくなった。目の前に若天狗が羽を広げて立ちはだかったからである。

（ああ、面倒臭え……）

心底そう思った小春だが、同じくらい血がたぎっているのも感じていた。昔は毎日のように誰かと戦って己を鍛えていたが、ここ十数年はほとんどなかったのだ。おまけに、半年前に青鬼の下で修業を始めてから、誰かと対峙《たいじ》したのはこの日が初めてだった。だから、小春は自分で思っていた以上に興奮していたのである。

──今戦うと？

天狗にそう訊かれた時、一寸だけ「うん」と答えそうになった己がいたことに、小春は気づいていなかった。知らず知らずのうちにバキバキと手を鳴らし、爪を伸ばしかけていた小春に、若天狗は呆れたように言った。

「愚かな鬼め──よく見ろ。殺気などもう出してはいない」

小春は言われた通り、若天狗を上から下までじっくりと見た。確かに、そこにはもう殺気などない。敵意も眼差しには存分にこもっていたが、身体からは出ていなかった。

「力が鈍ると、勘まで鈍くなるのか」

若天狗の視線の先にあったのは、自分の鋭く伸ばした爪だった。小春は慌ててそれを引っ込めたが、若天狗の視線が今度は自分の頭上に来ている。小春が恐る恐るそこに触れると、たけのこの先っちょくらいの角が出かかっていた。

（あれ？　おかしいな……出したつもりはなかったんだが）

角を無理矢理手で押し込んでいると、若天狗は小春の面前にズイッと紙を突き出した。

「……何？」

小春は己の顔に張り付いた紙を手に取って眺めてみた。怪訝な表情をして若天狗を見上げると、若天狗は勝ち誇ったような顔をして、ふわりと翼を広げて飛び立った。

「『羽根四本分』とのことだ。宗主のご厚情を有り難く受け取れ──下賤《げせん》の鬼よ」

ひどいあだ名で小春を呼びながら空へ向かって飛んで行った若天狗は、そのうちキラッと輝いて見えなくなった。まるで流星のようである。小春はその場で紙に鬼火をかざして眺めてみたが、そこにはやはり何も書かれてはいなかった。

(白紙が意味するもの――というトンチでもなさそうだな)

若天狗がニヤニヤと笑っていたのは、「さあ、お前に読めるか?」という挑戦を含んだ嘲笑のような気がした小春は、試しに鬼火を紙の下において、あぶり出しをしてみた。

(ま～さかこんな簡単な法じゃないよな――)

そう思っていたのに、存外の存外だった。

「当たりかよ……」

小春は思わず呟いてしまった。得意げな顔をしておいて、何とも初歩的な法である。

(一寸馬鹿なのかな、あの若いの……)

半ば同情しつつ、若天狗からもらった紙をジッと見つめた。鬼火であぶり出された文字に心当たりはまるでない。

「……ここへ行けば分かるということか?」

誰も答えぬと分かっていて、小春は御堂の前で一人呟いた。

*

「この店、知っているか?」

小春は期待せず訊いたが、案の定喜蔵は首を振る。

——浅草　錦絵屋くちなし
若い鼻高天狗がくれた紙をあぶり出すと、そこに記されていたのは、変わった錦絵屋の名だった。

(妖怪と錦絵屋に何の関係がある?)

疑問に思いながら喜蔵の家に戻って来た小春は、居間に入った途端に眠気に襲われてそのまま寝入ってしまったのである。午になって叩き起こされると、昼飯を食いながら天狗からもらった紙を喜蔵に見せた。錦絵を集める趣味など、喜蔵にはもちろんない。小春は喜蔵の答えを受けると、紙を二つに折り畳んで懐へしまい込み、握り飯を丸ごと口の中へ放り込んだ。二十も数えぬうちにすっかり食べ終えた小春は、

「じゃあ、この辺りで錦絵屋はどこにある?」

と言いながら次の握り飯にさっそく手を出したので、喜蔵は最高に嫌そうな顔をした。

「錦絵屋に用などない。通り道にあったとしても、興味がないので見ていない」

「お前は本当に世事に疎いなあ。一寸は勉強しろよ」

そんなものを学んで何の役に立つ?　とまるで取り合わぬ喜蔵をじぃっと胡乱げな目で見つめた小春は、「立つ!」と叫びながら立ち上がった。

「お前がもう少しだけ世の中のことを知っていたら、まっすぐ錦絵屋に行けた。そこが目当ての店じゃなかろうと、何かきっかけ話をもらえるかもしれぬだろ?　一寸は当てにし

ていたのに、お前ときたらこちらの世のことなーんにも知らねぇんだもの」

小春の言はただの雑言ではなく、紛うことなき真実でもある。人生の大半を独りか祖父と二人で過ごしてきた喜蔵は、荻の屋だけが喜蔵の世の大勢を占めていたのである。

「でも、仕方がないか……」

ただ黙々と握り飯と胡瓜のぬか漬けを交互に口に運ぶ喜蔵を見遣って、小春はにわかに哀れんだ口調になった。喜蔵のそうした事情を庇《かば》ってのことではない。

「お前、本当はあちらの世に生まれたんだものな？　夜行中に落とされて以来、こちらに住んでいるんだろ？　そりゃあこちらのこと知らなくて当然ちゃあ当然よ」

「それはお前だ、馬鹿者。どこの世に百鬼夜行の行列から落ちてくる鬼がいる？　中途半端に情けをかけるから後になって仕返しをされ、無関係の人間や妖怪まで巻き込んでの騒動になるのだ。世事を知らぬことを責める前に己を責めろ」

「……そもそもお前があいつと似たような臭いしているから悪いんだ」

古傷をズカズカと責められた小春がブツブツと不平を漏らしている間に、喜蔵は店番の時に着ている羽織を脱ぎ、外着の羽織を羽織っていた。

「あれ？　出掛けるのか？」

「その錦絵屋は知らぬが、知っているであろう人間ならば知っている。そこへ行くぞ」

なんと喜蔵は、小春の仕事を手伝いに出掛けようとしているらしい。珍しく乗り気だ、と驚いた小春は大袈裟に仰《の》け反り過ぎて、壁に背中をぶつけた。

「まるで乗ってはいない。だが、いつまでも居候されたら商売上がったりだからな」

さっさと終わらせたいだけだと喜蔵はうそぶいたが、小春はまだ信じられぬといった表情をしていた。何か心境の変化があったのだろうか。喜蔵の無表情から読み取ることは出来ぬものの、昨夜の陰湿な雰囲気は少し薄まっているように見えた。

「そりゃあ、俺だってさっさと終わらせたいが……なあ、どこへ向かうんだ？」

喜蔵は無言のまま外へ出て行ってしまったので、小春も慌てて後へ続いた。


五分くらい歩いたところで、小春はもう一度喜蔵に「どこへ行くんだ？」と訊ねた。

「春画絵師」

喜蔵の小さな呟きに、ああ！　と小春はポンッと手を打った。

「そういやあいつ絵師だったな。阿呆で女好きなだけじゃなく、ちゃんと才があったんだ」

しかしますます珍しい、と小春は喜蔵を見上げた。

「お前が自分からあいつの許へ行こうだなんて……鉄の傘持って行かなきゃ」

槍《やり》など降ってはこぬぞ、と喜蔵は冷たい目で小春を見下ろしたが、

「彦次と何かあったのか？」

逆にジッと見つめ返されてしまい、居心地が悪くなって目を逸らした。

「何もない」

「何もないって顔してないが」

間髪を容れずに返した小春は、そっぽを向いたままの喜蔵を大きな目で見続けている。

「……このところ、会っていないだけだ」

喜蔵は観念したように小さく零した。

「最後に会ったのは？」

「確かひと月半前だ」

喜蔵は顔を上にして、記憶を辿りながら答えた。ちょうど多聞と出会った頃から会っていないことに、関心のない振りをしながらも気がついてはいたのだ。

「俺があちらに帰ってから、彦次は頻繁にお前の家に来ていたのか？」

「あの馬鹿は、お前がいなくなってから三日に一度は店に顔を出していた。お前が夜行から落ちてくる前も、何か理由をつけて店に来たり、周辺をうろついたりはしていたが」

「それなのに、ひと月半前から一度も来てない？」

頷く喜蔵に、小春は「はあ？」と素っ頓狂な声を出した。

「お前、この前彦次の長屋へ行った時、そんなこと一言も言わなかったじゃねぇか！」

何で今頃になって言うのか、小春には理解出来ず怒ったが、喜蔵は耳を塞いで煩わしそうにするだけだった。

「特段言う必要もなかろう。あ奴が来ようと来るまいとどうでもよい話だ」

「まあ、どうでもいいっちゃどうでもいいけれど……しかし、今まで三日と空けずに会いに来ていたっていうのに、ぱったりと来なくなったのは一寸気になるな」

旅にでも出たのか？　と小春は問うたが、喜蔵はきっぱりと首を横に振る。

「あいつはひと月半の路銀など持ち合わせていない。それに、どうせ行くところなどあそこに決まっている」

彦次の「あそこ」といえば、あそこしかない——岡場所である。

「ひと月半も居続けしているのか!?　それはいくらなんでも——」

ないとは言い切れぬかも、と小春は段々と声を小さくしていった。

「……じゃあ、ひとまず彦次の長屋へ行き、いなかったら岡へ行くか。お前、あいつが贔屓にしている店知ってるか？」

菊屋《きくや》という店だと喜蔵は答えた。彦次はその店で妓達の画を描いているらしい。

「そうか、あいつ遊女画とか春画とか描いているんだっけ。仕事してんだか、遊んでんだか分かんねぇなあ……」

遊んでいるのだろう、と喜蔵は一分の迷いもなく言い切った。だよなあ、と小春も同意する。妓を目の前にして、彦次が真面目に仕事に打ち込む姿は想像出来なかったのだ。

そうこう話しているうちに、二人は彦次の長屋へ着いた。彦次はやはり留守であるようだった。喜蔵はすぐに踵を返したが、小春は戸の前で立ち止まっている。

「……この前来た時はもっと妖怪臭かったんだけれど、今はあまり臭わねえな」

「妖怪どもは出ていったのではないか？　馬鹿が帰ってこぬから飽いたのだろう」

そうかねぇ、と小春は納得出来ぬような応えをしつつ、喜蔵の後に続いた。来た道を少し戻れば岡場所である。岡場所は吉原と違って非公営の遊郭だが、気軽に安く遊べるので、法に触れるからとて客足が向かぬということはなかった。菊屋は浅草岡場所の三十数軒ある店のうち、中の上の店である。喜蔵は遊郭自体初めてだったが、堂々と中へ入って行った。菊の画が入った男前掛けをした番頭は喜蔵の顔を見ても怯えなかったが、

「彦次という、絵師の男は来ているか？」

と言うと、途端に接客用の笑みを曇らせた。

「……あんた彦次の知り合いか？」

一応、と喜蔵が答えると、男は腕組みをしてにわかに怒り出した。

「あいつの行方《ゆくえ》なら、こっちが知りたいよ！　せっかく客紹介してやったのに、お礼の一つも寄越さねぇし、それ以来来なくなっちまうんだから」

恩を仇《あだ》で返しやがって、と口を尖らす男に、小春と喜蔵は首を傾げた。知らぬ様子の二人に一寸声を落としながら男は言う。

「あいつの画を気に入った客がいやしてね……彦次に画を描いて欲しいと言うから、俺が仲介してやったんでさ。そしたら、それ以来彦次の奴ここにこなくなっちまったんです」

「ここでの仕事を放り出してか？」

喜蔵の言葉に、男はフンッと馬鹿にしたように失笑した。

「仕事と言ってても小銭稼ぎですぜ。別段あいつがいなくたってそれほど困るわけじゃな

い」

「だったら別に怒ることないじゃん」

ひょいっと喜蔵の後ろから口を挟んだ小春に、男は驚いた顔をした。上背のある喜蔵の陰に隠れて見えなかったらしい。二人を見比べた男は、真っ青な顔をして言った。

「あんた、さては自分の子どもを売りに来たんだな!?」

「誰がこんなクソ餓鬼産むか!」

「誰がこんなクソ親父《おやじ》から産まれるか!」

男の台詞に、二人は同時に抗議した。

「ん？　自分の子じゃないのか？　ああ、道理で似てない……」

男は二人をじっくりと見比べた後、再び表情を曇らせた。

「この子は確かに可愛い顔しているが、髪の色は変だし……大体男じゃないか。陰間茶屋ならまだしも、ここには置けないですぜ」

陰間茶屋とは、春をひさぐ少年達が働く遊所である。喜蔵は、男の勘違いに唖然とする小春を振り向いて意地悪く言った。

「そうだな……ついでに陰間茶屋へ置いていくか。金も雀《すずめ》の涙くらいは入るやもしれん」

誰が陰間だ！　と小春が喚いたところで、一等手前の部屋から幼い顔が覗いた。年の頃、十一、二くらいの桜散らしの振袖を着た娘である。男が娘をたしなめるように呼んだのは、葉《よう》という名だった。

「あの……彦次兄さんのお友達ですか？」

うん、と返事をしたのは小春だけだったが、葉は部屋から走り出て三人へ近づいてきた。男は追い返そうとしたものの、葉はそれを振り切って喜蔵と小春に必死の目を向けてくる。

「彦次兄さんはご無事ですか？　このところ、お顔をお出しにならないので心配で……」

「彦次はあんたの客なのか？」

そう訊いてきたのが自分と同じ年頃の少年だったので葉は一寸驚いた顔をしたが、それでも素直に答えた。

「あたしのお客さんではないんです。あたしはまだかむろだから……」

葉は彦次のひいきの敵娼《あいかた》である菊代《きくよ》という妓付きのかむろであるという。かむろは、客を取る前の見習い遊女だ。姐《ねえ》さんのお世話をしつつ、礼儀作法などを習った後で、やっと客を取って一人前の妓になる。葉はかむろというだけあって、巷の同じ年頃の娘とは違った趣があった。美しいが、光の少ない瞳はどことなく憂いを帯びている。

「あたしはよく粗相をしてしまうから、一人で落ち込んでしまうことが多いんです。そうすると彦次兄さんはいつの間にかあたしの側に来て、『どれ、画でも描いてやろう』と言って、いつも優しくしてくれて……」

葉はそう言うと、懐に握りしめていた数枚の半紙を小春と喜蔵に見せた。葉の明るく笑った顔ばかり描かれている。今の葉からは想像出来ぬが、本来はこういう屈託のない笑みが似合う娘なのかもしれぬと小春と喜蔵は思った。

「あたし、本当は泣いてばかりで、こんなに楽しそうにしていないと思うんですけれど……これを見ると、笑っていなきゃと思うんです」

はあ、と盛大に溜息をついたのは、番頭の男だ。

「本当にあいつは阿呆で女に弱い……妓を客にじゃなく、自分に惚《ほ》れさせてどうすんだ」

心底呆れた様子で男が言うと、小春もうんうんと頷いて後を引き継いだ。

「優柔不断だし、気も弱い」

「臆病なのに開き直ると妙な度胸がある」

無駄に顔だけはいい、と小春が言えば、異常にお人好しだと男はぽそっと言った。

「どうしようもない奴だけれど、女はそういうのに弱いんだよな？」

「その通りだが……餓鬼に言われちゃ彦次も世話ねぇな」

小春の言に目を瞬いた男は、苦笑を零すと葉の前に屈んだ。葉は叱《しか》られるかとビクッとしたが、男は葉の肩を諭すように優しく叩くだけだった。

「お前はな、末は太夫にもなれる器だ。彦次ごときに心動かされちゃ駄目だぜ。あんな奴いてもいなくても同じくらいに思ってやらなきゃ、困るのはお前なんだからな」

葉のただでさえ哀しげな目元が、余計に哀しい色を帯びた。ふっと顔をそらした喜蔵を見て、小春は苦笑した。葉を見ているのが忍びなかったのだろう。喜蔵はこう見えて案外子どもが嫌いではないのだ。

「彦次は丈夫だ。一文無しになったって野垂れ死にはしねえよ――それに、この兄さん達は彦次の大親友だ。必ずあいつを捜し出して、またここへ連れてきてくれるってよ」

（誰が大親友だ。捜すとも言っていない）

　喜蔵はそう抗議したかったが、赤い目をしてすがるように見てくる娘と目が合ってしまったら、もはや黙るしか手立てはなかった。葉はきゅっと強く目をつぶって涙を堪えると、

「……喜蔵さん、彦次兄さんをどうぞよろしくお願い致します」

　深々とお辞儀をして、元いた部屋にそろりと去って行った。娘がいなくなった途端、喜蔵は勝手を言った男をギロリと睨んだが、男はそそくさと目をそらし、後ろ頭に手をやってとぼけるような仕草をした。

「まあ、何だ……あんたらあいつを捜しにここへ来たわけだろ？　ここにいないと分かったんだから、他も捜すよな？」

「俺達は錦絵屋のことが訊きたくてあれを捜していただけだ。いないのならば、他の誰かに訊けばよい。錦絵屋だけでも骨が折れるというのに、あんな馬鹿捜していられるか」

「まあ、道理っちゃあ道理だな」

　小春が喜蔵の言に同意するかのように肩をすくめると、男は慌て出した。

「おい、薄情な奴らだな。友なんだろ？　捜してやりゃあいいじゃねぇか」

「何だよ、『恩を仇で返しやがって』とか言ってたくせに。実は心配なのか？」

　男は一寸黙って、決まりが悪そうにぼそぼそと話し始めた。

「妓達がな……彦次が描く自分の画を皆大事にしているんだよ。他に娯楽がないからっていうのもあるが、それだけじゃない。お葉も言っていたが、あいつ妓を描く時必ず笑った顔を描くんだ。そりゃあもう、満面の笑みさ。そうだったろ？」

先ほど葉が見せてくれた画を思い浮かべて、小春と喜蔵は頷く。画の中にあったのは、苦界の妓が決して見せはしないような明るい笑みだった。

「だが、実際は画通りじゃねえ。ここにいる妓は笑うには笑うが、媚《こび》を売るような作った笑みばかりする。口元は笑みの形をしていても、目は真面《まじ》面なんだ。楽しくねぇんだから、心から笑えって言うのも無理な話だが……遊女なんだから仕方ねえだろ？」

あいつはそれが嫌で堪らぬらしい、と男は口をへの字にした。

「見ぬ振りしときゃあいいものを、あいつは馬鹿だから真正面から受け止める。だから、見たこともない妓達の本当の笑みを描いたのさ。妓達もその画を見る度、『ああ、本当のあたしはこうなんだ』と思ってまた笑えるようになるんだよ」

「……遊女にとって、それは殺生なことなのではないか」

喜蔵の呟きに、そうだよと男はうんざりしたように溜息をついた。

「心を無にして生きるのが苦界に生きる女の正しい道だ。なのに、あいつの余計なお節介のせいでここの妓達は皆心を持っちまっている」

最悪な奴だぜと言いながら、男は困ったように苦笑した。何とも彦次らしいので、一同はしばし沈黙した。

「あいつは本当に馬鹿だ。大馬鹿で、正真正銘の阿呆だ。女好きだし、ちゃらんぽらんだし、気は小せぇし、情けねぇし……」

けれど、と男が言いかけてやめた台詞を小春が継いだ。

「存外良い奴だから始末に負えないんだよなあ」

男はがっしりとした顎を引いた。気に障って腹の立つところだらけでも、肝心要《かんじんかなめ》のところが優れていると、友をやめることなど出来ぬものである。

「……お前達はとどのつまり、あのどうしようもない奴のことを買っているのだな」

フンッと鼻を鳴らした喜蔵は、心底軽蔑したように眉間に皺を寄せてこう言った。

「それで、彦次の行く先に当てはないのか？」

喜蔵の言葉に、男と小春は顔を見合わせる。

「なんだ、こいつ。あんなに嫌がっていたのに、結局捜すのか？」

「嫌そうな顔して嫌味を言いつつ、結局のところ反対のことをするのがこいつなんだよ」

小春は男に小声で返した。

「何だそりゃあ。随分と難儀な男だな……こいつ、彦次の幼馴染だろ？」

「お、何で知ってんだ？　彦次から聞いたのか？」

「『世にも恐ろしい顔をした幼馴染がいるんだ』って何度も聞かされた。そいつがいかに口が悪くて、性格も悪くて天邪鬼かということをあいつは妓達にまで話してたぜ」

「おお、筒抜け。ああーだからさっきの娘、喜蔵のことを名で呼んだんだ」

――喜蔵さん。名乗っていない喜蔵の名を、葉はぴたりと言い当てていた。

「お葉は特に彦次に懐いているからよく覚えていたんだろうが、ここの店の奴らならほとんど喜蔵さんのこと知っているぜ。顔が怖くて性格もきつくて口も悪いが、その実――」

男が言いかけた台詞の途中で、ごほん――喜蔵は咳払いをした。喜蔵の額の横に、青筋が立っているのが見えた小春と男は、饒舌《じょうぜつ》な口をぴっしりと閉じた。

「あの馬鹿の画を気に入った客というのは？」

本人に会って訊くのが一等手っ取り早いが、その客は彦次と引き合わせた日の翌日以来来なくなってしまったらしい。引き合わせたのは今からふた月前のことである。男は他に仕事があったので、四半刻ほどしかその場にいなかったが、彦次とその客の二人は意気投合したようで、妓を侍《はべ》らせもせず、朝方まで飲み明かしたそうだ。

「そいつって、どんな奴？」

「どんな奴と言われても……特に特徴がなかった――ような？」

あったか？　いや、なかったか？　と男は自問自答を空で繰り返した。

「……俺は商売柄、いっぺん見た人間の顔は忘れないんだが」

男はそう言って何遍も首を捻ったが、捻っても捻っても出てこぬ様子である。

「お前はそいつとここで知り合ったのか？」

喜蔵が訊くと、男はその問いにはすぐに「ああ」と頷いた。

「面白い男でね。金回りもすこぶるよかったから、すぐにウチの上得意になったんだ」

「じゃあ、敵娼は？」

男は慌てて帳場に戻って行き、妓の名と客の名が書かれた帳簿をめくりめくり戻ってきたが、分厚い紙すべてをめくり終わっても「えーと」と言って頭を掻いていた。

「書いてねえ……」

「名前見て誰が誰だか分かるのか～？」

からかい混じりに問うてくる小春に、男ははっきりと首を縦に振った。

「俺は小せぇ頃からここで働いているんだ。一度会った客の顔と名前は必ず覚えてる」

男——平吉《へいきち》は菊屋の親戚の家に生まれたものの、兄弟が多く実家の家計が苦しかったため、九つの頃にここに預けられたのだという。以来、『働かざる者食うべからず』の菊屋の家訓の下《もと》、平吉は幼いながら下足番をしたり、給仕の手伝いをしたり、と大人顔負けに働いてきたらしい。菊屋を恨んでいるかと思いきや、「ただの子どもじゃなく、一人前の男として扱ってくれて嬉しかった」と平吉は言った。

「他人からみりゃあ、俺らの仕事なんてどうしようもねぇもんに思えるかもしれねぇが、俺にとっちゃあ立派な生業《なりわい》なんだ」

小春は平吉の自信溢れる物言いに頷きかけたが、喜蔵はぽそりと言う。

「お前のその考えは良いとして、結局その男のことは分からぬのだな？」

喜蔵の言葉に、「ち、気づいちまったか」と平吉はガックリと肩を落とした。

「そうだ……そいつについては何も知らん。素性も馴染みの妓も、もちろん住まいも」

「上得意なのに、どこの誰ともまるで知らぬことなどあるのか？」

小春の問いに、平吉は鼻を鳴らした。

「ここは吉原じゃねぇんだ、理由《わけ》ありな客だって多いんだよ。いちいち身元を質《ただ》しておかなきゃ店に上がらせないなんてやっていたら、客のほとんどは帰っちまう」

それはそうだが、と小春は嘆息を漏らしながら、喜蔵を見上げた。

「何も手掛かりはなしか……どうすっかね？」

どうも今回の一件は、せっかく手掛かりを得てもそこから先へは今一歩進むことが出来ずにいる。気落ちしかけた小春に、喜蔵はひとつも落胆する様子を見せずにこう答えた。

「もう一度奴の家に行く。帰っているやもしれぬからな」

言うやいなや、喜蔵は平吉に軽く会釈をすると、踵を返して足早に店から出て行った。その背中を見送って、彦次の言っていた通りだなあと平吉は呟く。

「彦次は何と言ってたんだっけ？　えっと、顔が怖くて性格もきつくて口も悪いが――」

「『――その実、心根は優しい。意地っ張りだから表には出さないが、本当は良い奴なんだよ』だとさ」

岡場所から彦次の長屋までは、目と鼻の先である。小春が彦次の長屋の前に着くと、すでに到着していた喜蔵は、長屋に寄り掛かっていた身体を起こして首を振った。

「まったく、どこに消えたんだか……吉原にでも鞍替《くらが》えしたのか？」

小春が文句を言っていると、喜蔵はさっさと来た道を戻り出した。

「おい、どこへ行く？」

「ここで立ち往生していても仕方がない。錦絵屋のことは他に訊けばよいだろう」

「まあ、錦絵屋の方は確かにそうだが……彦次はどうすんだ？」

知らぬ、と言い捨てた喜蔵の後を追いつつ、

（優しくて良い奴……？）

彦次が言ったという台詞に、やはり疑問を抱いた小春であった。

彦次の家から一等近い商家通りに戻って捜すと、錦絵屋は二軒あった。だが、両店とも名前は『くちなし』ではなく、妖気のよの字もない尋常な錦絵屋だった。

「『錦絵屋くちなし』という店を知っているか？」

二人は錦絵屋にそう訊ねたが、二軒とも知らぬという。おまけに大きな方の錦絵屋の主人が、こう断言したのだ。

「私は浅草界隈の錦絵屋ならすべて存じておりますが、この店の名は聞いたこともありません。この店の名が合っているのなら、場所は浅草ではないと思います」

何かお探しの物があるのならばうちでどうぞと言われ、小春と喜蔵はそそくさと店を後にした。町を歩きながら、小春はぺらっと紙を空にかざす。

「場所を示す手掛かりは浅草だけ……天狗の奴が間違えたり嘘を言っていない限り、この店はよほど見つけにくいところにあるんだろうな。立ち入り禁止の場所とか？」

そもそも教え方がまどろっこしいから分からぬのだ、と悪態をついた喜蔵は「呼んで訊け」と苛立ちながら言った。

「呼んだって来ねぇよ。俺は真夜中にわざわざ山登ったから会えたけれど、あん時あの若いのが俺にちょっかいを出してこなけりゃ、天狗の奴恐らく出てこなかったぜ？」

「山へ行くならお前一人で行け」

ええ～と嫌そうな声を出しかけた小春は、あっと思い出したように声を上げた。

「そうだ！　深雪のところに行ったらいるかもしれないぞ」

小春から天狗の話を聞いていた喜蔵は、怒りもせず呆れた顔をした。天狗がひっそりと息を詰めて深雪をジッと見守っている姿を想像すると、恐ろしいし、何だか物悲しい。そんな構図は見たくないものだと思いつつ、小春と喜蔵はくま坂へ向かうことにしたが――

結局、二人はくま坂へは辿り着けなかった。

くま坂まであと一歩というところで二人を止めたのは、たった一枚の紙切れだった。物凄い風が吹いたと思ったら、ばちーっと喜蔵の顔に張り付いてきたのである。

「あ！　ごめんなさい！」

娘二人が慌てて駆け寄ってきたが、喜蔵が張り付いた紙を剝がして顔を露にすると、ピタッと立ち止まった。見事に固まった状態である。ケラケラ笑い出した小春だったが、喜蔵の手元を見てピクリと眉を顰めた。喜蔵も手元の紙を見て、グッと口の下に皺を寄せた。そこには、達者な筆の運びで妖怪の画が描かれていたのだが――なんとそれは、弥々子が見たという妖怪の様子と酷似していたのである。

「なんだ、これ！」

小春が叫ぶと、娘二人は顔を見合わせて言った。

「何って、錦絵……芳雀《ほうじゃく》の」

小春と喜蔵も顔を見合わせる。聞き覚えのない名だというのが互いの表情に表れていた。

「ほうじゃく？　流行っているのか？」

知らないんですかぁ？　きゃっきゃっと女の子達は笑い合う。

「芳雀の妖怪画。なかなか手に入らないから貴重なんです。今日買えて良かった」

そばかすのある方の娘は、喜蔵の手元から錦絵を奪い取って嬉しそうに笑った。

「妖怪画が人気？　あんたら、妖怪のこと怖くないの？」

小春は何が何だか分からんといった風に、左右に首を傾げながら訊いた。

「本物の妖怪は怖いけれど、芳雀の画なら大丈夫。怖いんだけれど、何だか可愛らしいの。ほら、見て」

小春と喜蔵は、ぽっちゃりとした娘が指し示した画を覗き込んだ。弥々子の言っていた通り、若草色の身体に鬱金色の鬣を持った、獅子と龍とを交ぜたような妖怪である。妙に発色のよい絵具で描かれていて、色鮮やかで美しかった。妖怪の姿は恐ろしいのだが、表情は柔らかく、うっすら笑んでいるようにも見える。おまけに、背景が雪華文の、少女の好みそうな可愛らしい模様なのだ。そばかすの娘の方の画を見ると、そこに描かれていたのは顔色の悪い青女房で、姿形はやはり恐ろしいのだが、どこか愛嬌に溢れている。色男に寄り添っているところが妙なおかしみを出していて、背景は桃色の槍梅で可愛らしい。

随分と変わった錦絵だな、と喜蔵は無感動に呟いた。

「こういう、変わったところも素敵なんです！」

そういうものなのか、と得心したのは喜蔵だけで、「うーん」と一寸険しい表情で唸った小春は、上目遣いで娘達を見た。

「なかなか手に入らないと言ったけれど、これどこの店に売っているんだ？」

二人はまた顔を見合わせてきゃっと笑った。何をしても楽しい年頃なのだろうと喜蔵は二人の娘を見て年寄りじみたことを思ったが、喜蔵もまだまだそういう年頃のはずである。

「本当に知らないの？『くちなし』で買ったのよ、これ」

「……その『くちなし』という店はどこにある？」

喜蔵が訊くと、二人の娘は一寸たじろいだ。お前が怖いから黙っちまうんだよ、と言いながら、小春は娘達に喜蔵と同じ問いをしたが、やはり二人とも言い淀《よど》んでしまう。

「ん？　言えぬような場所にあるのか？　親にバレたら不味《まず》いところとか？」

そばかすの娘の方は、首を即座に横に振る。

「そんな変なところに出入りしたりしないわ……でも」

分からないの、とぽっちゃりの娘の方が小声ながらはっきりと言った。

「あたし達、何度も『くちなし』へ行ったことがあるはずなのだけれど、後になって考えると、どうやってそこまで行ったのかよく分からなくて……」

（どこかで聞いたような話だ）

喜蔵はそう思ったものの、それがどこであるのかは思い出せなかった。

「その錦絵は今日買ったとさっき言っていたよな？」

「うん、今買ってきた帰り。でも、どこで買ったんだろ……あっちだっけ？」

ぽっちゃりの娘は東を指したが、そばかすのある娘は西に人差し指を向けていた。

「嘘、そっち？」

「え、違う？　じゃああっちの方かな？」

娘達は本当に覚えていない様子である。これ以上はもう情報が得られぬと思った小春は、娘達に礼を言って別れようとしたが、

「おい、喜蔵？」

喜蔵は娘達の持つ錦絵の隅の方を食い入るように見ていて、その場から動こうとしなかった。小春が追った喜蔵の目線の先には、絵師の名と印がある。印は絵師と何の縁《ゆかり》があるのか知らぬが、可愛らしい鳥の形をしていた。

「どした？」

「いや……」

喜蔵は眉を顰めると、怯えた顔で固まっていた娘達に会釈して踵を返した。

「あんなに『後生大事！』という風じゃなきゃ、一枚譲ってもらったのに」

小春は頭の後ろで手を組みながら息を吐いた。娘達は、それは大事そうに錦絵を胸に抱いていた。とてもではないが、譲ってくれと言い出せる雰囲気ではなかったのだ。

「場所を忘れちまうってどういうわけだ？　あの娘達が本当は場所を知っていて知らぬ振りをしていた——なんてことはないだろうが、もしそうだとしたら、その理由は何だ？　嘘をついてまで錦絵を買い占めたいとか？　そんなわけないか……」

小春はそうしてブツブツと話していたが、喜蔵は無表情で黙っているばかりである。

「大体、あの画を描いた絵師は何者だ？」

ひとまず気になるのは、芳雀という絵師についてだ。娘達と別れてから、二人はくま坂へ行くのを後回しにして、その絵師について人々に訊いて回ることにした。錦絵屋のことは知らなかったが、芳雀のことを知っている人間は何人かいて、話を聞けたのだが——。

「誰も彼もあの娘達と一緒で、『行ったことはあるが、場所が分からない』だ。目新しい情報なんてこれっぽちもない——八方塞がりだ！」

小春は立ち止まって天を仰いだ。いつの間にか日も暮れて、空は赤と藍が混濁した複雑な色をしている。小春に倣って空を見上げた喜蔵は、「八方塞がりではない」とぽそりと言った。

「は？　何で？　何か分かったのか？」

小春はそう訊ねながら喜蔵に目線をやったが、喜蔵は天に顔を向けたまま、何も考えていないような一寸呆けたような表情をしていた。小春は喜蔵が話し出すのをジッと横で待っていたが、まだ寒い時季の一日は早い。あっという間に辺りが暗闇に包まれ始めた。

「あの画は――」

喜蔵がやっとそう言いかけた時である――。

「――!?」

黒い大きな影が小春と喜蔵の頭上を覆うと、そのまま二人目掛けて迫ってきたのだ。喜蔵が見上げる前に、身体は横に投げ出されていた。喜蔵は頭上にある影に突き飛ばされたのかと思ったが、自分の肩を摑んでいた手は小さい。その手が小春のものだと気づいて思わず摑もうとしたが、その前に小さな手は喜蔵の肩から離れてしまった。喜蔵を突き飛ばして影の襲撃から守った小春が、二人が元いた位置に降りてきた影に向かって、ダッ――と飛び上がったからである。

暗闇の中で小春と影は激突したが、それはほんの十秒くらいなものだった。小春がにわかにハッとした様子で攻撃の手を止めると、また飛びずさって、影から距離を取ったからだ。短い戦いであったが、喜蔵には小春が影を圧倒していたように見えていた。しかし、小春は何故か後ろにじりじりと後じさりしている。

(……何だ?)

小さな後ろ姿に戸惑いの色が濃く出ているような気がして、喜蔵は首を捻りながらようよう立ち上がると、小春のすぐ近くまで抜き足で近づいて行った。

「どうした」

小声で問うと、小春は影から目線を外さず、「俺だ」と言った。喜蔵は、小春と同じように大きな影を見つめた。影は怪我をしているのか、小春と喜蔵がジッと見ているのに屈み込んだまま動き出そうとしない。目が慣れてきたのと、夜空を覆っていた雲が晴れて月が覗いたのとで、小春ほど夜目の利かぬ喜蔵にも影がどんな者なのか、はっきり分かった。

「猫股……」

影はひゅーひゅーと空気の抜けたような息をする大きな獣だった。喜蔵の四、五倍大きく、小春と比べるともっともっと巨大だ。目がぎらぎらと赤く、耳と尾が二股に裂けている。身体中を覆い尽くした斑模様の毛は、毛先が針のように尖って多方向に好き勝手生えていた。触れるだけで皮膚が切れてしまうかもしれぬと考えた喜蔵は、隣で静かに目を赤くしている子どもを見遣った。

「あれは昔の俺だ」

喜蔵は然程驚かなかった。以前絵草子で見た猫股とよく似ていたし、すすき色に赤茶に黒——色のすべて合った斑模様や、変化すると赤くなる瞳は小春そのものだったからだ。

（しかし、何故こいつの昔の姿をした奴がいる？）

小春が追っていたのは、色とりどりのど派手な形をした、女好きで気の弱い妖怪である。しかし、今目の前にいる妖怪は女好きではない。何せ、小春と喜蔵の前に姿を現したのだ。唐突に二人を襲ってきたくらいだから、気も弱くない。小春が俊敏な動きを取らなければ、二人とも今頃怪我をしていただろう。妖怪らしい妖怪だが——喜蔵がほんの一寸考えていた間に、小春はばきばきと手を鳴らして、鬼の鋭い爪を伸ばしていた。

「俺の形をしているが、力は昔の俺にまるで及ばない」

さっきやりあった短い間で、小春は相手の力を見切ったらしい。ひゅーひゅーと気の抜けたような息をしているのも、小春が相手の腹に風穴を空けたからだ。しかし、穴が空いたくらいでは妖怪は死なぬ。妖怪は剛腕な力を持つというよりも、生命力が甚だ強い生き物なのだ。小春は喜蔵の横で、相手の様子を窺っていた。力を振り絞って向かってくるだろうと構えていたのだが、相手は一向に向かってこぬままである。

ひゅーひゅーという息遣いだけがその場に響いた。風も強かったので、そのうちどちらが発している音なのか、喜蔵は分からなくなってしまった。耳のよい小春にはどちらの音かは分かってはいたが、

（どうも様子がおかしい）

と疑念ばかりが浮かんでいた。見目はこれ以上ないくらいに妖怪らしいのに、能力がつり合っていないのだ。動き出そうとしない相手に焦《じ》れて、小春は自分から動いてみることにした。小春は屈み込んでグッと左足に力を入れると、一足飛びで猫股の許まで行った。喜蔵は目で追おうとしたが、まるで駄目だった。目の中に小春の姿が映った時には、猫股と小春が再び激突しているところだったのである。そして、またしても勝負は早くついた。ぐるんぐるんと絡み合っていると思ったら、二十秒くらい経って、立っているのは小春だけだった。その小春の姿を目の当たりにして、喜蔵はゾッとしてしまった。

いつもの可愛い八重歯ではなしに、太い牙が猫股の首に嚙みついていたのだ。喜蔵は思わず目を背けそうになったが、何とか耐えた。ぐったりとしている猫股は、まだ血を流していない。小春が牙を抜こうとした瞬間、鮮血が飛び出すのを喜蔵は覚悟したが——小春は猫股の首からバッと大胆に牙を抜くと、ぺっぺっと地面に何かを吐き出した。

（あれは……）

小春の口から吐き出されたのは、猫股の肉片ではなかった。赤くもなければ、肉の弾力も、骨の固さもない。唾液でぐしゃぐしゃにとけかかった、やわらかそうなものだった。小春は、口の中に手を突っ込んで残っていた猫股の破片を取ると、

「うん、やはり紙だ」

と言って、またペッと口から猫股の破片を吐いた。喜蔵は崩れかかった猫股を振り返って注視した。首にぽっかり穴が空いているが、やはり鮮血は噴き出ていない。喜蔵はもう少しだけ前に出て、更に猫股をよく眺めた。小春が空けた穴は風穴のごとく、向こう側の景色が見えている。猫股は丸みを帯びて立体的だが、穴から見えた中身はぺらぺらとした平べったいものであるようだ。よく見ると、首元の大きな穴以外にも、身体中に中小の穴が空いていた。ひゅーひゅーという音は猫股の息遣いではなく、小春が猫股に空けた無数の穴から漏れているものだったのである。

「張りぼて……か？」

風がびゅうっと吹くと、猫股の身体は風の吹いた方向に揺れて、そのまま吹き飛ばされ

そうな勢いだった。

「張りぼてっちゃあ張りぼてかな。一寸ばかり魂が入り込んでいるけれど」

喜蔵をギョッとさせることを言いながら、小春は瀕死《ひんし》の猫股に近づいていった。

「自分で自分を殺《や》るのは憚られるが――まあ、悪く思うなよ」

そう言うと、小春は手にぽうっと小さな赤い炎を浮かべた。それをひょいっと猫股に放ると、猫股は見る間に燃え上がってちりと消えた。いつの間にか小春の横に来ていた喜蔵は猫股の残骸《ざんがい》を拾って、しゃがみ込んだまま首を捻った。

「確かに紙のようだな……くずを燃やした時と同じように見える」

「何の紙か分かるか？」

そんなこと分かるわけがない――言い掛けた喜蔵は、何かに思い当たって眉を顰めた。

「錦絵か」

「だよな？　この流れで水墨画だったらお手上げだもの」

楽しげに笑う小春に、喜蔵はジッと真面目な目線を向けた。なんだよ？　と小春が訝しむ表情をすると、別段気にしなくともよいのではないか？　と喜蔵は平淡な声音を出した。

「あれはお前ではない。元はただの錦絵だし、その前はただの紙切れだ」

「……誰が気にしているって？　妙ちきりんな勘違いすんじゃねぇよ」

口をへの字にした小春は、拗ねたように口を前に突き出した。への字にしたままそうしたから、妙な具合の顔になっていた。

「天狗の奴も自分の形をした妖怪を『燃やした』と言っていたからな……実はそれなりに情報くれてたわけだ。ともかく、例の妖怪連中の正体が錦絵だと分かったんだ。浅草中の錦絵屋すべて回ってみれば、くちなし屋か芳雀のことも何かしら分かる——っておい？」

小春が言い終わらぬうちに、喜蔵は来た道を戻り出していた。錦絵屋へ行く必要はない、と言う喜蔵の後に続きながら、小春は「なんで？」と問うた。

「……あの錦絵を描いた者が恐らく分かった」

「え！　誰⁉」

小春は喜蔵の袂を摑んでブンブンと振った。それをバシッと跳ね返しながら、喜蔵は袂を隠して腕組みをする。

「確証はないが、画の下にあった印に見覚えがある」

「印って、名前の横に入っていた鳥の判子？」

喜蔵は頷きながら、段々と早足になっていった。

「あれは、雀だ。あいつはその昔雀を飼っていて、大層可愛がっていたのだ。昔から落書きをすると、一丁前に自分の名を書き、その横に自分で彫った雀の判を捺《お》していた。今日見た錦絵には、その時と同じ印があった」

小春はピタリと足を止めて、「それって……」と呟いた。喜蔵はちらりとも振り返らず、岡場所裏の割り長屋へと更に足を速めた。

彦次の長屋の前に辿り着いた二人は、戸に手を掛けて何度も引いてみたが、喜蔵がやっても小春がやっても変わらず、閉じ切ったままだった。

「日に三度も来てやったというのに……このますごすごと帰るなんて俺耐えらんない」

無論、と珍しく小春に素直に頷いた喜蔵は、

「無駄足ばかりさせられるのは許せぬので――中へ入る」

そう言うと、ゲシッと戸を蹴り破った。小春は真ん中から四つに割れてしまった戸の木片を並べてわざとらしく大仰に手を合わせた。

「彦次が殺生な幼馴染を持ったせいで可哀相にな。成仏しろよ」

割れた戸を端に除《よ》けて長屋の中へ入って行った喜蔵は、行灯《あんどん》に火を灯して部屋の中をぐるりと見回したが、その時どこか違和感を覚えたような心地になった。

「あれ？　何か前より散らかってね？」

後ろからちょこんと顔を出した小春がそう言ったので、喜蔵は得心した。彦次は洒落《しゃれ》っ気のある男なので調度品や着物にも気を遣っていたが、今の長屋は何の気遣いも見えぬ。行李は半分開きかけているし、着物が無造作に畳の上に落ちている。流しには水につけたままの器が残っていて、まな板の横には干からびた大根が置きっぱなしだったのだ。小春と喜蔵は顔を見合わせて小さく頷き合うと、長屋の中を物色し始めた。

「何か俺達物盗《ものと》りみたいだな」

嫌んなっちまうと口では言いながら、小春は楽しげに小さな箪笥の中を漁《あさ》った。

「……ない」

行李の中を漁っていた喜蔵がそう呟いたので、小春は「うん？」と問い返した。

「行李の中には袷《あわせ》や羽織が一枚もない。そこに落ちているのは単《ひとえ》や浴衣《ゆかた》だけだ」

「つまり、冬物がない？」

喜蔵は頷くと、落ちていた浴衣を綺麗に折り畳んで行李の中にしまった。

（お前は彦次の母ちゃんか！）

心の中で突っ込んだ小春は、箪笥の上段に入っていた手行李《てごうり》を取り出して、ひょいっと畳の上に下ろした。手行李は結構な重みがあり、小春は振って中を確かめたが、手行李一杯に中身が入っているようで、ガタガタと何かが手行李とぶつかり合う音しかしない。再び下ろして中身を取り出してみると、そこには何十枚もの錦絵が入っていた。

「それはあいつが描いたものだ」

いつの間にか近くに寄ってきていた喜蔵は、小春の後ろから箱の中身を覗き込んで呟いた。ほうほう、と言いながら、小春は一枚一枚錦絵を見ていく。

「あ、春画」

ほれ、と小春は嬉々《きき》として喜蔵の顔の前にかざしたが、喜蔵は表情ひとつ変えずに小春の手元から半分錦絵を受け取ると、パラパラと見出した。

「なんだ、やはりお前も見たいんじゃゃんか。隅に置けねぇな～」

ひじで突いて来る小春から距離を取り、喜蔵は目当ての画を黙々と探す。

「でも、春画あまりねえな？　女の画は多いけれど、別段いやらしくない画だし、存外名所とか風景を描いたものが多いじゃねぇか」

「破門されるまでは、それしか描いていなかったからな」

小春は錦絵をめくる手を止めて、喜蔵に振り返った。

「そういや、あいつ昔はどこぞの門下に入ってまっとうな画を描いていたんだっけ？　師匠の娘と出来てクビになったとか言ってたよな？」

彦次は元々、喜蔵の住まう商家の裏長屋――綾子が住んでいる長屋の一角――で母と五つ違いの兄と三人で暮らしていた。商家で長年真面目に奉公する兄と違い、彦次は奉公に出ても三日で帰されてしまう放蕩《ほうとう》息子だった。八つの時から計四度奉公に出たが、四度とも「この子は商売に不向きだ」と突き返されてしまったのである。このままでは一生何も出来ぬ人間になる、と青くなった母は、彦次の唯一の取り得である容姿を生かして役者にしようと考えたが、芸の世界は見目だけで足りるほど甘くはなく、これも駄目だった。

――母さん、彦次は馬鹿だが、画の腕だけはそこらの絵師にも負けねぇよ。いっちょ、どこぞの門下で学ばせてみないか？　結構いいところまで行くんじゃねぇかと思うんだ。

藪入《やぶい》りで久方振りに帰って来た兄がそう言うので、母親は歌川国和《うたがわくにかず》という巷で人気の絵師の下へ彦次を連れて行ったのだ。彦次の非凡な才を見抜いた国和は、ひとつ返事で彦次を門下に迎え入れた。彦次が十一の時である。

門下に入った彦次は、それから住み込みで錦絵を学んだ。彦次は一年で、めきめきと頭角を現し、二年経つと師匠の三番弟子になり、三年が過ぎると年長の弟子に教えを乞われるまでになった。母も兄も大層喜びで「末は豊国《とよくに》」と近所に吹聴《ふいちょう》して回っていたが、彦次本人は母達とはまるで正反対の思いを抱えていたようである。彦次の変化に唯一気がついていたのは、意外にも喜蔵だった。彦次は画を始めた当初、いかにも楽しげに画について語っていたのだが、月日を経るうちに口にもしなくなった。代わりに語るようになったのは、女の話ばかりである。これは怪しい、と喜蔵は思っていたのだ。

喜蔵が危惧《きぐ》していた通り、自分のやっている画に疑問を抱いていた彦次は、入門して三年が過ぎた頃から女に逃げるようになっていた。それでもまだ分別があったのは、師匠の娘には手を出さなかったことだ。師匠はこの一人娘を溺愛《できあい》していて、跡目を娘の婿に継がせようと考えていた。彦次は（この娘だけは手を出しちゃいけねぇ）と思っていたが、皮肉なことに娘の方はずっと彦次を慕っていたのだ。彦次は娘から想いを告げられてもずっと誤魔化していたが、そのうち絆《ほだ》されて恋仲になってしまったのである。

面白くなかったのは、他の弟子達だ。当然のことながら、師匠の娘を得て門下を継ぎたいと願っていた弟子は大勢いた。おまけに、彦次はまだ門下に入って日が浅いながら、突出した才を持ち、若くて見目もよく女にモテた。それまでのやんちゃ振りは彦次の人懐っこい人柄で許されていたものの、師匠の娘のことはどうしても許せなかったのだ。弟子達が彦次と娘のことを密告すると、師匠は烈火のごとく怒り、ただちに彦次と娘を別れさせて、彦次をそのまま破門してしまったのである。

「踏んだり蹴ったりだなあ」

小春が哀れんだような声音を出すと、喜蔵は「いや」と小さく否定した。

「あいつはどこかホッとしていた」

「娘と別れたことに？　破門されたことに？」

「両方だろう。あいつは馬鹿だから、頼まれると断れぬところがある。画のことも疑問には思っていたが、自ら辞めることは出来なかっただろうしな」

娘と別れたことと門下から出たことは結果良いとして、よくなかったのは母と兄である。

――もう恥ずかしくて家から出られないよ……こんな馬鹿なことをして将来を棒に振る馬鹿息子をあたしは育てた覚えはない。

ことあるごとに息子の将来を高々と語っていた母は、顔を真っ赤にして怒ると、そのまま泣き伏してしまったのだ。兄は兄で、

――見損なったぞ、彦次。お前は馬鹿でちゃらんぽらんで優柔不断だが、やる時はやる男だと思っていた。あと数年我慢していれば跡目を継げたやもしれぬのに。

この間抜けっと弟を罵《ののし》ると、やはり泣き伏してしまったのである。ちょうどこの頃、兄は所帯を持つ機会に独り立ちをしようとしていたので、母を連れて家から出てしまったのだ。独り残された彦次は、裏長屋を出てこの割り長屋に移り住んだ。兄と母は彦次にお灸《きゆう》をすえる意味で出て行ったのに、彦次は反省するどころか開き直り、岡場所に出入りして春画を描くようになってしまった。そのため六年近く経った今も、母は兄夫婦の許で暮ら

していたというわけだ。

「変な奴の親兄弟はやはり変なんだな……兄ちゃんまで泣き伏したって何だ、それ」

話を聞いた小春は、呆れたような表情で手元にある彦次の描いた錦絵を眺めた。錦絵には詳しくないが、今まで目にしたことのある錦絵の中でもなかなか上手な方だと思った。この画を十代前半で描けるのならば、まったく大したものである。

「それで、彦次は母ちゃん達と縁が切れちまったのか？」

バラバラの錦絵をきちんと画の種類で分けて並べていた喜蔵は、否と答えた。彦次を置いて飛び出していったはいいが、半ば勢いだったのだろう。今でも月に一度は便りが来るらしい。おまけにその便りというのも、わざわざ母か兄が直参で届けているのだという。

「何だ、仲良いじゃん……そういやさっき簞笥の中に手紙の束が入っていたな」

小春はぴゅうっと簞笥まで行って戻ってきた。腕に抱えた大量の手紙は、母と兄と兄嫁の連名であった。嫁さんまで変だ、と言いながら小春は勝手に手紙を開いて中を読む。

「え～『お前は今頃枕を涙で濡らしているだろう。それを思うと不憫である。そろそろ反省したのではないか。心を入れ替えるのならばまた共に暮らしてもよいのだぞ。お雪《ゆき》もお前の羽織を縫って、義弟《おとうと》が来るのを今か今かと待っている』……えっと、もう一通は『彦次さん、義姉《ねえ》さんは今あなたの浴衣を縫っています』……今度は浴衣かいっ！」

一寸同情して損をした、と小春はぺいっと手紙を畳に放り投げた。

「馬鹿な子ほど可愛いと言うが、こいつの家族は正にそれだな」

喜蔵はそれを拾って簞笥の中に戻しながら言った。先ほどから小春が散らかしたのを片付けてばかりいる。喜蔵の口とは裏腹な行動をじぃっと眺めて小春は問うた。

「……しっかし、真面目な画が嫌で趣味の春画描いてきた奴が、よりによって妖怪画なんて描くかね？　あいつ超怖がりじゃん」

「腑《ふ》に落ちぬが、あの画にあった印はやはり奴のものだ」

喜蔵は春画と名所画二枚を小春に差し出した。そこには絵師の名と、娘達の持っていた妖怪画に捺されていた雀の印があった。名所画と春画の名は流石に変えてあったが、印はそっくりそのままである。

喜蔵は小春から受け取った分を見終わると、手行李の中に入れた。そして、小春の手元にある錦絵を更に半分取って、また見出した。小春も喜蔵に倣って錦絵を確認して行ったが、結局目当ての画は見つからず、手行李に入っていた錦絵すべてを見終わってしまった。

「雲隠れしているのは当人だけではないようだ。描いている人間と同じで迷惑な錦絵だ」

錦絵を手行李の中にしまって元の位置に戻した喜蔵がそう言うと、

「あ！」

と小春が大声を上げた。うるさい、と振り返った喜蔵の面前に突き出されたのは、先ほどと同じ春画――ではなく、天狗の画だった。黒で描かれたただの線画であるものの、画は半年前に出会ったあの天狗そのものである。喜蔵が錦絵の下書きを受け取ると、小春は簞笥の下段にあった手行李の中から続々と妖怪画を取り出した。青女房に笑い男に、天井嘗や大蛇の怪など——そこには、これまで彦次が出会った妖怪達が大勢描かれていた。そして、それらの錦絵に描かれていた妖怪達は、この頃浅草の町を騒がしている奇妙な妖怪達の生き写しだったのである。

「こいつらが錦絵から飛び出して暴れたわけか」

小春の言に喜蔵は厳《いか》めしい面をしながら黙って頷く。

「しかし、これなんてまんま弥々子だな！　あ、でも実物より女っぽいかも……」

小春がまた突き出してきた紙を受け取ると、そこには確かに実物より一寸妖艶《ようえん》な雰囲気の女河童が描かれていた。見返り美人ならぬ、見返り河童の図である。

「彦次にはそのように見えているのだろう。だから胡瓜を献上したのではないか？　例の怪があいつの描いた画であるのならば、作り主に似たのだろう」

喜蔵の言葉に、小春は得心したようにひとつ手を打った。弥々子の出会った「女好きの妖怪」は弥々子を見て怯えて逃げ出しながら、胡瓜を持って戻ってきたのだ。恐ろしいと怯えつつ、色っぽいとでも思っているのだろう。

「妖怪らしくない妖怪がいるんだなと思っていたが、そういう訳か。本人の意思なり考えが込められているから、女好きで情けないけれど、気が利いて優柔不断だったんだな」

そうか！　と小春は何かを思いついたらしく、ポンッと膝を打った。

「深雪が『女好きの妖怪』に会った時、『げきぞ』って言われたと言っていただろ？　あれは『げっ、喜蔵』とか、『げっ、喜蔵の妹』とか言い掛けたんだよ」

流石の彦次も、おっかない幼馴染の妹には近づけなかったらしい。あれがそんなに殊勝なものか、と喜蔵は嫌な顔をした。二人はしばらく彦次の描いた妖怪画の下書きを眺めていたが、娘達が持っていた芳雀の名が入った派手派手しい錦絵はついぞ見当たらなかった。色つきの妖怪画自体ここにはないようである。

「あの錦絵は彦次が描いたんで間違いないんだろうけれど、肝心の彦次がいないんじゃな……お前、心当たりとかないの？」

小春に言われ、喜蔵はむっつりと黙り込んだ。ない、と答えようとしたのに、何故か口が開かなかったのだ。

（そういえば、何か聞いたような気もする……）

記憶をさぐりさぐりして行くと、彦次がいつも古道具屋へやって来て下らない話をして帰って行く場面ばかりが思い出された。

（そうだ、あいつは何か理由をつけては店に立ち入って、どうでもよい世間話を俺に聞かせているばかりで、特段何か言ってくるわけではなかった）

勝手に話をして、喜蔵に追い出されて帰るのが常だった。だが——と喜蔵は思った。そうではない日があったような気がしたのだ。話し振りは常と変わらず一方的だったが、妙に溌剌《はつらつ》としていて明るかった。追い出されても少しも意に介さず、どこかへ消えた。

（どこか……？　家に帰らず、どこへ行った——）

——というわけでな、その御仁は俺の画を大層気に入ってくれて、屋敷に招いてくれたんだ。屋敷の一室を自由に使っていいっていうから、これから行くところなわけよ。昔でいうなら、お抱え絵師って奴だよな。

ふと蘇《よみがえ》った台詞に、ざわりと寒気を覚えた喜蔵は、それを誤魔化すかのように、いささか早口で話し出した。

「……ひと月半前のことだ。あいつは店に来て、『お抱え絵師になる』とたわごとを楽しそうに語っていた。遊郭で会った客に自分の画を大層気に入られて、屋敷に招かれたという話だった。そこで自由に画を描いてよいと言われ、これから行くところだと——」

唐突な喜蔵の話に小春はしばしポカンとしていたが、

「……何で今頃になってそんなこと言い出すんだよ」

まさか忘れていたんじゃあるまいな？　と喜蔵を非難めいた目でねめつけた。小春はてっきり、喜蔵がいつもする「肝心なことを言わぬ癖」だと思ったのである。けれど喜蔵は何故か青い顔をして、小さな声音で答えた。

「忘れて……いた」

「そんな重要なこと忘れるなよ！」

喜蔵はぐうっと喉に何かが詰まったような顔をしたが、額を手の甲でこすりながら言い訳をし出した。額にはうっすらと汗が浮かんでいる。

「いや……忘れていたわけではない……今の今まであの時のことが頭のどこにもなかった。だが、今があの時であったように、横からスッとあの時の画が思い浮かんだのだ」

「ああ？　それが忘れていたっていうことじゃねぇか」

小春は呆れたような表情を浮かべて腕組みをした。

（違う……そうではない）

今頃思い出したのだから、小春の言は正鵠《せいこく》を射ているはずである。けれど、喜蔵にはまるで得心がいかなかった。喜蔵はなかなか物事を忘れる性質ではない。彦次のいつもと違う様子をすっかり忘れ去ってしまうなど、喜蔵自身が信じられなかった。それに、にわかにフッと蘇ったこの感覚は、何かを思い出した時とはまた違うものだと喜蔵は確信していた。けれど、「それは何だ？」と問われても、何とも答え難いものだった。身体の中に渦巻いているもやもやとした、落ち着かぬような感覚が、単なる忘却のせいだとは思えぬ。

（……気味が悪い）

喜蔵はまだ忘れていることがあるのか、喉元の辺りで何かがつかえている気がしていた。何かのきっかけで、今度はもっと重要なことを思い出すかもしれぬ。それを思うと不安が募った。長考に入りかけた喜蔵の眼前で、小春はごほんと咳払いをした。

「――とにかく彦次を捜そう。その屋敷とやらがどこにあるのか、何か言っていたか？」

喜蔵は首を振った。彦次はあの時一人で盛り上がっていたが、興奮していたせいかその男がどういう人物でどこに住んでいて何をしているのか、何も語らなかったのだ。忘れているんじゃねぇだろうな？　と小春に確認された喜蔵は、しばらく沈黙してからまた首を振った。あの時に彦次が言った台詞が脳裏に浮かんでから、その日に交わした会話は大体思い出せたのだ。喜蔵はろくすっぽ返事も返さぬ男だが、他人の話は存外聞いているのである。喜蔵の確信めいた顔を見て頰を掻いた小春は、「青鬼に話を聞いてくる」と言いながら腰を上げた。

「あちらへ行くのか？」

喜蔵の問いに、小春は微妙な表情で「帰るんだ」と言い直した。

「あの妖怪連中を作り出したのは恐らく彦次だが、何故そんな真似が出来たと思う？」

「……あいつ自身にそんな力はあるまい。誰かの指図でやったか、自分でやったかは分からぬが、何かしらの力を借りてやったとみて間違いないだろう」

その力というのは間違いなく妖怪だ、と小春は忌々しげに頷く。

「お前の言うように、どういう風に絡んでいるのかは分からんけれど……どのみち、妖怪事なら同じ妖怪に訊いた方が早い」

彦次を家に招いた奴が人間なのか妖怪なのかも分からぬが、それもあちらで誰か心当たりがないか訊いてくると小春が言う。もっともな言い分だったが、喜蔵は一寸首を傾げた。

「だが……あいつを招いた者は人間なのではないか？　彦次はお前らのような人外の気配に聡《さと》いと言っていたではないか」

「あ！」

そうか、と小春は明るい顔をしたものの、すぐに訝しむような表情に戻った。

「だとしたら、ますます話が分からなくなるな……そいつが妖怪なら自分の力で彦次の妖怪画に魂を込めていたと分かるが、そいつが人間なら誰が妖怪画に魂を込めた？　彦次を招いた人間自身が妖怪の仲間なのか手下なのか、それともまったく無関係なのか……」

そこまで真面目な表情で語っていた小春は、眉根がくっつきそうなくらいに眉間に皺を寄せると、にわかに「あー！」とつんつん頭を掻き混ぜた。

「分からんことが多過ぎる……考えても無駄だ！　帰る」

小春は草履を引っ掛けて外に出ようとした――その時である。

「ぎゃあああ、化け物！」

悲鳴が響き渡ったのだ。小春は喜蔵の顔を見ると、頷いて一目散に声のする方――岡場所へと走り出した。喜蔵も急いで草履を履き、小春の後を追った。

五、筆先から命

「わああ、出た……出たっ！」

騒動が起きていたのは、二人が想像した通り、夕前に訪れた菊屋だった。店の前にはすでに一寸した人だかりが出来ていたが、小春は小柄な体軀を生かして人々の間をすり抜けて中へ入って行く。大柄な喜蔵は身体に不釣り合いの俊敏な動きを生かして——真実生かしたのはその強面だったが——人々がサッと横に避けた隙をつき、店の中へ入って行った。

「あ、お前ら……!?」

ちょうど入ったところでバッタリ出会ったのは、平吉である。驚いた顔をした平吉は、遊女と客を出入り口へと誘導しているところだった。

「何してんだ？　こんなところでこんな時に——」

「どこに出た？　どんな奴だ？　化け猫か!?」

小春は平吉の問いには答えず、背伸びして平吉の胸倉を乱暴に摑んだ。存外すごい力で引っ張られた平吉は危うく前に倒れそうになったが、喜蔵にガシッと肩を支えられて何とか床と「こんにちは」はせずに済んだのである。

「……お前、餓鬼のくせに馬鹿力だなっ！」

「どこに出たんだよ!?」

また胸倉を掴まれそうになった平吉は小春の手を避けつつ、慌てて早口で答えた。

「雛菊《ひなぎく》の間に大勢出た。二階へ上がって廊下の先の突き当たり！……あ、待て！」

平吉は脱兎の如く走り出した小春を止めようと腕を伸ばしたが、小春はすでに階段の下まで走ってしまっていた。喜蔵も小春の後に続いていたが、

「――あんた、喜蔵さんっ！」

と呼び止められ、仕方なく足を止めて半身で振り返った。平吉は遊女の手を引きながら、喜蔵に言った。

「何が出たか分かっているみたいだが、あんたらが思っている以上に出ているかもしれねぇ……さっきよりもずっと」

口振りと顔色を見ると、平吉も妖怪を見てしまったらしい。それも一匹二匹ではないようだ。平吉の言葉に、「だから何だ？」と喜蔵は無表情で問う。

「だから何だ?……って何だ？　心配してんだよ！」

怒鳴り声を上げた平吉に喜蔵は一寸驚きながら、心配は無用だと顔を顰めながら言った。

「無用って、あんたまさかあれを退治できるのか？」

「俺ではない」

「あんたじゃない？　じゃあ……待て待て！　二階には化け物もいるが、あいつも——」

平吉の話を皆まで聞かず、喜蔵は階段を駆け上がって二階へ行った。

平吉に言われた通り、二階へ上がった喜蔵は突き当たりに向かって足を進めたが、突き当たりの部屋に着く一室手前で足を止めた。その部屋の襖《ふすま》がスラリと開いて、白い手がひらひらと差し出されたからだ。

「なんでいる……」

そりゃあ遊びに来たからさ、と多聞は微笑んだ。常と何ら変わらず、飄々としている男に喜蔵は思わず脱力しかけてしまった。

「今、何が起こっているか知らぬのか？」

多聞は相変わらず着崩した格好をして、寛《くつろ》いだ様子で胡坐を掻いていた。猪口を片手に熱燗《あつかん》を飲んでいたが、他に空けた様子はない。外の異変に気づかぬほど酔っているようにも見えなかった。多聞は何でもないようにくいっと酒を呷《あお》ると、

「『ぎゃあああ、化け物！』が出たんだろ？」

声色を真似て言った。良い声をしているだけあってなかなか上手いな、と喜蔵は一寸だけのん気に感心をしかけて首を振る。多聞は部屋に一人きりで、そこには妓もかむろもいなかった。妓は多聞を置いて早々に逃げ出してしまったのかもしれぬが、隣室で妖怪が暴れる中、一人で酒を飲んでいる男というのは、実に奇妙なものである。

「……妓と他の客達は皆外へ逃げたようだ。あんたもここからさっさと出た方がよいのではないか？」

いいよいいよ、と多聞は顔の前で左手を振った。

（何が「いいよ」だ。やはり酔っているのか）

喜蔵は溜息をつきながら、屈み込んで多聞から猪口を奪うと畳の上に置いた。多聞は何の抵抗もしなかったが、構うことないのに、と少々拗ねたような声音を出した。

「どうせ出たのは、最近流行りの『女好きの怪』だ。男の俺には関わりのない話さ」

「『女好きの怪』を何故知っている？」

喜蔵はまじまじと多聞の顔を見た。そこにはいつも通りの能天気そうな表情しかない。

「あんただって知っているんだろ？　最近、巷じゃ有名な話じゃないか」

そこまで話が世に伝わっているとは知らなかった喜蔵は一寸驚いたが、すぐに気を取り直して多聞の腕をぐいっと摑み上げた。

「いくら女好きであろうと、男を襲わぬという確証はない。妖怪が出たのは一つ奥の部屋だ。いつその壁を突き破って入って来るやも分からぬ。ひとまず外へ出ることだな」

多聞は目をぱちぱちとさせて、「いいのかい？」と喜蔵に訊いてくる。何を指しての言葉か分からなかったが、それどころではない喜蔵は「よい。さっさと行け」と答えた。多聞はうーんと首を大きく傾げながら立ち上がって、いいのかな？　とまた呟く。

「俺はここにいた方が、あんた達にとっていいんじゃないか？」

多聞はさも親切そうに言ってきたが、喜蔵にはまったく意味の分からぬ言でしかない。あんたがいても役には立たぬ、と喜蔵は苛立ちを押し殺しながら言った。

「それとも、見かけによらず、祈禱師《きとうし》か拝み屋なのか？」

祈るのも祓うのも出来かねるな、と微笑《わら》った多聞は、部屋を出てゆったりと廊下を歩いていった。こんな時にもいつもの歩調で、流石に喜蔵もムッとしてしまったが、そんな場合ではないのでグッと堪えた。喜蔵が部屋を出て突き当たりの部屋の戸に手をかけた時、多聞が声を掛けてきた。

「明日店に伺うよ」

明日は店にいるか分からぬ――そう言おうと振り向いた時、多聞はすでにそこにはいなかった。ようやくことの大きさを察して、一目散に逃げ出したのかもしれぬ。喜蔵は気を取り直して突き当たりの戸に手をかけて横に引いたが、

（そういえば）

部屋に足を踏み入れようとした瞬間にふと考えが浮かんだ。

（『あんた達』と言ったが、何故俺が誰かといることが分かったのだろうか）

喜蔵の前に廊下を走り抜けた小春の忙しい足音を聞いていたからだろうか？　その考えが瞬時に頭から消え去ったのは、目の前で繰り広げられていた戦いのせいである。

戸を開けると、そこはまるで絵草子の中の世だった。手前にいるのは、見慣れた斑頭の子ども――小春。奥と横には、狸と蛇を足して人間の顔をつけたような、桃色と蜜柑色が

混ざり合った不可思議な怪や、若草色の細長い身体をうねらせた竜、躑躅色と菖蒲色のイボを持つ蝦蟇に、朱、翡翠、瑠璃、金茶などの鮮やかな色をした落武者生首など、これまで人々から話に聞いていた妖怪達が溢れかえっていた。十数いたが、そのうち数匹はしゅーしゅーしゅーという音を発している——小春がまた爪か牙で穴を空けたのだろう。

「いや、こわい……」

あどけない少女の悲鳴にならぬ悲鳴が聞こえたので、喜蔵はバッと声のする方向を見た。声は、部屋の右手前の三つの塊の一等下から発せられていた。男が妓を守るように覆いかぶさり、妓は少女を守るように抱き締めている。男と妓は頭を埋《うず》めていて見えなかったが、怖いと言いつつ子ども特有の好奇心で顔を出した少女と喜蔵は目が合った。

「あ……喜蔵さん……」

そう言ったのは、昼間会ったかむろの葉だった。すると、葉を抱き締めているのが葉の面倒をみている菊代なのだろう。その菊代を震えながらもきつく抱き締めているのは番頭か、客か——。

「……喜蔵って——喜蔵か!?」

かむろの呼んだ名に反応して顔を上げたのは、喜蔵のよく見知った男だった。今日小春と喜蔵の二人が散々捜し回っていた男——彦次である。

「な、何でお前がこんなところに……?」

繰り広げられている妖怪沙汰を忘れて、彦次は実にポカンとした顔をした。喜蔵も寸の間ぼうっとしかけたが、動揺することなく早足で彦次の許へすり足で走って行くと、彦次の襟首を摑み、妓から退《の》かせて横に薙《な》ぎ払った。

「いってぇー！　な、何すんだっ」

蛙《かえる》がひっくり返ったような形で壁にぶつかった彦次は、冷たく見下ろしてくる喜蔵を見て、うっと声を詰まらせた。喜蔵は彦次から目線を外すと、しゃがみ込んでがっしりとかむろを抱いたまま動かぬ菊代に話しかける。

「俺が戸のところまで支えて行くので、あんたはその子の手を放さずついてきてくれ。怖いというのならば、目を開けずともよい」

思いのほか優しい声音を出す相手にホッとしたのか、菊代はゆっくりと立ち上がると目をつむったまま喜蔵に守られるように戸のところまで歩いて行った。戸を開けて外に出ると、菊代はぱちりと目を開けた。どうせいつものように「ひぃっ」と悲鳴を上げられるのだろうと覚悟して事前に眉を顰めた喜蔵に、

「……どうもありがとうございます、喜蔵さん」

菊代はにっこりと笑った。平吉の言っていた作り笑顔ではない、柔らかな笑みだった。

「ありがとう、喜蔵さん」

妓と固く手を結び合っている葉が、空いている方の手を喜蔵に伸ばした。喜蔵も思わず伸ばしかけたものの、どうしてよいか分からずその手は宙で固まった。

「っわああ！」

彦次の情けない悲鳴が聞こえてきてハッと我に返った喜蔵は、心配そうな顔をして逃げるのを躊躇している菊代と葉に、「早く行け」と言うと、一人部屋の中へと戻って行った。

「――っ」

部屋の中へ入った途端、喜蔵の面前に紅梅色の大蛇がにゅうっと首を伸ばして厳しい顔を近づけてきた。喜蔵は思わず足を振り上げてその顔に蹴りを入れたが、ちょうど大蛇の大きな鼻の穴に突き刺さってしまい、抜けなくなってしまった。慌てたのは大蛇で、ブンブンと顔を上下に振って足を抜こうとしたが、鼻の穴と喜蔵の足の大きさがぴったり同じだったので、いくらやっても抜けぬ。喜蔵は喜蔵でどうしたものかと困ったが、上下に振られた時にその大蛇の顔に乗り上げて、今度は頬の柔らかそうな辺りを思い切り蹴飛ばした。すると、バリッとよい音が響き渡った。喜蔵が穴を空けた部分からしゅるしゅると空気が抜けて大蛇は一寸しぼみかけたが、悶《もだ》えながら今度は思い切り顔を左右に振り被って、喜蔵を撥《は》ね飛ばしたのである。

「いてぇっ！」

と喚いたのは、喜蔵――ではなく、喜蔵が落ちたところにたまたまいた彦次である。喜蔵は彦次のおかげでどこも打たなかったが、彦次は落ちてきた喜蔵の重みでうつ伏せに倒れ込んで、顔面を強打してしまったようだ。喜蔵は自分を吹っ飛ばした大蛇が屈み込んで弱々しく身体を揺らしているのを確認してから、真っ赤な顔をして起き上がった男前に、先ほど妓にかけた声音とは正反対に冷え冷えとした声で言った。

「お前でもたまには役に立つ」

「他人《ひと》の上に落っこちてきておいて、何っつう言い草だ……」

彦次が顔をさすりながら呆れた声を吐くと、喜蔵はその胸倉を摑んで怖い顔をした。

「目の前で暴れている者どもを止める手立てはないのか？」

「お、俺が知るか、そんなこと！」

彦次が叫んだ瞬間、喜蔵と彦次の近くの地から新たな妖怪が現れた。畳を突き破って出たのではなく、畳の上っ面から出てきたように見えたその怪は、深緑の皿を頭上に持ち、黒く固そうなおかっぱ頭をなびかせて鋭い目付きをしている。猫のような口元や緑色の身体、渋緑色の亀のような甲羅は見慣れたもので――。

「弥々子……」

喜蔵が呟くと、弥々子の形をした妖怪はニヤリと笑って喜蔵と彦次の許へ駆け出した。弥々子は非常に小柄で、背丈は喜蔵の半分くらいしかない。蹴飛ばすか殴るかすれば風穴が空くどころか頭が吹っ飛びそうだが――。

――あんたやっぱり似ているよ。

いつかそう言って微笑んだ弥々子の表情が喜蔵の脳裏に浮かんできてしまい、攻撃を繰り出すのを一寸躊躇してしまった。彦次は初めから怯え切って固まっている。二人の様子を見てますます笑いを深めた弥々子は、舌なめずりをしながら飛び掛かった。そして、二人の目の前に鮮やかな緑色が広がった。

「――なに、ぼうっとしてんだ！」

　幼い声音に叱責されたかと思うと、二人の目の前から緑色は消えていた。代わりに、斑模様の長い髪の毛をなびかせ、腰に手を当てた小春が喜蔵と彦次の前に立っていた。

「あんなのただの錦絵で紙切れだって言っていたのは、どこのどいつだよ！」

　小春は、壁に激突してぺしゃんこになった弥々子もどきを指差した。首も吹っ飛んでいないし風穴も空いていなかったが、よほど強く壁に叩きつけられたのかぐしゃぐしゃで、弥々子に見えていたのが不思議に思えた。後ろを見ると、同じようにぐしゃぐしゃになっているもの、風穴だらけで何が何だか分からぬもの、びりびりに破かれて屑紙同然になったものが点々と散らばっていた。いつの間にか、暴れていた妖怪は小春によってすべて退治されていたらしい。小春の伸びた爪先に視線を戻した喜蔵は、ふと思いついて言った。

「鬼火を出して燃やせば楽だっただろうに」

「馬鹿言え、家の中で炎なんぞ出せるか」

　岡を火の海にさせる気か、小春が呆れて言ったところに、彦次が慌てて口を挟んだ。

「なあ、今、元は錦絵って言ったな？……まさか、こいつらは俺が描いた画か⁉」

　小春と喜蔵が顔を見合わせて頷くと、彦次は顔を真っ青にさせた。

「な、何で……」

　それはこっちが訊きたい、と小春は相変わらず腰に手を当てながら言った。

「一体全体どうやって錦絵を妖怪にできたんだ？　誰かに頼まれたのか？」

彦次は寸の間絶句して答えなかったが、少し経ってから慌てて部屋の左奥――ちょうど妖怪達が大勢出てきた辺り――によたよたと走って行き、そこに置いてあった手行李をおっかなびっくり持って戻ってきた。一等手前にあった天狗の錦絵から赤い鼻が出始めたので、小春と喜蔵は慌ててふたを閉めたが、彦次は二人の手を無理矢理遮って、再びふたを開けた。

「おい、鼻以外も出てきちまったじゃねぇか！」

天狗の豊かな白い髪と黒い装束の首元まで紙から出てきてしまったので、小春は伸ばした爪で天狗の顔を突き破ろうとしたが、彦次は何故かその前に身を挺《てい》し、

「――これは俺の物だから、手出しすんな」

胸元まで出掛かった天狗の画を下からビリビリと破り出した。

「お、おい！」

彦次は、慌てた声を出した小春を見向きもせず、抵抗して頭突きして来る天狗にもめげず、鼻血を垂れ流しながら天狗の画を破り捨てた。それから彦次は、手行李の中に入っていた他の妖怪錦絵も同じように破り出した。十数の画からは足や尾や耳が出掛けていて、足を出して彦次を蹴飛ばしてくる者もいたが、彦次は少しも怯むことなくすべての画をすっかり原形が分からなくなるまで細かく破却した。小春と喜蔵は呆気に取られて彦次を見ていたものの、そのうち二人とも真面目な表情をして静かに見守っていた。

そうして彦次は錦絵をすべて破り捨てると、その場にへなへなとしゃがみ込んでしまっ

た。ぽたぽたと畳の上に落ちる血を見て、ようやく自分が鼻血を出していることに気づくと、ぐいっと手で鼻元をぬぐって、天井に顔を向けて鼻を抓んだ。

「……全部破るとは思わなんだ。まあ、大半ぶっ壊した俺が言う台詞じゃねぇが」

そう言って決まりが悪そうに頭を掻いた小春に視線を下ろして、

「お前は倒してくれただけだろ？　ぶっ壊して破り捨てたのは俺だ」

彦次はあっさりと言い切って、つうっと鼻から血を流した。喜蔵は懐から懐紙を出すと、ボスッと彦次に押し付けた。彦次は一寸驚いたような顔をして懐紙を受け取ると、細く千切り、丸めて鼻に詰め込んだ。しばらく沈黙が続いて、

「で、どうしてこうなった？」

と小春が切り出すと、彦次は困ったように唸って、首を回すように傾げた。

「どうしてこうなったかは皆目分からねぇが……思い当たるとすれば、あの絵具かな」

他人から貸してもらったものなんだが、と前置きして彦次は語り出した。

「ふた月前くらいだったか、俺はいつものようにこの店に出入りしていたんだ。その日はお葉に頼まれていた画を渡しに来ただけだったんだが、生憎お葉は菊代について客前に出ているっていうから、俺は画を店の者に預けて帰ろうとしたんだ。でも、外を歩き出したら番頭の平吉って男が俺を追いかけてきてさ……てっきりツケの催促かと思って、慌てて走って帰ろうとしたんだよ」

岡でまでツケをするな、と喜蔵は呆れ返った。

「いつもだったらそのまま逃がしてくれるのに、その日に限って追いかけてくるんでおかしいな、と思って立ち止まったら、平吉は息を切らしながらこう言ったんだ」

――てめ、何で逃げる。俺ぁ、あまり動かねぇ性質なんだから走らせんな……それより彦次、朗報だぜ。今お前の馴染みと飲んでいる奴がいるんだが、ここ最近毎日のようにウチに通ってきてくれている上客でな――そいつがお前に会いたいって言うんだ。何で？さっきお前が持ってきた画を、お葉がその男に見せたらしい。そうしたら、いたく気に入ったようでな。お前に何か仕事を頼みたいんだとよ。詳しい話はまだ聞いてねぇから、ちょっくらついてこい。

平吉に引きずられながら菊屋に戻った彦次は、雛菊の間へ入った。するとそこには、人好きのする笑みを浮かべた男が、両脇に菊代と葉を従えて彦次の描いた画を眺めていたのである。目を潤ませながら礼を言った葉は、彦次の描いた自分の画を胸に抱えていた。そこまではよかったものの、男が手に持っている画はここ最近描いた春画で、菊代が手に取ろうとしていたのは以前一寸だけ手を染めた風刺画である。男の前には春画や昔描いていた名所画や武将画まで広げてあったので、彦次は慌てて画の上に覆いかぶさるようにしてそれらを掻き集めた。

――な、何でこんなもん……!?

慌てふためく彦次に笑って、男はポンッと彦次の肩を叩いて言った。

――こんなもんじゃないさ、俺は昔からあんたの画が好きなんだ。

――昔からって、春画じゃねえ方は何年も前にいた師匠のところで描いた奴だぞ……何でこんなもん持ってんだ？

彦次はそわそわと落ち着かぬ様子で錦絵を抱き締めていたが、「だからあんたの画が好きだからさ」と男は彦次の手から錦絵をそっと取り返した。男に座るように促された彦次は、何が何だか分からぬまま座に着いた。初めはおどおどするしかなかったが、男は何とも話し上手で気安い。菊代も葉も男を好いているようで、他の客には見せぬような笑みを浮かべて楽しげにしていたので、彦次もすぐに気を許したのである。平吉と菊代と葉が退出した後も、男と彦次は和やかに酒を酌み交わしていたが、しばらく経って男はおもむろにこう切り出した。

――彦次さん、あんたの描いたお葉ちゃんの画すごく良いね。以前菊代の画も描いただろ？　菊代から見せてもらったことがあるんだが、あれもまたよかった。菊代はどちらかと言うと、いつも表情が暗いからね。あんなに満面の笑みで笑っている菊代の姿が見られて、俺まで幸せな心地になったよ。あんたはどうも、人間の本質が見抜ける男のようだ。目には見えぬ真実まで掬い取ってくれるから、妓達は皆あんたのことを好いているんだろうね。まあ、あんたのその男振りのせいもあるかもしれないが。

彦次が嬉しいやら気恥ずかしいやらで頬を掻いて笑うと、「でもなあ……」と男は水を差した。

――この妓達の画は良いのに、それに引きかえ他の画がなあ……。

——何か気になったか？

男の言い方が妙に引っかかったので、彦次は一寸前のめりになりながら訊いた。

——あんた女好きだろ？　女を綺麗に描いてやろうとする意志は伝わってくるし、それなりに艶《つや》っぽさもあるが、それだけだね。これを買う連中を意識し過ぎていやしないか？

——それは……そうだろ。春画は今じゃご法度だし、岡自体もご法度だ。だが、皆はわざわざここへ遊びに来ておまけに春画なんぞ買っていく。色事と自由に飢えている奴らばっかりなんだよ。そいつらが喜んでくれるような、綺麗な妓と色っぽく見える画でなけりゃあ意味がねぇじゃねえか。

——まあね……でも俺はこの画を見た時、上手いし美しい画だとは思ったが、遠慮しながら描いてるのが分かったよ。

遠慮など——していないと彦次は答えられなかった。男は更に名所画や役者画を手に取って指摘してくる。

——こちらの方は素晴らしく上手く描けた画だと思う。これだけ描ければ、客も一生あんたについてくるかもな。ただ、こちらは春画の方以上に「それだけ」という感じがする。

——何故そう思った？

——端的に言えば、つまらない。俺が見て、というよりも、これを描いている人間がきっとつまらなくてしようがないと思いつつ描いたのだろうと思った。どうだい？

いつの間にか正座していた彦次は、グッと膝の辺りに拳を握った。男の言に腹を立てたのではなく、図星だったからだ。

(つまらねぇ、つまらねぇ、つまらねぇ……)

彦次はそう思いつつ、師匠の下で画を描いていた。名所を描くのが嫌だったわけでも役者が嫌いで見たくもないというわけでもなかった。ただ、他人の真似をして、そっくりそのまま手本通りに画を描かねばならぬのが苦痛だったのだ。門下に入った最初の頃は、まだ楽しかった。人一倍、二倍三倍上達が早かったのだ。堪え性がなかったのが災いしなければ、今頃門を継いでいたと未だに周りから嘆かれるほどの才があった。彦次にだってそのくらいは分かっていたが、時が戻ったとして、あのまま大人しく、言われるままに諾々と画を描いていられたかと問われれば、すぐに否と答えるだろう。

(描きたくねぇもん描き続けて魂が死ぬよりは、どうしようもねぇ今の方がいい)

そう言い聞かせて妓を描いていたが、男はそれを「遠慮しながら、ただ綺麗に描いただけの画」と言い切ったのだ。彦次はドンと胸の奥を叩かれたような気がしてしまった。

(結局俺は逃げただけなのか？　描きたくねぇからってわざと破門されるような真似をして、晴れて自由になったと思ったら、結局は誰かの顔色窺って遠慮しながら描いている)

俺は一体何をしているんだ——思わずぽろっと本音を零してしまった彦次を、男はじぃっと見つめて言った。

——そこで、あんたに仕事を頼みたいんだが。

——そこで、がどこに掛かるのか分からねぇが……何だ？

否定しておきながら仕事を頼むのはどういう了見だ？　と彦次は訝しみながら訊ねた。

——俺はね、色々言ったが結局はあんたの画が好きなのさ。あんたにはもう一皮剝けてもらって、もっと良い画を描いて貰《もら》いたいんだ。だから、一寸俺の許へ来ないか？

——あんた、もしや絵師なのか？

自分の門下に入れという誘いなのだろうか。彦次は困惑の表情を浮かべたが、男は「違う違う」と顔の前で手を振った。

——俺はただの金持ちだ。自分で金持ちなんて言うなと思ったろう？　だが、実際金は余るほどある。その金を使って、良い買い物をするのが俺の趣味なんだ。

——俺の腕を買うと？

男は「得たり」とばかりにニッと笑うと、パンッといきなり大きな拍手を打った。彦次がビクッとしたのはその音の大きさだけではない。いつの間にやらずんぐりむっくりした男が男の後ろに手荷物を抱えて控えていたからだ。

——い、いつからそこに!?

彦次は思わず叫んでしまったが、ずんぐりむっくりとした男はニタリと笑うだけで何も答えてはくれなかった。男は荷物を渡すと、部屋の隅に置いてあった屛風《びょうぶ》の裏に入って行った。

——あ、あんなところに隠れていたのか……！

勘助《かんすけ》はいたずら好きなんだ、と言って、男は手荷物を彦次に差し出した。それは彦次の頭ほどの大きさの桐箱《きりばこ》で、中に絵具一式が入っていた。見たこともないような発色の良いものばかりで、彦次は夢中になって絵具を手に取っては眺めた。その様子を面白そうに眺めながら酒を呷っていた男は、しばらく経って「気に入ったか？」と彦次に訊いてきた。

——ああ……これは異国のものか？　こんなに鮮やかで美しい絵具は見たことねぇ。

——まあ、異国といえば異国だな。こちらの人間でこれを見たのは彦次さんだけだろう。あんたが気に入ったなら、使って欲しい。

——は？　か、借りていいのか!?

——ああ。ただし、俺の家から持ち出されるのは困るんだ。今日はあんたに見せるために特別に持ってきた。家に帰れば絵具はこれの倍あるよ。これを使うには独特の手入れが必要でね。出来るのは俺しかいないんだ。どうだ？　これからしばらく俺の家で仕事をしないか？　報酬は弾むし、衣食住の心配はいらない。

確かにまるで悪い話ではない。だから逆に怪しく思えてしまった彦次は、男に疑いの眼差しを向けながら問うた。

——何を描けばいいんだ？

何かとてつもない、もしかすると春画よりも違法なものを描けと言われるかもしれぬ。

——あんたの描きたいものなら何でもいい。

——何でも……？

存外な答えが返ってきたので、彦次はまた疑わしく思った。けれど、それ以上に困ってしまった。

(俺の描きたいもの……俺は何が描きたい？)

好きなものを描きたいといつも願っていたはずなのに、いざ描いていいと言われたらすぐに浮かんでこなかったのである。俯いて黙する彦次に、男は諭すように言った。

――例えば、心の中に深く残っているものを描いたらどうだ？　得体が知れぬがつい惹きつけられてしまうような――そんな不思議な存在があんたの中にはないか？

男の流麗な声使いを聞いているうち、吸い込まれるように彦次は男の目を見ていた。横に広い瞼《まぶた》の中は黒目勝ちだが、どこか青みを帯びているようにも見える。何とはなしに神聖なもののように思えて、目を逸らしてはいけぬような気がしたのだ。

――深く心に残っているもの……あるにはあるが、あんなもん描いても誰も喜ばねぇよ。

――たとえ世が求めているものを描いても、嫌々描くなら意味はない。たとえ世が求めていなくとも、誠心誠意魂を込めて描けるのならば、それこそ本当に意味があることだ。

――意味……？

彦次は、これまでそんなことを考えて画を描いたことはない。仕事なのだから、そこに余計なものを差し込んではいけぬような気がしていたのだ。心の中では（つまらねぇ）と思っていても、仕事だからと諦めてきた。誰かに零したこともあったが、誰もが諦めろと言うだけだったのだ。けれど、男はまるで正反対のことを彦次に言った。

――別段それを強情に言うわけじゃないが、俺の仕事を受ける時はそうして欲しい。何せ、俺はあんたの画が好きなんだ。一等良いものを見たいと思うのが人情じゃないか。

男の屈託のない言い方に、彦次はいつの間にか頷いていていたのである――。

「はいはい、今回もまた絆されちまったわけね」

黙って聞いていた小春は、棒読みでそう言った。何だその言い方は、と不貞腐《ふてくさ》れた声を上げた彦次は、ふいに喜蔵に顔を向けた。

「いつだったかお前ん家《ち》に行ったろ？　あの後すぐにそいつの家に行ったんだ」

男の言った通り、彦次には衣食住の提供があり、報酬も弾まれた。画を描く以外は何もしなくて良かったし、男が部屋に顔を出した時には男の金で酒宴になった。三度の飯は美味いし、風呂も大きくて気持ちが良い。おまけに、身の回りの世話は使用人らしい細目細身の男が何でも請け負ってくれて、九尺二間の狭い我が家とは大違いの待遇だった。外出は出来なかったものの、屋敷の中にいれば充分ことは足りたし、思わずホッと息抜きの出来る人物もいた。男の何に当たるのか知らぬが、時折彦次の仮住まいに女の子が訪れたのだ。年の頃八つくらいの、可愛い盛りの女の子だった。おはじきやお手玉などで遊んでやると大層喜んだので、彦次は結構相手をしてやっていたのである。

「毎日毎日好き勝手な画ばっか描いて、美味い飯食わせてもらって、酒も飲ませてもらえる。可愛い女の子までいるんだから、お前にとっちゃあ確かにすこぶる良い話だな」

良すぎて不審だ、と喜蔵は眉を顰めた。

「そんな待遇を受けて、何か裏があるとは考えなかったのか？」

「初めは俺だって、そんな上手い話なんてねぇだろと思っていたけれど……」

その絵具を使って画を描いているとよほど楽しくて、いつの間にか他のことなど何も考えなくなってしまったのだという。そういや、と小春はふと思い出して首を傾げた。

「何故お前は妖怪画を描こうと思ったんだ？　その男に命じられたのか？」

「いいや……『心の中に深く残っているものを描いたらどうだ？』というから、言われた通りにはしたが、妖怪を描けなんてことは一言も命じられなかった」

「お前、ものすごく怖がりじゃゃねぇか。妖怪嫌いを克服しようと思って描いたのか？」

彦次は黙り込んで、懐から一枚の半紙を出した。そこには墨で真っ黒に焦げ縮んだ蜥蜴《とかげ》のような妖怪——蟲《むし》——の画が描かれていた。しばし沈黙が続いた後、

「……茅野《かやの》か」

喜蔵がぽつりと呟いた。茅野というのは以前彦次に取り憑いていた蟲で、自分を操る主の命に背き、彦次の命を助けた妖怪である。彦次は自分が殺されそうになったにも拘らず、茅野のことを未だに案じていたのだ。お人好しにもほどがある、と小春と喜蔵は嫌な顔をしたが、彦次はブンブンと首を振った。

「そうじゃねぇよ。俺は妖怪とか幽霊とか恐ろしいことが昔から苦手だった。怪談聞いたらひと月はその話に怯えていたし、妙なもんに遭うんじゃねぇかと思ったら、夜に厠にも行けなくなっちまった。今でも恐ろしくてたまらねぇんだ」

だがな、と彦次は一度言葉を区切り、一寸迷ってから小さく続けた。

「……何でかな？　見たくねぇと思いつつ、結局はそっちに目を向けちまうんだ。目をふさいだ手の指の隙間から覗き見るだけじゃ飽きたらず、それが何なのか正体を知りたくなる。怖くてたまらねぇが、本当は気になって仕方がねぇんだ」

物好きな、と喜蔵は更に嫌な顔をしたが、小春は存外冷めた声音でこう言った。

「あちらの世に関心があるのは、何も彦次だけじゃねぇよ。あまり深入りするのはお勧めしないがな」

小春の言葉をゆっくりと嚙みしめるように飲み込んだ彦次は、ひとつ頷いた。

「俺はただ画に残すだけだ、と思って描いていたんだが、いつの間にか深入りしていたのかもしれねぇな……だから変なもん作っちまった」

「……ま、上手い話には裏があるっていうのはどの世でも真実だろうな」

彦次は何とも言い難い顔をして、本当にあの男が俺を騙して妖怪を町に放っていたのか？　と今更なことを小春に問うた。

「その男が関わっていないわけねぇだろ。絵具を貸す条件は、家から持ち出さぬこと、特別な手入れがいるから自分ではやらぬことだったな？　家から出さぬのはお前を外に出さぬためで、絵具の手入れは画に描かれた妖怪を現世《うつしよ》に放つ法をなすためじゃねえか」

小春の言を神妙に聞いていた彦次だったが、そのまましばらく考え込んで、俺にはどうも信じられぬと呟いた。喜蔵は、小春のこめかみの筋がひくりと動いたのを見た。

「あれで本当に俺を騙していたとしたら相当な悪人だ……だって、騙した後ろめたさなんて丸っきりなかったぞ？　普通は一寸でも悪く思って顔に出すか、気まずくてよそよそしくなるか、馬鹿な奴だなと嘲笑を浮かべるか、何かしら変化はあるだろ？　でも、そういうものがまったくなかったんだよ」

お前が馬鹿だから気づかなかっただけだ、と喜蔵はさらりと言う。

「俺は存外そういうのに敏感なんだ！　ともかく、あいつがもし俺を騙していたとしても、悪いだなんて思っていない人間だ」

「本当に人間だったのか？　人間の振りをした妖怪だったんじゃないか？」

小春は常より一寸低い声音で訊ねたが、彦次ははっきりと首を振る。そして、妖気はまるで感じなかったと言い張った。

「お前の世話をしていた男や、遊びに来ていた娘は？」

「……少し。いや、少しだけだぞ!?　ほら、たまに人間でも何か妖怪っぽい気配のする奴いるじゃねぇか。どっぷり闇につかっちまったような……男も娘も一寸そんな気配がするなと思うことも多少はあったけれど……」

あいつらは多分人間だよ、と彦次は慌てて言い直した。

「部屋中に絵具の臭いが充満していて、鼻が利かなくなっていたんじゃねぇか？」

彦次は思い当たる節があるのか、ウッと詰まったきり何も言わなかった。

「まあ、その娘や下男のことはいい。俺はとにかくその男の居場所が知りたいんだ」

さっさと吐け、と小春は彦次にズイッと迫った。

「そ、そんな怖い顔すんなよ……ええっとな……あれ？」

彦次はしばし、うーあーと不明瞭な言葉を吐いた後、忘れちまったとぽろっと答えた。

「は？」

「この期に及んで庇い立てをする気か？」

ぽかんとする小春と、怖い顔をする喜蔵に、彦次は困惑げな表情をして頭《かぶり》を振る。

「ち、違う……本当に忘れちまったんだ。というか、覚えてねえ……」

何が覚えてないだすっとこどっこい！　と小春は彦次の肩を揺すった。

「こっちは仕事で来てんだ。さっさと思い出してくれなきゃ始まらねぇんだよ！」

「仕事？　仕事って何の？」

ぐわんぐわんと激しく揺すられながら彦次は訊く。

「鬼の仕事に決まってんだろ！　さあ、とっとと思い出せっ！」

ゆっさゆっさ揺すられても、彦次は何も思い出さなかった。諦めた小春が彦次をポイッとその辺に投げ捨てた時、スラリと襖が開いた。そこから恐る恐る顔を覗かせたのは、平吉だった。部屋全体を見て妖怪がいないのを確認すると、平吉は慌てて小春達のそばにやって来た。

「お、おい大丈夫か!?……わ、彦次！　お前、額と鼻から血が垂れているぞっ」

平吉は屈み込んで、彦次の身体をつんつんと人差し指でつついた。

「死体をつっつくように触んな！　俺はちゃんと生きている」

「そうか。生きているんなら問題ねぇわな」

　これが問題ない状態なら何の問題もねぇな、と彦次は諦め切った声音を出した。平吉は彦次の身を起こしてやりながら、小春と喜蔵をじっくりと眺めた。

「お二人さんには怪我はないようだな？　よしよし。あ、彦次。お前のお連れさんは？」

　何の話だ？　と首を傾げたのは、小春と喜蔵だけでなく、問われた本人彦次もである。

「何とぼけたこと抜かしてんだ。お前、あの人と一緒にここに来たじゃねえか」

「何言ってんだはこっちの台詞だ。俺は一人で来ただろ？」

　お前はどんだけ惚けてんだ、と呆れた目線で彦次を見た平吉は、座の中央に置き去りにされていた、壊れかけた配膳を顎でしゃくった。

「お前とあの人のと二人分あるじゃねぇか。一緒にここへ来て、一緒に飯食ったろ」

「……あ！」

（今思い出した）という顔をした彦次の頭をはたいた小春は、平吉ににじり寄った。

「そいつ、外へ出て行かなかったのか!?」

「え？　出てない……と思うが、よく分からん。何しろ外は大変な騒ぎだったからな」

　喜蔵は窓に寄っていって下を覗き込んだが、

「あ、今例の化け物が顔を出したぞっ」

と野次馬《やじうま》に指を差されながら叫ばれて、パッと顔を引っ込めた。

「……えっと、何だっけ？……そうそう、あの人って彦次に仕事を頼んだ男だろ？」

「あ、ああ。あの、いつも笑っている感じの良い金持ちの……」

笑いを堪えつつ言い合う小春達を喜蔵はギロリと睨んだが、

「あの人は化け物じゃない。顔は怖いが、良い男だよ」

と再び誰かが叫んだので、思わず再び下を眺めた。聞き覚えのある美しい声は、気のせいではなかった。下で喜蔵に手を振った男は、よく知った顔である。その瞬間、喜蔵の身体の中にびゅっと雷が走ったのだ――。

「――あいつだ」

喜蔵は低い声音で言うと、そのまま外へ走り出していった。残された小春達は喜蔵の挙動に面食らったが、ただごとではないと感じ取ってすぐに後を追った。喜蔵が店外に出た時には、男の姿はすでになかった。店前に出来た人だかりは、にわかに走り出てきた喜蔵に大層驚いていたが、男が叫んだおかげか、喜蔵を妖怪だと怖がる人間はいなかった。店外に出てきた小春達が問うような視線を寄越したので、喜蔵は平吉に問い掛けた。

「彦次と一緒に来た男は、割合小柄か？　髪を耳の後ろ辺りでくくっていて、いつも着流しで派手な格好を好んでしている。顔立ちは普通だが良い声をしていて、気さくで常に微笑を浮かべている、齢三十ほどの男ではないか？」

おお、と平吉は仰天したように小さく声を上げた。

「あんたが今言った通りの男だよ！　それだそれ」

そのまんまだな、と彦次も呆気に取られたように頷く。何でお前が知ってんだ？　と怪訝そうな表情をした小春に、喜蔵はふうっと溜息をついた。

「――騒ぎを聞きつけてここへ来た時、雛菊の間の一つ手前の部屋にいた」

「なにっ!?」

小春と彦次と平吉が揃って声を上げると、散じ始めていた野次馬が再び集まり出した。

「今も上か!?」

戻ろうとした小春の袖を摑んで、喜蔵は首を振る。

「今さっき下にいたのを見たから降りてきたのだが、すでに去ったようだ」

小春は大きな目を更に見開いて辺りを見回したが、喜蔵が表現した男の様子をした者はついぞ見つけられなかった。

「なあ、あんたら上にいたんだろ？　何があった？　化け物が出たとか聞いたんだが」

「そうそう、兄《あん》ちゃん達教えてくれよ」

話の切れ目につけ込んだ野次馬達が一斉に小春達を囲んで問い質し出したので、三人は身動きが取れなくなった。そこで助け舟を出してくれたのは、平吉だった。

「旦那《だんな》方、その人らはただの客です。実は一寸した余興をやっていましてね。その名も『遅れてきたよ、鬼やらい』。ま、要は節分の催しです。くじで負けたこのお三方が化け物役、襲われたかむろを助ける化け物退治の士が姐さん方という役回りで……どうです、旦那方。一寸うちへ寄っていかれては？　まだまだ余興は続きますぜ」

口から出任せを言いながら、小春達に視線をやった平吉は、（行け）と声を出さずに口元を動かした。平吉の厚意に甘え、小春と喜蔵、それに彦次の三人は、岡場所から彦次の長屋に場所を移して話を続けることにした。

三人は暗黙の了解で、彦次の長屋までの道程数分間は黙って足を速めるばかりだった。しかし、長屋の前に着いた途端、彦次は「ひぃっ」と声を上げた。

「な、なんじゃこりゃあ!?　物盗りか!?」

小春と喜蔵は顔を見合わせた。小春が散らかした衣類や錦絵は喜蔵によって片付けられていたが、喜蔵が蹴破って無理矢理中へ入り込んだせいで、戸は四片に割れていたのだ。彦次はわあわあと喚いていたが、小春と喜蔵が少しも顔色を変えず長屋の中に入って行ったので、ぴたりと喚くのをやめた。

「……もしや、お前らか？」

以前も二人に部屋を荒らされたことのある彦次は、ピンと来たらしい。

「悪い悪い」

片手を挙げて謝ってくる大小二人のちっとも悪びれない姿に、彦次はがくりと肩を落としながら長屋の中へとぼとぼと入ってきた。何を言っても無駄だとすっかり悟ったらしい。彦次にとってはひと月半振りの我が家だが、小春は家主が帰ってきたというのに我が物顔で、先ほど勝手に漁った箱を開けて彦次に差し出した。彦次は墨で描かれた妖怪画を手に取ると、ふうっと疲れ切ったような息を吐く。

「こうやって普通に描いていれば、化けて出ることもなかったのにな」

「破り捨てて惜しくなったか？」

いや、と彦次は首を振る。

「あいつが仕向けたと言っても、描いたのは俺だからな。俺の画で化け物作って、他人様に迷惑掛けたんだ。あんなもん、破って当然だ」

開き直ると妙に男らしいくせに、いつも男らしいままでいられぬのが彦次だと小春は思った。彦次は黙り込んでいた喜蔵の顔を覗き込んで、「喜蔵？」と名を呼んだ。

「お前、顔色悪いが大丈夫か？」

「お前は鼻と額から血を出しているが大丈夫か」

誤魔化すな、と彦次はビッと喜蔵の顔の前に指を差し向けた。

「お前はそうやってすぐに茶化して話をはぐらかすが、何か引っかかっているんだろ？何が引っかかってんだ？　さっきの話か？」

そうだ、と小春はポンと膝を打った。

「話が途中だったんだ。一つ手前の部屋に、彦次を屋敷に招いて妖怪を作らせていた男がいたって言っていたんだよな？　そいつ、お前の知り合いなのか？」

黙り込んでいる喜蔵を、小春と彦次は注視した。しばらくして、喜蔵は観念したかのように話し出した。

「何度かうちの店で道具を買っている、多聞という男だ。共に飯を食ったこともある」

「ええ……お前に友なんていたのか!?」

心底驚いて大仰に仰け反った彦次の足は、喜蔵にゲシッと蹴っ飛ばされた。小春はうーんと首を傾げ、あっと声を出した。

「そいつ、牛鍋屋で出会ったとかいう男か？　皆をとりこにしたっていう、あの噂の？」

小春が息急きながら言うと、喜蔵は苦虫を嚙み潰したような顔をした。小春はしばし喜蔵を見つめた後、天井を仰いで嘆いた。

「ああ、どこまで哀れな奴なんだ――初めて出来た友が人外だったなんて！」

初めてではない、と拗ねたような顔をする喜蔵に、彦次は腕組みをしながら頷く。

「そうだよな。喜蔵の初めての友は俺だものな」

「お前など友でも何でもない。ただの近所に住んでいた同じ歳の餓鬼だ」

よどみなくそう言い放った喜蔵に、彦次は絶句した。

「ま、でも大分見えてきたな。そいつが裏で糸を引いていたわけか」

導き出された答えはそれしかなかったが、喜蔵と彦次は頷かなかった。何だよその面は、と不服そうな声を出す小春に、彦次はおずおずと言い返した。

「でも……俺にはどうもあんな良い奴が裏で何かしていたとは思えねぇんだよ。それに、あいつは絶対妖怪じゃない。臭いも気配もまるでしなかった」

「人柄を考慮した発言はまるで当てにならねぇが、後者は気になる。お前みたいな妖気に敏感な奴が何も感じぬというなら、そいつは本当に妖気がない奴だったんだろうな」

お前は感じたか？　と小春は喜蔵に水を差し向けた。喜蔵は彦次ほど妖気に敏感ではない。けれど、日々店に居ついた妖怪達に囲まれているので、同じような気配を感じたら一寸くらいは気づくはずである。多聞から一度たりともそういう気を感じたことのない喜蔵は、ないな、とはっきりと答えた。

「ちなみに、店にいた妖怪達も、あの男から妖気は感じぬと言っていた」

頷いた小春は腕組みをしながら眉根を寄せて、ぐうっと口の下に力を込めた表情をした。小春の明るい目の奥に段々と暗い光が宿っていくことに、喜蔵は気がついていた。

「何で人間がこんな真似したんだろうな？」

彦次が漏らした言葉に、小春は静かに首を振った。

「人間の仕業じゃないからだ」

「あの男の裏で誰かが更に糸を引いていると？」

違う、と小春は真正面を見据えた。そこには誰もいないが、誰かを睨んでいるように見えた。

「……俺は半年前に一度だけ妖気のない妖怪を見たことがある。見た目は普通の人間の男で妖気もなかったが、あれは妖怪だった。凄まじい威圧感を感じたし、目の前で変化もしたからな。俺はそいつの声を聞いているうちに言い返せなくなって、そいつの身体中にある瞳を見たら見動きが取れなくなったんだ」

小春は半年前のことを思い出していた。夜行から落ちてしまった上に人間と馴れ合って生きていていいのかと悩んでいた頃である。小春は、町中でふいに声を掛けられたのだ。

――えらいねぇ。

言葉とは裏腹に小春を馬鹿にし切った声は、思わず身体がすくんで動けなくなるほどの凄まじい妖気に満ちていた。しかし、その声の先を追うと、相手はなんと人間だったのだ。

――野良猫飼い猫化け猫に鬼――そして、お前はまた人に飼われている。今度こそ首を取るためかい？　夜行から落ちたのも、帰る場所が分からぬのも、一体誰のせいだ？

男はそう言うと、笑みを浮かべながら、腕にぎょろりと無数の目を浮かび上がらせた。小春はその目の発する力にとらわれてしまい、微動だに出来なくなったのである。

――みっともない。せっかく化けたというのに――お前、妖怪失格だ。

そんな風に蔑まれても、小春は一言も言い返せなかった。混乱と恐怖が身体を駆け巡っていたからだろう。小春はあちらの世に帰ってから、その男のことを皆に聞いてまわった。小春は半年前からずっと、その男のことが胸につかえていたのである。喜蔵や彦次の話を聞くにつれ、（あいつだ……）と小春が確信したのはそういうわけだった。

百目鬼《どうめき》という鬼だ、と小春は言った。百目鬼というのは、身体中に無数の目が付いている妖怪である。身体中の目が開くと、その目を見てしまった者に幻を見せることが出来るのだ。普段は人間と変わらぬ見た目をしているものの、その時でさえ百目鬼の二つの目は人心を操ることが出来るのだと言われている。

「……奴の身体に目など付いていなかったが」

　喜蔵が零すと、彦次は何度も同意の頷きを寄越した。

「普段はその目は閉じられたままだ。それに、開いたとしても着物着てりゃあ人間には分からねえよ。百目鬼の目は首より下に付いているから、普通にしてりゃあ身体中の目が開きっぱなしでも見えやしないだろうな」

　そう言われてしまうと、喜蔵も彦次も反論のしようがなかった。

「くま坂へ来る女達が皆奴に夢中になっておかっぱ頭になったのも、平吉が客の素性を、彦次が奴の屋敷を覚えていないのも、すべて奴が人心を操っていたせいだろう」

　小春の話を聞くにつれ、喜蔵は多聞とのやりとりを思い出し始めた。確かに、多聞はいつも相手に有無を言わせぬ強引さがあった。付喪神の憑いた古道具を売ってくれと言われた時も、断ろうと思っていたのに多聞の目を見たら何も言えなくなったのだ。

（あれは奴の妖力だったのか……）

　そう考えると得心のいくところが多かったが、それ以上に胸がずきりと痛んだ。理由があって自分に近づいてきたのだとどこかしらで疑う気持ちもあったが、多聞のあまりの自然な親しみ方に喜蔵は何だかんだ言いつつ絆されていたのだ。それは彦次も同じようで、小春の台詞に心当たりのある表情をしながら、心の芯《しん》からは納得しかねるような色を浮かべていた。二人のはっきりとしない様子を見てガバッと起き上がった小春は、中腰になって、先ほどの彦次のようにピッと人差し指を二人の顔の前に突き出した。

「お前らはどうも甘っちょろくていかん！　気を抜いているところを、ぺろりと喰われちまっても知らないからなっ」

百目鬼は人喰い鬼なのか？　と問うた喜蔵に、小春は斜めに首を傾けた。

「百目鬼のことはよく分からん……あいつはどうも謎《なぞ》の多い妖怪でな」

小春は、以前百目鬼を見掛けた後にあちらの者達に話を聞いて回ったのだが、その時も百目鬼のことを詳しく知っている者はいなかったのだという。元々あの目があったと言う者もいれば、最初は顔の二つの目しかなかったと言う者もいたらしい。妖を喰うとか、人喰いだとかいう証言も数多く得られたが、真相は定かではない。

「しかし、もし人喰いなら何で俺は喰われなかった？　ひと月半同じ屋根の下にいたんだぜ。喰おうと思えばいつだって喰えたじゃねぇか」

彦次のもっともらしい疑問に、知らねぇよと小春はヘンッと鼻を鳴らした。

「彦次には妖怪画を描かせたかっただけで元々喰う気はなかったか、喰う気だったがやめたのか」

小春の言い振りは百目鬼を人喰い鬼にしたいように聞こえるので、喜蔵と彦次は思わず顔を見合わせた。仏頂面の小春は、立ったまま貧乏揺すりをしている。珍しく、随分と苛々が募っている様子だった。

「……奴が俺にその妖怪画を描かせたかったという理由があるのかもしれねぇが、喜蔵には何で近づいたんだ？」

恐る恐る問うた彦次に小さく答えたのは、喜蔵だった。

「古道具だろう――」

言ってから、喜蔵はまたハッとしたように青褪めた。

「普通に古道具が欲しかった？　だったらそれこそまどろっこしいことなどせず、真正面からただの客として来るだろ。あんなに金持っているんだし」

小春のまっとうすぎる指摘を受けて、喜蔵はまた口を噤《つぐ》む。常と違う喜蔵の様子に彦次は首を傾げたが、

（こいつはまた何か思い出したんだな。しかも、嫌なことを）

小春は鋭く察知して、言を促すように喜蔵を鋭く注視した。それから少し経って、小春の視線から逃れられぬと悟った喜蔵は、諦めたようにぞんざいに言い放った。

「意図は知らぬが、奴の狙いはただの古道具ではない。付喪神の宿った古道具だけだ」

喜蔵の言葉に彦次がパッと横を見ると、小春はもう眉を険しく顰めていた。

「そいつは、付喪神が宿った古道具だけ買って行ったのか？」

確認されて、喜蔵はこくりと顎を引いた。俯いて小刻みに震えだした小春は、

「……あーもうっ！　何でそういう肝心なこと……術に掛かって今まで忘れていたのならば仕方がないが……もしそうじゃなかったら、後で針千本飲ませてやるからな！」

顔を上げると、ぎゃんぎゃんと子犬のように吠《ほ》え立てた。忘れていたのか、忘れさせられていたのか、皆目分からぬ話だ。そのため小春は怒るに怒れず、うがあっと最後に唸っ

たのである。彦次は小春を宥めようと四苦八苦していたが、喜蔵は顔色も変えずに端正な姿勢で胡坐を掻いたまま、黙って壁を見ているだけだった。少し興奮の収まった小春は、いささか険の強い目で喜蔵を見下ろした。

「付喪神の宿った道具を、これまで奴にどれくらい売った？」

八体だ、とよどみなく答えた喜蔵は、その内訳もスラスラと話した。面白くなさそうな顔で腕組みをしながら聞いていた小春に、すっかり話し切った喜蔵は低く問うた。

「……一体何のためにそんな真似をしている？」

小春に訊いても分からぬ問いだろう。けれど、喜蔵はどうしても訊きたかったのだ。理由があれば許すわけではないが、せめて得心のいくような理由が欲しかった。

「仲間増やすのが趣味なんじゃねぇの？」

やけくそのように鼻を鳴らして答えた小春に、ぽつりと零したのは彦次である。

「……付喪神達が関わっているかは分からねぇが、巷に出回っていた妖怪は俺のせいだよな」

いきなり何だよ、と苛立った声音を出しかけた小春は、彦次の顔を見て思わず怒りの表情をフッと緩めた。彦次の顔は、いつの間にやら紙のように白くなっていたのである。

「冷静になってくるうちに、ふと怖くなってな……俺のせいでさっきみたいな事態を他でも招いていたとしたら……」

頭を抱えて煩悶する彦次に、小春は今までとは打って変わって気軽な声音を出した。

「……そんなもん気にすんな。お前は馬鹿だからまんまと利用されていただけだ。それに、利用されたのがお前で良かったと俺は思うぞ！」

訝しむような顔を上げた彦次に、小春はにんまりと笑う。

「確かにお前の作った妖怪は町中を騒がせていたが、大したことなかった。普通だったら危害が加えられそうなものだが、お前が情けなくて意気地がなくて女好きなおかげで誰も怪我一つしなかったんだもの」

「皆無事だったのか？」

小春のひどい言い草は気にならぬのか、ホッとしたように言う彦次に、小春は頷いた。

「皆、拍子抜けしていたぞ。『あんなに情けない妖怪なら、別段いつ会ったって何も怖くないわ』と言っていた女もいたくらいだし」

「そんなに情けなかったのか？　俺とは大違いじゃねぇか」

お前そのものだろ、と彦次を小突いた小春は、すっかり平静を持ち直したようだった。その証拠に、「お前も気にすんなよ」と喜蔵を気遣うような台詞を吐いた。彦次が己を責めたことで、喜蔵もまた顔色を悪くしていたからだ。もっとも、普段と然程変わらぬほどの変化だったが、小春は見逃さなかった。

「別段お前のせいでもない。操られていなかったらあいつらを売ってなかっただろうし、そもそもお前は古道具屋なのだから、商品を売るのが当たり前だろ？　奴が付喪神を何に使ったのか知らぬが、売った商品のことをいちいち気にする必要はない。お前はただ古道具を売っただけだ」

　問題はお前の健忘症だな、と小春は最後を茶化して言った。彦次もうんうん、と何度も頷いて喜蔵を慰めるような真似をしてきたので、喜蔵は意地を張ることが出来ず、本音を漏らした。

「……そう簡単に割り切れるものではない」

　喜蔵の呻きに近い声音に、小春は嘆息を吐いた。喜蔵や彦次はきっと、小春がいくら「気にするな」といったところでずっと気にするのだろう。そうなってしまったのだから仕方がない、と割り切れぬのが人間である。喜蔵も彦次も表情を曇らせたまま、柄にもなく悩んでいるような顔をしている。人間っぽいとはいえ、正真正銘の妖怪である小春はあっさりと事態を受け入れて、陰鬱な空気を断ち切るようにパンッと一つ手を叩いた。

「俺はやはり一旦あちらへ帰る。誰か一人くらい、百目鬼の居場所を知っている奴がいるかもしれぬからな」

　草履を突っ掛けて彦次の家から出て行く小春の後に喜蔵も彦次も続いたが、小春はピタッと足を止めると、そのままひょいっと飛び上がった。姿が見えなくなったので喜蔵と彦次がキョロキョロと辺りを見回していると、

「明晩までには戻る」

　小春は割り長屋の屋根の上にいて、二人を見下ろしていた。ふふんと意地悪く笑った小春は、それから一寸真面目な表情を作って喜蔵に言う。

「明日は店を閉じて、どこかへ行っていろ。彦次の家でもいいし、深雪のところでも綾子のところでもいい。どうしても家にいるというなら、しっかり戸締まりをして、誰が来ても決して家の中へは入れるなよ」

「……心配など無用だ」

自惚《うぬぼ》れんな、と小春はハンッと笑った。

「お前の心配じゃなく、付喪神達の心配をしたんだよ。馬鹿な店主に売り飛ばされちゃあ可哀相だからな」

そう言うと、小春はフッとどこかへ消えた。あっという間の出来事だったので、残された二人はぼんやりとしてしまって、何の感情も浮かんでくる間がなかった。しばらくして俺の家に泊まるか？　と彦次は提案してきた。

「誰がこんなボロ家に泊まるか」

相変わらず冷たく言い放った喜蔵は、彦次の長屋とは反対へ歩き出した。

後をついてくる彦次を無視して喜蔵は足を速めたが、結局彦次は喜蔵の家までついてきた。

「だから、ボロ家にしたのはどこのどいつだよ」

て、押し問答と暴力の末――といっても、振るったのは喜蔵一人だが――彦次は喜蔵の家に泊まった。彦次がこうして喜蔵の家に泊まったのは、実に十年振りのことである。彦次は嬉しがり、喜蔵は嫌がり、喧騒が起こるかというところだったが、この日の二人は互いに口数が少なく、大人しかった。喧嘩する元気がない二人は、飯もそこそこに早々と就寝することになったのである。

　小春の布団に勝手に入った彦次は、寝際に小さく呟いた。

「俺、本当に駄目な奴だな……」

　何を今更、と喜蔵は鼻を鳴らしたが、彦次は沈黙している。つむっていた目を開けた喜蔵は、距離の空いた隣の彦次を横目でしばらく眺めていたが、暗闇の中で背を向けている彦次の顔色はまるで窺えなかった。先ほどの言葉は寝言と思うことにして、喜蔵はまた目を閉じた。それより少し経った頃、彦次はぽつりぽつりと漏らし始めたのである。

「俺はさ、昔から何をやっても駄目だったけれど、画を描くことだけは好きだったんだ。迷うことなく、これだ！　と思えていた。何があってもこれだけは揺るがないってな……でも、門下に入った途端に分からなくなっちまった。画が上達していくことが、嬉しいよりも怖くなったんだ……俺がずっと好きだったものは本当にこれだったのか？　と描くたびに疑うようになっちまって、段々訳が分からなくなっていったんだ。気を紛らわせようと女に走って、あとはご存じの通りだ」

　情けねぇ、と彦次は消え入るような声音で言った。

「俺は何であの時逃げちまったんだろ……逃げてなけりゃあ、母親も兄貴もあの娘も……お前も傷つけなくて済んだのに」

「……」

　彦次は一見すると調子がよくて、軽々しくて、何も考えていないような男に思える。けれど、本質はそうではない。画に対する思いは真摯《しんし》でまっすぐであるし、そのための努力を怠ることはない。優柔不断で及び腰のところはあるものの、己の非を素直に認めて悔いる素直さや、他人を心配する優しさを持っていた。

「これからは、もっと強く生きなきゃな……」

（何も、強がっていることが強さではないだろうに）

そのまま伝えることの出来ぬ喜蔵は、五分くらいしてからやっと小声を出した。

「……馬鹿は馬鹿のままでよい」

彦次は思わず一寸だけ身体を起こしかけて喜蔵を見たが、喜蔵はすでにすやすやと寝息を立てていた。彦次はフッと顔を歪めるように笑うと、布団に潜り込んで目をつむった。

＊

翌朝、喜蔵はいつも通り目覚めた。彦次はよほど疲れているのか、午過ぎになっても起きてこず、喜蔵は一人で朝と昼を食べた。一応は小春の言うことを聞いて店を閉めていたものの、休みだからとてすることもない。結局道具の修繕をしたり、店の中の掃除をして過ごした。店の中の古道具は毎日拭《ふ》いていたが、この日は時間があるのでひとつひとつ丁寧に磨き上げることにした。古道具を磨いているうちに分かったのは、店の中には付喪神の宿った古道具があと六つあるということだ。昼間なので本性を現す者はいなかったが、喜蔵を茶化したり文句を言ったりと、皆よく喋った。くすぐったいと身をよじる者もいれば、もっとぴかぴかに磨けと命じてくる者もいて、一見いつもと変わらぬ賑やかな光景だったが、ある付喪神だけは一言も喋らなかった——硯の精だ。

——もう見なくていい。

——分かった。

あの時以来、硯の精は喜蔵の前に一度も本性を現さなくなっていた。初めは拗ねているのだと思っていた喜蔵だが、どうやらそんな子ども染みた振る舞いではなかったらしい。姿を現さぬどころか、声ひとつ漏らさぬのである。そんな風だから、硯の精が話さぬことに喜蔵以外の者も気づき始めた。何せ、常であれば真っ先に話し出すのが硯の精だ。これだけ皆が賑々しくしているというのに、一言も言葉を発さぬのはどうにもおかしい。異変を察知した他の付喪神達は、段々と話し声を小さくしていき、喜蔵に文句を言う時でさえ密やかな声音を出すようになった。

「……お前、ちゃんと謝ったらどうだ？」

店に並べられている時には身体の部分がバラバラになっている瀬戸物の付喪神瀬戸大将《せとだいしょう》に小声で言われた喜蔵は、思い切り嘲笑を浮かべた。

「謝る？　何故俺がそんなことをせねばならぬのだ」

「お前は分かっているくせに分からぬ振りをするから性質が悪い……言い辛いのなら、仲介してやろうか？　お前はどうせ素直には言えまい」

あんなに沈んでいる硯の精は初めてだ、と瀬戸大将まで沈んだような声音を出す。

「たかだか硯が落ち込んでいるくらいで大事だ。お前らは心底暇妖怪なのだな」

さっさと買い手を探してこいと喜蔵が言うと皆黙り込んだが、ケケケと場違いに笑ったのは、いつもは厠にうずくまっている三つ目の少年だ。いつの間にか居間と店の境にうずくまっていたので喜蔵は一寸肝を冷やしたが、すぐに視線を手元に戻して平素に戻る。

「買い手など。探しに行かずとも、買い手からやって来る」

昼夜問わず人前に姿を現す三つ目の少年は、額にある大きな目の玉をぐりぐりと動かした。喜蔵は初めて三つ目の少年の声音を聞いたが、どすの利いた低い声は大分存外だった。

「こんなズタボロの道具など売れぬ」

自分で売っておいてその言い草、と店中の付喪神達全員が心の中で言った。

「売れる、売れる。売るのはお前。売られていくのは四角いあいつ」

喜蔵がもう一度見た時、三つ目の少年はすでに居間と店の境にはいなかった。喜蔵は喧嘩真っ最中の付喪神が頭に思い浮かんだが、

（……大体、店を閉めているのに売れるはずがない）

そう言い聞かせて道具磨きと点検に集中を戻した。戸を閉め切った店内は、ほとんど陽光が入ってこず、薄暗い。昼間から行灯をつけるのは癪に思えて、薄闇の中で目を凝らしながら作業を続けた。こんな時に小春の鬼火を操る力があればいいのに、と喜蔵は思った。

（肝心な時に役に立たぬ奴だ）

悪態をついても、心の底から怒れなかった。その言葉はそのまま自分に返ってくるような気がしたからだ。小春に気にするなと言われた喜蔵だったが、やはり気になっていた。小春は今頃あちらの世で百目鬼のことを訊いて回っているのだろう。進展があるのか、ないのか、何も伝わってこぬので、喜蔵は落ち着かぬ思いでむしゃくしゃとしていた。

ドン、ドン――。

店の戸を叩く音がして、喜蔵はギクリとした。作業場に上がろうとしたところだったので、片足を上げかけた妙な姿勢のまましばし停止した。中から応答がなかったためか、叩《こう》音《おん》は二度で止まり、店中にどこか安堵したような空気が流れた時、外から声が響いた。

「喜蔵さん、いらっしゃいませんか？」

声の主が綾子だと喜蔵にはすぐ分かった。抜けている性格とは反対に、声音は少し低めで落ち着いているのだ。

「一寸急な所用で頼みたい物があったのですが……いらっしゃらないのかしら？」

時折綾子は喜蔵の店で道具を買ってくれていた。喜蔵は半端な姿勢を取ったまましばし動きを止めていたが、掛けた足を戻して店の戸の方へ歩いて行った。

「すみません、今日は休みなので」

喜蔵は戸を開けずに声だけ出すと、「え？」と慌てたような声音が外から聞こえてきた。

「喜蔵さん、いらっしゃるんですね？　もしやお加減がすぐれないのですか？」

「いいえ」

「ほ、本当ですか？　熱とかあるんじゃありませんか？」

いいえ、とまた答えた喜蔵だったが、綾子は信じられぬらしくまた訊いてくる。

「季節の変わり目なので、最近風邪を引いている人が多いんですって。裏のおヨネさんも、次郎兵衛《じろべえ》さんもしつこい風邪を引いてしまったと言っていました」

「何ともありません」

実際何ともなかったのだが、喜蔵はそう言ったそばから折悪くくしゃみをしてしまい、

「ああ、やっぱり……」と戸の向こう側の綾子は早合点してしまったようだ。

「一寸待っていて下さい！　お粥《かゆ》と、栄養になる物を作ってきますから」

勘違いだと否定する間もなく、綾子はダッと走り出してしまったようだ。喜蔵は舌を打ちながら思わず戸を開けたが、綾子はすでにそこにいなかった。代わりに横からスッと現れた影が、喜蔵の視界を遮る。影の主は、あのゆったりとした雰囲気の男だった。

「やあ」

後光が差したように現れた多聞は、喜蔵の顔を見上げて、してやったりという顔をした。

「鳩《はと》が豆鉄砲喰らったような顔をしているね」

今までと何ら変わらぬ多聞の微笑みに、喜蔵はぞわりと身体の芯が震えた。

――得体がしれぬ。

喜蔵は多聞のことを初めてそう思ってしまった。

「昨日、『明日店に伺うよ』と言ったの忘れていたのかい？」

喜蔵が自分の頭をバシッと強く殴ったので、多聞は一寸驚いたように目を見開いた。忘れていたわけではもちろんないのだが、綾子の心配そうな声を聞いて思わず気を緩めてしまったのは事実だった。頭を自分で殴ったのは、己の迂闊さを責めると同時に、身に覚えた恐怖を振り払いたかったからだ。

「……他人の真似をして中へ入ろうとするなど、小賢《こざか》しい奴だ」

「今の女の人は本物だよ。俺は、あの女の人が声を掛ければあんたが出てくるかもしれぬと思って横で見ていただけだ。あんたが出てこないなら今日は帰ろうかと思ってた」

「しかし、あんたも隅に置けないな。多聞は喜蔵の横をスッと通って店の中へ入ってしまった。

賭けだよ賭け、と言いながら、多聞は喜蔵の横をスッと通って店の中へ入ってしまった。

「しかし、あんたも隅に置けないな。あんなに美しい女人に世話を焼かれているなんて」

「……お前の方がよほど女に言い寄られているだろう。髪の短い女が良いと言って、女達に髪を切らせているのだからな。その目にかかれば随分と容易く女を操れるだろう」

誤解しているな、と多聞はいささか芝居じみた様子で肩をすくめた。

「『おかっぱにしろ』なんて命じてないよ。あれは本当に彼女達が勝手にやったことだ。俺は彦次さんのように好い男ではないが、昔っからよく女に言い寄られるんだ。術なんて掛けなくたって、あのくらいのこと勝手に起こる」

その顔は信じていないな？　と多聞は喜蔵の顔を見て笑う。喜蔵は確かに怪訝な表情を浮かべていたが、別段多聞の言うことを信用していなかったわけではない。妖力のせいか、多聞にはやはり他人を惹きつける何かがあるような気がしたからだ。

「女に言い寄られても、それほど心浮かれる歳ではなくなったから残念だ。もっと若ければ喜んで全員と祝言を挙げたところなのにな」

そう言いながら、多聞は店内をぐるりと見回して、店奥へ歩いていこうとする。喜蔵はすかさず前に身を乗り出して、多聞の動きを止めた。

「お前に売るような道具は置いていない」

冷たく言うと、多聞は眉尻を下げていかにも困っているような哀しげな表情をしたので、喜蔵はフイッと顔を背けた。

(その手には乗らぬ)

喜蔵は密かに鼻を利かせたが、多聞からは何の妖気も感じられぬ。まるで妖怪に思えぬからこそ、喜蔵を余計に警戒させた。上背のある喜蔵を見上げて、多聞はクスリと笑う。

「これまで親しくしていたのに、急につれないじゃないか。俺、あんたに何かしたか?」

ただ付喪神が憑いた古道具を買っただけじゃないか、と多聞はさらりと言う。

「別段あんたにひどいことはしていないだろう?　彦次さんのことも傷つけちゃいないし、誰一人傷つけてないよ。古道具も大事に使っているさ。一寸人間を驚かすくらい、妖怪にしちゃあ可愛いものじゃないか」

多聞は己が妖怪であることをあっさりと認めた上に、少しも悪びれる様子がない。一瞬言葉を失った喜蔵に代わり、

「……妖怪に可愛いも可愛くないもあるものか」

と言い返したのは硯の精だった。喜蔵はギクリとして、覗き込もうとした多聞の視界を身体で遮ったが、硯の精は更に言葉を重ねた。

「誰も傷つけていないと言ったが、それは大きな間違いだ。彦次は皆に迷惑を掛けたと自分を責めている。何より、お主はあ奴の絵師としての自負を傷つけたのだ。居間で眠りこけているが、あれはお主の屋敷でひと月半も妖気にあてられながら過ごしたからだろう？元気そうに見えるが、身体中の力を大分使い込んでいるぞ」

一晩ぐっすり寝れば治るよ、と多聞が答えると、店奥からまた言い返す声音が響く。

「彦次だけじゃない。お主は、そこにいるおっかない面をした店主をも傷つけたのだぞ」

まさか自分のことを言われると思っていなかった喜蔵は、思わず「傷ついてなどいない」と怒った声音で硯の精に反論した。

「哀しいと思っているくせに、この期に及んで強情を張るな」

「哀しい？　俺の心を勝手に推測して好き勝手言うな」

硯の精は一寸黙り込んで、馬鹿者と言った。

「お主は、誰かに裏切られることが怖くて仕方がないじゃないか。この度もその男に騙されて深く傷ついたのだろう？」

「やっと口をきいたかと思えば、また妙な説法か。おまけに、甚だ見当違いだ」

「……もう口をきく気はなかった。でも、そ奴の身勝手な話にどうしても黙っていられなかったのだ。お主は言い包められそうになっているしな」

「言い包められてなどいない。そもそも、お前に口を出される謂《いわ》れもない」

「お主は話をはぐらかし過ぎだ。そんなでは――」

二人が多聞の存在を忘れて言い合っていた時、「喜蔵さん？」という声音が響いて、二人は口をつぐんだ。いつの間にか、戸口に綾子が立っていたのだ。

「お粥は今作っている途中で、とりあえずお加減を伺いに来たのですが……」

締まり切っていたはずの戸が開いていて、おまけに客と思しき男が店の中にいる。綾子は困惑したように喜蔵と男を見た。喜蔵は綾子の前に遮るように立って、

「身体はどこも悪くない。貴女《あなた》の勘違いです」

と冷え冷えとした声音で言った。

「……本当ですか？」

「ええ――今取り込み中なので、早く帰って下さい。迷惑だ」

邪険にするように早口で切り捨てられた綾子は、ジッと喜蔵の顔を見つめた。しかし、それはほんの一瞬のことだった。

「分かりました――ごめんなさい」

綾子は哀しげな微笑を零すと、素早く踵を返して、そのまま帰ってしまった。あらら、と呆れたように息を吐いたのは多聞である。

「あんたって本当不器用だね。言い方ってものがあるだろうに……あれじゃあ、あの人あんたに嫌われたと思ってしまうだろうよ」

本当は庇われたのにね、と言って頬を掻いた多聞に、喜蔵は内心で舌を打つ。

「……庇ってなどいない」

「俺の前に立って彼女庇ったじゃないか。おまけに嫌な態度を取って追っ払うように帰した。喜蔵さんは女に優しいんだな。それともあの人は特別なのかい？」

こんな時まですこぶる感じよく笑う多聞を、喜蔵はギリッと睨み返したが――振り返ると、多聞はいつの間にか店奥の左隅に立っていた。何かを両手の中に抱き込んでいる。喜蔵は先ほどよりも強い悪寒を感じた。多聞の手中にあるのは、四角い――硯の精だ。

「これが欲しい」

懐から財布を出した多聞は、紐を解きながら作業場の前まで行くと、作業場の上に重い財布の中身をすべて出した。

「ちょ、ちょいと……！」

「ひょえ～こんな大金初めて見たっ」

店の中の妖怪達は、思わず口々に悲鳴と歓喜の声音を上げた。ひいふうみい、と金を数えていた多聞は、喜蔵に振り返って言った。

「ちょうどよいくらいの額を持っていて良かった」

多過ぎだろ、と呻いたのは天井下がりのようである。喜蔵には姿が見えぬが、多聞は天井を見上げてフッと笑った。

「そんなことないさ。目が肥えていれば肥えているほど、もっと良い値で買って行くだろう。生憎俺はそれほど目が肥えていないからこんな程度で悪いね」

多聞はそう言って店から出て行こうとしたが、喜蔵の横を通り過ぎようとした時にガシッと肩を摑まれて足を止めた。

「あの金額じゃ不服かい？」

「金などどうでもよい」

「金は大事だろう」

そういう意味ではない、と喜蔵は少し苛立った声音を出した。喜蔵の視線の先を追った多聞は、ふうんとつまらなそうな声音を出す。喜蔵の視線の先には、多聞の手元で手足を出して暴れる硯の精がいたのである。

「散々厄介者扱いをしておいて、結局こいつを売りたくないのか」

そんなことはない、と喜蔵ははっきりと横に首を振る。

「じゃあ、何だ？　嫌がっているから可哀相だっていうのかい？」

「お前の置いた金とそいつが不釣り合いだからだ。同等の価値でないと取引は成り立たぬ」

「ただ単に商人としての意見を述べているだけだと？」

「……他に何がある」

多聞は硯の精を指差して、「友情」と呟いた。

「ただの道具と人間の間にそんなものが存在するわけがない」

喜蔵がそう言うと、硯の精はピタッと手足の動きを止めた。

「今のは本心じゃないよ」

多聞が哀れむような声で言うと、硯の精はススッと手足を硯の中にしまい込むようにして、何の変哲もないただの硯の形に戻った。喜蔵が手を伸ばしかけてやめたのを見た多聞は、これも賭けだったんだとぽつんと言った。

「もし、あんたが今の問いに『うん』と答えたら、買うのをやめようと思っていた。俺は『うん』と答える方に賭けていたから、負けちゃったな」

何の答えもない喜蔵に、多聞はにっこりと笑った。

「じゃあ、喜蔵さん。また来るよ」

多聞は踵を返すと、いつものようにゆったりとした動作で店から出て行った。喜蔵は外に出る一歩手前で立ち止まったまま、ギュッと拳を握った。


「喜蔵？」

日が暮れて月が中天に差し掛かった頃、小春が戻ってきた。喜蔵は縁側で一人空を見上げていたので、裏木戸から入ってきた小春は一寸驚いて声を掛けたのだ。

「うん？　彦次が中にいるのか？」

小春は開け放たれていた長屋の裏口を覗き込んで首を傾げた。中は真っ暗闇で何も見えぬはずだが、気配や臭いで分かったのだろう。小春はしばし立ち尽くすと、喜蔵の近くへ寄ってきて、顔を覗きこんだ。そして、自身の頭を喜蔵の頭にドンッとぶつけたのである。

「くうっ……石頭め」

頭をさすりさすり言う小春に、喜蔵は顔を顰めながら頭を両腕で抱え込んだ。帰って早々何をする、と怒った表情をする喜蔵に、小春は無機質な声音で言った。

「お前、百目鬼を中に入れたろ。臭いがする」

「……妖気はないのではなかったのか？」

問いには答えずも認めた喜蔵に、小春ははあっと盛大な溜息を吐いた。

「仰《おっしゃ》るとおり、妖気はねぇよ。だが、菊屋で嗅いだ人間の臭いがする。彦次でも平吉でも、菊代やお葉でもない、妙に薄い人間臭だ。菊屋で嗅いだ時より今の方がずっと濃いがな」

あいつわざと残していったんだ、と小春はチッと舌打ちした。小春をチラッと見て再び空に顔を向けた喜蔵は、普段見せぬような、ぼうっとした表情を浮かべていた。

「また、付喪神の憑いた古道具を売った」

内容とは似つかわしくない優しい声音に、小春は額の横をピクリと動かした。

「奴がここへ来たということは、当然そうだろうと思った。またあの力を使ったんだな」

喜蔵がふるりと首を振ったので、小春は眉を顰める。

「どういうことだ？　そういう風に思い込まされたのか？」

違う、と喜蔵は静かに言った。

「一度は阻んだが、二度目は言わなかった。奴はこちらの返答を待っていたが、俺は何も言わず、追いかけもしなかった。今までと違い、言うことも追うことも出来たのにな」

何だよそれ、と呟いてますます眉間に皺を寄せた小春は、腰に手を当てながら喜蔵の目の前に仁王立ちした。

「一体どういう了見だ？　付喪神を売っちまって、あんなに気を病んだ顔していたくせに……相手が百目鬼だと分かっていて何故売った？」

喜蔵は小春の問いには無言で、ただ空を柔く睨みつけるばかりである。

「……質問を変えてやる。一体誰を売っちまったんだ？」

だんまりを決め込んで答えぬ喜蔵を不審に思った小春は一人家の中へ入って行くと、しばらく経ってまた戻ってきた。

「……俺はこれから百目鬼の許へ行く」

小春の低い声音に、喜蔵は顔色を変えずに平淡に訊く。

「奴がどこにいるか分かったのか？」

「大体の場所は青鬼のツテを伝って分かった。もののけ道を通らなければ行けぬ場所に屋敷を作っているらしい」

疑問が浮かんだ喜蔵の顔を見て、もののけ道は妖怪固有の近道だ、と小春は端的に説明した。行き先を念じながら歩けば、道を知らずとも迷わず目的地へ辿り着くことが出来るが、その逆もしかりで、何も考えず歩けば振り出しの地点に戻ってしまう道だという。

「お前達は随分と都合のよい道を持っているのだな」

「証文を持っている者しか通れぬから、都合がよいとまでは言えぬがな」

小春は懐から木板をチラッとだけ出して見せると、すぐにしまい込んだ。その証文がしまわれた懐辺りをジッと見つめている喜蔵に、小春は唐突にこう言った。

「俺の分の飯は？」

にわかに話の種が変わったので、喜蔵は訝しむ間もなく反射的にこくりと頷いた。

「じゃあ、飯食ってから行く。腹が減っては戦は出来ぬからな」

さっさと飯の仕度をしてくれ、と言い放って、小春は家の中へ入って行った。喜蔵はノロノロと立ち上がって、半ば惰性で後へ続いた。


小春はこれまでで一等の食べっぷりと言っていいほど、物凄い勢いで飯を食べた。呆気に取られた喜蔵は、小春が麦飯山盛り八杯、大根、人参《にんじん》、芋、葱、瓜《うり》——残り物の野菜入りの味噌汁鍋一杯をすべて食べ切るまで、ずっと眺めてしまった。そんな馬鹿な真似をしていたせいで、小春のこの猛烈な食い方は、百目鬼に対する闘志や苛立ちだけではないのだと喜蔵は気づいてしまった。しかし、小春は自分を責めてはこぬ。だから喜蔵は余計に己が不甲斐なく思えて、どろどろとした澱《おり》が胸のうちに溜《た》まっていくような心地になった。おまけに、そうやって考え込む喜蔵に追い討ちを掛けるように、店の中からはひそひそ声が聞こえてくる。

「硯の精は大丈夫なのかね」

「あの男は妖怪らしくないとはいえ、妖怪だ。まるで無事のわけはない……」

　手の目の声は小さかったが、皆を一瞬黙らせるには覿面の言葉だった。

「……しかし、百目鬼というのは一体どのような怪なのだろう？　随分と変わり種な怪であるとは聞いたことがあるが……」

「付喪神の憑いた道具をわざわざ人間から買って行くくらいだ。そりゃあ、物好きだよな。あいつはどういう風に我々を使うつもりだ？」

「もし人喰いであるなら、怪だって喰らうに決まっている――」

　古道具に憑いた付喪神にとっては、明日は我が身である。硯の精が売られて行った今ではたった五人しかいないが、彼らの恐怖が他の妖怪達にも伝染して、店中に戦慄《せんりつ》が走った。それからしばし沈黙が続き、何か手を打たねばと誰からともなく話し合い出すと、いったんもめんが場違いにケッと悪態をついた。

「百目鬼相手に何をする？　それこそ無理だ。それに、よしんば買われていった奴が喰われたとしても、仕方がない。こちらの世もあちらの世も生きるか死ぬか、喰うか喰われるかだ。それをいちいち哀しんだり心配していたら妖生楽しくない」

　しかり、と頷いたのは瀬戸大将だ。

「もしかすると、明日はわしが百目鬼に買われていくかもしれぬ。それとも明後日に地震が起こってバラバラに砕け散ってしまうかもしれぬ。生き延びて、寿命の切れる間際に怪を喰らって更に寿命を得るかもしれぬ。人間と違って、妖生は計り知れぬものだが、何が起こるか分からぬのなら、良きことが起こると思って生きていく方がよい」

目では小春の食いっぷりを追い、妖怪達の話に耳を傾けていた喜蔵は、

（そんな風に達観して生きられたら、確かに生きやすくてよいかもしれぬが……）

己には随分と無理な話だと考えていた。妖怪は能天気でよいと嘲笑出来なかったのは、喜蔵自身にまるで自信がなかったからだ。捻くれ者で意地っ張りのせいか、生き辛い方ばかりを選んで生きてしまうくせがあった。どの道を選んでも堂々としていればよいが、その道が正しいと胸を張るだけの自信はない。それに引きかえ、妖怪達にはまるで迷いが見えず、堂々としている。相手は妖怪だ――そう思いつつ、人間の中でも浮いている自分を思うと喜蔵はどんどん自分が駄目な生き物のように思えてきてしまった。

「あ～食った！」

出した食事をきれいに平らげた小春は、身体を傾けてドッと後ろに倒れ込んだ。いつもだったら小言を言ってくる喜蔵がむっつりと黙り込んでいるので、小春はごろんと横になってじぃっと喜蔵を見つめた。

「怖い顔の奴って、悩むと余計に怖い顔になるんだなあ」

怖くもなければ悩んでもいない、と喜蔵は一寸弱りながらも、口をへの字にした。

「へぇ？　まあ、別段どっちだっていいけれど。それより俺、腹が一杯で動けない」

食い過ぎだ馬鹿鬼、と喜蔵は小春の食い尽くした後を見て顔を顰めた。

「百目鬼の許へ行くと言っていたのに、これではすぐに行けぬではないか」

「別段お前には関係のない話だろ?」

グッと詰まる喜蔵を見て、小春は馬鹿にしたような半目をした。

「お前さ、硯の精いくらで売った?」

喜蔵の答えた破格の金額に、小春も当然驚くかと思ったが、

「ふうん……まあ妥当な金額か」

と気のない返事をしてくる。

「どこが妥当だ。あの古いだけが取り得の硯にそんな大金が見合うはずがない」

古道具屋失格~と小春にせせら笑われた喜蔵は、ムッと恐ろしい顔をした。

「硯の精はな、清《しん》国で作られた端渓硯《たんけいけん》という大層貴重な硯なんだ。清国の大名と親交のあった白石藩《しらいし》の藩主が、その大名に頼んでわざわざ作らせた物なんだぞ。硯側に、玉簾《たますだれ》の画が刻まれていただろ?　玉簾は白石藩を表す花だ。まあ、白石藩と骨董に物凄く詳しい奴じゃないと硯の精の価値はまるで分からんだろうがな」

スラスラと口に上らせたところをみると、今にわかにでっち上げた話ではないようだ。しかし、喜蔵はすぐには信じられなかった。

「……そんな高価な物が何故うちにある」

並の古道具屋に、そんな由緒正しき高価な物は不釣り合い過ぎる。おまけに、白石藩は海を越えなければ行けぬ土地にある。わざわざこんなところまで硯を売りに来るとは考えられぬし、そもそも藩物を売ったりはしないだろう。知りたいか?　という小春の問いに、

喜蔵はまただんまりを決め込んだ。

「よし、腹がこなれるまで話してやろう。硯の精はな……」

喜蔵の沈黙を「是」と受け取った小春は、それから硯の精の数奇な妖生を話し始めた。


（下巻へ）

本書は、書き下ろしです。

一鬼夜行《いっきやこう》　鬼《おに》やらい〈上〉

小松《こまつ》エメル

2011年7月10日初版発行

発行者……………坂井宏先

発行所……………株式会社ポプラ社

〒160-8565　東京都新宿区大京町22-1

電話……………03-3357-2212（営業）

03-3357-2305（編集）

0120-666-553（お客様相談室）

ファックス……………03-3359-2359（ご注文）

振替……………00140-3-149271

フォーマットデザイン　荻窪裕司（bee's knees）

印刷・製本　凸版印刷株式会社

乱丁・落丁本は送料小社負担でお取り替えいたします。

ご面倒でも小社お客様相談室宛にご連絡ください。

受付時間は、月～金曜日、9時～17時です（ただし祝祭日は除く）。

ポプラ文庫ピュアフル

ホームページ　http://www.poplarbeach.com/pureful/

N.D.C.913/282p/15cm

ISBN978-4-591-12454-3

めっぽう愉快でじんわり泣ける――

期待の新鋭による人情妖怪譚

小松エメル
『一鬼夜行』

装画：さやか

江戸幕府が瓦解して5年。強面で人間嫌い、周囲からも恐れられている若商人・喜蔵の家の庭に、ある夜、不思議な力を持つ小生意気な少年・小春が落ちてきた。自らを「百鬼夜行からはぐれた鬼だ」と主張する小春といやいや同居する羽目になった喜蔵だが、次々と起こる妖怪沙汰に悩まされることに――。

あさのあつこ、後藤竜二両選考委員の高評価を得たジャイブ小説大賞受賞作、文庫オリジナルで登場。

〈刊行に寄せて・後藤竜二、解説・東雅夫〉

イケメン毒舌陰陽師とキツネ耳中学生の
へっぽこほのぼのミステリ!!

天野頌子
『よろず占い処　陰陽屋へようこそ』

装画：toi8

母親にひっぱられて、中学生の沢崎瞬太が訪れたのは、王子稲荷ふもとの商店街に開店したあやしい占いの店「陰陽屋」。店主はホストあがりのイケメンにせ陰陽師。アルバイトでやとわれた瞬太は、実はキツネの耳と尻尾を持つ拾われ妖狐。妙なとりあわせのへっぽこコンビがお客さまのお悩み解決に東奔西走。店をとりまく人情に癒される、ほのぼのミステリ。単行本未収録の番外編「大きな桜の木の下で」を収録。

〈解説・大矢博子〉

ポプラ文庫ピュアフルの好評既刊

作家・あさのあつこの全魅力が詰まった
青春エンターテイメント・シリーズ

あさのあつこ

『光と闇の旅人 I　暗き夢に閉ざされた街』

装画：ワカマツカオリ

結祈は、ちょっと引っ込み思案の中学1年生。東湖市屈指の旧家である魔布の家に、陽気な性格で校内の注目を集める双子の弟・香楽と、母、曾祖母らと暮らしている。ある夜、禍々しいオーロラを目にしたことをきっかけに、邪悪な「闇の蔵人」たちとの闘いに巻き込まれ……。「少年少女のきらめき」「時代小説的な広がり」「SF的な奥行き」といったあさの作品の魅力が詰まった新シリーズ、第1弾!

〈解説・三村美衣〉